テラミス星見聞録

田所政人
Tadokoro Masato

たま出版

◉目　次

プロローグ

蝶になった夢を見た荘子は、自分が蝶になった夢を見ているのか、蝶が人間になった夢を見ているのか問うた。

さすがに、自分が実は夢を見ている蝶だと考える者はほとんどいまい。だが、私は、誰なのか。私は最上清秋、だと思う。地球人の音楽家の最上清秋のはずだ。しかし、もう一つ私には記憶がある。テラミス星人、雑誌記者ホンマシロウ。

夢を見ただけなのかもしれない。ついこの間まで二重の記憶などというものはなかったと思う。あまりにもリアルで長い夢を見たため、それを現実のものと錯覚しているだけなのかもしれない。誰かに話したら、確実にそう言われるだろう。そもそもテラミス星って何だそれは、と奇妙がられることも間違いあるまい。

テラミスとは、私がこの間訪問した星である。

テラミスを訪れた経緯は、それこそ夢の中の出来事のような記憶しかない。

夜中、ふと風の気配に目が覚めた。窓が開いているようだ。おかしいな、開けっ放しだったっけ。それに、どうも何やら異様に明るい。目を開けてみると、一人の女性が私の枕元に座って艶然と微笑んでいる。半身を起こすと、その女性が話しかけてきた。

「私はテラミスから来ました。よろしければあなたを私たちの星にご案内します」

テラミス？　何だ、いったい？　寺ミス？　寺見す？　夢か。

「夢ではありません」

私はようやく跳ね起きた。確かに目の前に女性がいる。一体どこから入ってきたのか。しかも何か見たこともない服を着ている。テラミスから……テラミス……私たちの星？　宇宙人、宇宙人なのか、本当なのか。こう書くとすごく興奮していたかのように思われるかもしれないが、寝ぼけ眼のせいか、非現実的というか、自分がとんでもない事件に出くわしているという実感はまるでなかった。自分が自分じゃないままにことが運んでいったというのが正直なところだ。

彼女は立ち上がり、私を真正面から見た。いくつぐらいだろう。二十代か三十代か、面長の、美人だ。

「あなたがコンタクティとして選ばれました。どうぞついてきてください」

「ちょ、ちょっと待って。いくらなんでも着替えないと」

よく考えれば、私は妙齢の美女を前にパジャマ姿なのである。

「構いません。いずれにせよ、また着替えなくてはなりません。さ、ついてきてください」

彼女はそう言って窓から出て行った。ここは二階だ。私は呆然と見ていたが、なんと彼女は

プロローグ

窓の外、宙に浮いているではないか。

「さ、早く」彼女は私に手をさしのべた。

私は言われるまま、まるで催眠術で操られているかのように彼女の手を握り、二階から何もない空間へと一歩足を踏み出した。そして、上空のいわゆるＵＦＯに吸い込まれていったのである。

第一部　テラミス星見聞録

1

ＵＦＯの中で彼女は私に予備知識を与えてくれた。テラミス星は地球から八七三光年の距離にある恒星ソルテアの第三惑星。地球とほとんど同じ大きさで、大気組成もほぼ同じ。表面積の八割近くが海、大陸は二つだけ、国は今は一つしかないと言う。人種はヒューマノイド、つまり地球人タイプ。彼女の名前は、日本語では書き表しにくいのだが、ミヨシともミヨシともミオシとも聞こえる。私は心の中で「三好」さんの字を当てはめた。彼女が私の案内役兼世話人となって私と行動をともにしてくれるのだという。

私はまず服を着替えた。といっても、地球でのように服を着たわけではない。何かの機械の下に立たされてシャワーのようなものを浴びたと思ったら、彼女の着ているものと同じようなものが私の身体(からだ)に密着したのである。何かを着ているという感じではない。新しい皮膚が一枚出来たという感じである。左手の手のひらとへその辺りにボタンがあり、両方を同時に押すとこの衣服は元素に分解されてしまうという（これは非常手段だそうで、通常は同じ機械に分解させる。すると再利用が可能）。涼しいものから温かいもの、カラフルなものから地味なものまで何万種類もあるとか。私のものは肩から斜めの線が一本入っているだけのシンプルなデザインであった。テラミスでは通常、この格好、もしくはその上に一枚何かを羽織るだけだという。ＵＦＯ内で出会った人は例外なくこの密着服一枚だけであった。活動しやすいのであろう。

しかし身体の線がはっきり浮き出て、特に女性を正視するには勇気がいる。慣れてしまえばどうということはないのかもしれないが。

靴の方は服のように機械がつくってくれるわけではなく、ありあわせのもので間に合わされた。

八百七十三光年も離れているにもかかわらず、わずか数時間の旅ですむらしい。一体どういう原理なのか尋ねてみようかと思ったが、数式が苦手な私の頭脳で理解できるはずもない。訊(き)きもしなかったが、不思議そうな顔でもしていたのか、勝手に説明してくれた。宇宙空間には磁気の流れがあり、その流れに沿っていけばわずかのエネルギーで瞬時にはるかかなたまで移動できるのだとか、何とかかんとか。アインシュタインは光速より速い移動は不可能だと証明していたんじゃなかったっけと呟くと、あなた方地球でも、ベルの定理を実験的に証明したアラン・アスペの実験で光速より速く情報が伝わると明らかになっているではありませんかと言ってくれた。何のことやらさっぱり解(わか)らぬ。家に帰ったら、最先端物理学の通俗的解説書でも読む必要ありだ。

ようやくにして自分が宇宙に飛び出しているという実感がふつふつと湧き上がってきたころ、エレベーターに乗っているようなふわっとした感じがあったかと思うと、もう着いたと言う。自働昇降口のようなところに立って降りると、あまり眩(まぶ)しくもない、地球のとたいして変わらない太陽が空に低くあった。夕刻なのだろう。歓迎の垂れ幕はさすがにかかってないだろうが、出迎えぐらいはあるだろうと思っていたら、なかった。異星人はさほど珍しい存在ではないのだろうか。

そしてここから記憶が急に鮮明になる。

＊

テラミスには貨幣がない。ダッカという経済単位があることはあるのだが、地球でいう金銭とはかなり異なる。私は最初耳を疑った。

「貨幣がないって。だったら必要なものはどうして手に入れるんです？　物々交換？　まさか取ってくるんじゃないでしょ」

彼女はくすりと笑って言った。

「そう、取ってくるんです」

私はその「取ってくる」現場を見せてもらうために、いや、当座の私自身の生活に必要な品々を「取ってくる」ためにスーパーマーケット（？）に行った。そこはまさに地球のスーパーマーケットと変わらない建物であった。食品、日用品などが整然と棚に並べられている（地球のスーパーより食品の比率が少ないような気がした）。ただし値段がついていない。当然レジもない。買い物客（？）は、だいたい袋を持参してきていて、それに何でも品物をポイポイとほうりこんでいる。店員もいない（あとで知ったが一人だけいるらしい。鮮度の切れた食品の廃棄やら、店においていない品物の注文を受けるためだとか）。

要するに全部タダなのであった。この建物（集積所）にある物は好きなだけ持っていけばいいのである。必要以上に持っていくようなやつがいたらどうするのか訊いてみたが、そんなバカはいないという。置き場に困るだけだと。それでも付け加えて言った。

「あなたが何か余分に欲しければどうぞ持っていってください。構いませんから」

むむむ、私は言ってみれば地球全権大使というべきか、地球人の代表としてこの星にただ一人いるのではないか（誰も出迎えてくれなかったが）。いくらなんでもそんな万引きのような真似ができようか。いや、タダだから万引きにはならない。しかしこの星の住民はそんな馬鹿なことと言っている。そんな馬鹿なことをするというのは地球人の品性がいかにも下劣である証左ではないか。などと考え考え、私は珍しい物を手当たり次第もらっていく衝動をやっとのことで抑えたのであった。

しかし、本当に何でもタダなのだろうか。確かめてみた。

「日常生活に必要な物はすべてタダです。ぜいたく品と判断されている物とか、大量生産できない物とか、つくるのに相当の日数や資源を使う物とかはダッカが必要になります」

「たとえば？」

「楽器がそうですね。それからフライヤー（空中自動車）なども。手づくりの工芸品などもダッカが必要になるものがあります。ぜいたく品は、特別注文で個人仕様になっているようなものですね。それから宝石は、これは基本的に買えません」

それにしてもすごい。例外があるとはいえ、これはものすごい生産力が背景になければとてもできないであろう。羨ましがっていると、彼女は半ば肯定半ば否定のような口ぶりで言った。

エネルギーは確かにタダ、空中から宇宙エネルギーなるものを無限に取り出せるという。そして今人口が二億五千万だが、五億までは食料の供給にも問題がないそうだ。後は単に需要を上回る供給があればいいだけだと。そして現在の日本でも実はほぼその状況ではないかと。

ところで、テラミスの唯一の貨幣（？）ダッカとはいかなるものか。これはコンピューター上でしか存在しない数値である。一月働いて一ダッカ、これは職業に関係ないらしい。総理大臣でも医者でも先生でも乞食（こじき）でもやくざでも（やくざと乞食は職業として認められていないようだが）皆同じである。職業に貴賎なしとはまさにこのことであろう。テラミス星では成人すると政府から中央コンピューターに接続している各個人専用のコンピューターを受け取る。そのコンピューターに一月働くごとに自動的に一ダッカずつポイントされていくのである。面白いことにというか、妙なことにというか、ダッカは三ポイントまでしかたまらない。ためられないのだ。三ダッカあって一ダッカも使わずにそれから一月働いたとしても、やはりコンピューターの残高は三ダッカなのである。三ダッカが個人の一時に持ち得る上限なのだ。

「どうして三ダッカまでなのかな」

「ためこんでどうするんです？」

「だって、いろいろとほしいものがたくさん出てきたりしない？」

「たとえば？」

「車とか」

「フライヤーは一度購入すると二年は新しいものは買えません。そういう耐久消費財には最低使用年限が定められているのです」

「僕はわりと本を読むほうだから……」

「タダです。書店にないものは図書館、そこにも現物がないものはマイクロフィルムを貸してくれます。コンピューターに接続すれば読めます。もちろんタダです」

「女の人なら装飾品とかハンドバッグとかいくらでもほしいんじゃない?」

「タダです」

「毛皮のコートなんてのはぜいたく品だから、ダッカが要るんじゃないの」

「動物の毛皮を衣類に使用することは禁じられています。コートもすべて合成です。無論タダです」

「禁じられているっていっても、密猟とかがやっぱりあるでしょ」

「ありません。でもあるとしましょうか。密猟してそのコートをつくって、誰がどうやって販売するのです?」

「だからダッカで……」

「ダッカはコンピューターの中にしか存在しません。そして使用する際にはこちらから使用目的を中央コンピューターに送り、向こうから確認の通知が来てこちらがイエスと返事した場合にのみ、商品と引き換えにダッカがコンピューターの中から落ちるのです。どこに密造品の入り込む余地がありますか」

「……」

貨幣がないと、非合法品が流通する手段がなくなるのか。本当にそうなのか。

待てよ、貨幣がないと、ひょっとして犯罪がほとんどなくなるのではないか。タダの物を盗む奴はいないだろうし、ない金を盗むわけにもいかない。泥棒はテラミスには存在しないのだ！

他の犯罪にしたって、地球ではほとんどが金銭に絡んで起きるものばかりだ。それは例外もあるだろうが、大部分の犯罪がテラミスにはない。貨幣があるから犯罪がある、貨幣がなければ犯罪もないのだ！

ちょっとした発見に私は興奮して、彼女の言葉を上の空で聞いていた。われに返ると、彼女が「よろしいですか」と訊いた。私はちょっぴり赤くなってうなずいた。

「普通の人は年に十二ダッカもとても使えません。私も去年は五ダッカ使っただけです」

今はテラミス暦にして大崩壊後（普通省略する）二〇一二年だという。大崩壊直後この制度を導入した当時は、本当の必需品以外は多くのものに値段がついていたらしい。しかし生産が回復するにつれてだんだんと多くのものがタダになっていき、今では個人の使うようなものは九九パーセントまでタダなのだという。

「単純な計算です。二億五千万のうち労働人口が二億、したがって一年二十四億ダッカです。その二十四億ダッカの三分の一の八億ダッカを仮に商品の購入に回すとして、それより少し多い九億ダッカ程度分の商品にだけ値段をつけておけばいいんです。後はタダです」

後述するが、ダッカは貨幣としての使い道はむしろ二の次で、もっと大事な使い道がある。商品購入に回される分は平均して一人年三ダッカ弱だという。こういう統計的数値はそんなに変動するものではないから、いったん制度が安定すればその数値を利用して商品の生産計画は確かに立てられるはずである。

簡単な計算である。しかしこんな経済学ありか！

＊

住居は地球では想像もつかない建物であった。地面から一本の金属の支柱のようなものが伸びていて、地上三メートルぐらいから逆円錐形に拡がっているのである。遠くから見ると大きな独楽のようにも見える。その支柱の中はエレベーターになっていた。しかし見た目は恐ろしく不安定である。地震のときなどどうなるかと心配したが、非常に丈夫な金属らしく地震で折れたことは過去に一度もないとか。彼女に案内されてエレベーターに乗り、降りるときに光のシャワーのようなものを浴びた。殺菌だという。ＵＦＯの中でも浴びたが、あれは私にくっついていた地球の細菌を殺すため。これは、住居に入るときにテラミスで通常行われているものらしい。

部屋に入る前に靴を脱いでくれと言われた。へえ、日本とよく似ているなと思ったら、どうも私に合わせてくれたようで、これはこのヒホン地区独特の風習で、靴を脱がなくてもいい地域の方が多いそうである。入ってみると、下に敷いてあるものはもちろん畳ではないが、じゅうたんというのでもないようである。何かわからないが、硬すぎず柔らかすぎず、足の感触はとてもいい。部屋はほぼ円形で相当広い。グランドピアノを五台並べても狭くは感じないだろう。中央に歪んだひょうたんのような面白い形のテーブルがあった。

「何かお飲みになりますか」

「あ、いただきます」

　彼女は壁のスイッチを押した。「ウィーン」という音がして、部屋の彼女が立っている横の部分にキッチンが出現した。どういう仕掛けになっているのだろう。

「回り舞台のようなものです。キッチンや寝室や書斎などをこの部屋に連結させたいと思えばできるのです」

　彼女はジュースのようなものを二人分持ってきてテーブルに置いた。立ちっぱなしの私に「楽にしてください」と言って自ら椅子に座った。

「お疲れになったと思います。今日はゆっくりとお休みになってください。明日からいろいろとご案内します」

「この建物は来客用の建物なんですか」

「いいえ、独身者用の普通の住居です」

　私はジュースを飲んだ。オレンジジュースのような味がした。

「すごくユニークなデザインですね」

「百年ほど前から急に広がったデザインです。今ではありふれたものになってしまいました」

「あの集積所は？」

「あれは古い建物です。三百年ほどになると思います。集積所は実用本位につくられますので、何の変哲もない直方体になります。美術館やホールなどは相当奇抜なデザインのものもありますが。個人用の住居は千差万別です。この一角は地球でいえば分譲住宅のようなもので、皆同じデザインです」

落ち着いてみるとあくびが一つ出た。考えてみれば、私は寝入りばなを起こされてUFOに乗り、このテラミスに着き、今までずっと寝ていないのである。さすがに疲れているようである。

「ここでお休みになるんでしたら、寝室を連結します。こんな広い場所では寝つかれないというのでしたら、そちらの階段を上がってください」

彼女は微笑んで、私に携帯電話のようなものを手渡した。

「そんなことはないと思いますが、もし誰かがこの家に接触した場合、あそこのヴィジュアルスクリーンに映ります。そんなとき、あるいは何か急用が出来たときはこのスイッチを押してください。では、また明日」

彼女は何かのスイッチを押した。と、左手のドアが開いた。ドアの外は通路になっていた。隣の家、すなわち彼女の家への通路だという。これはしかし、プライバシーもへったくれもないのではなかろうか。

「そういうことはありません。許可のないものはドアの外までくることはできても、中に入ることはできません。たとえば私の家なら、私と私が許可した人間の場合はそのDNAをコンピューターが覚えていて無条件にドアを開けますが、それ以外の人間の場合は中から操作しない限り開かないのです」

彼女は軽く会釈をし、出ていった。ドアは自動的に閉まった。私はごろりと床に寝転んだ。エライことになったものだ。しかしこれは夢じゃないんだろうなあ。ああ、でもやっぱり眠い。寝室に行くことにしよう。

寝室には円形のベッドがあった。それにしても、さっきの部屋もこの部屋も明かりはどこから来ているんだろう。電灯らしきものは見当たらない。もう少し暗くしないと……どこかにスイッチがあるんだろう。ベッドの脇にいくつかスイッチがあった。よくわからないが押してやれ。上のスイッチを押すと……何か変化があったのかね、わからないね、これは元に戻してとこう。二つ目のスイッチは左右に動くようになっていて、今やや左、少し右に動かしてみよう。あ、少し暗くなった、これだな。ではもっと右に、こんなもんだろう。お休みなさい、だ。

2

何か夢を見たようだが思い出せない。やはり疲れていたのだろう。少々寝過ごしたようだ。そういえばサイレンのような音が響いていたような気がしたが、あれは何だったのだろう。目覚めてみれば地球のいつもの自分の家という可能性がないこともないな、などと寝る間際ぼんやり思ったりしたが、そんなことはなかった。私は間違いなくテラミスに来ているのだ。

顔を洗いたいが、洗面所はどこだったかと見回すと、部屋の隅にそれらしきものがあった。さて、どうしたら水が出るのだろう。手をかざしてみると、出た。歯は磨けるのだろうか。歯ブラシらしきものは……ない。歯磨きらしきものも……ない。テラミス星人は歯を磨かないのだろうか。虫歯にならないのかね。まあいいや。

下に降りていくとすぐ、ヴィジュアルスクリーンに彼女の顔が映り、「お客様です」と言う声がした。どうして私が起きたことが判ったのだろう。偶然だろうか。それともすでに何度か私の熟睡中にやってきていたのだろうか。

「おはようございます」

「おはようございます。よく眠れましたか」

「はい、ありがとうございます」

「朝食にしましょう。お口に合うかどうかわかりませんが」

彼女が支度をしている間、私は朝早くサイレンが鳴ったかどうか尋ねた。

「ええ、朝の八時に鳴ります」（テラミスでも一日は二十四時間である。ただしテラミスの一時間は地球の六十一分ほど）

「あれはどういう意味なんですか」

「瞑想の時間の合図です」

「瞑想?」思わぬ答えに私は驚いた。朝のラジオ体操の代わりに瞑想をしているとでもいうのだろうか。

「私にとっては、という意味ですけどね」彼女はにこっと笑った。そうか、要するに八時の時報だなと思ったら、ひっくり返された。

「八割ぐらいの人が瞑想の合図にしています」

「ええっ！」

「学校ではこの時間全員で瞑想をしますので、成人してからも何となくそれが習慣になっているということでしょうか。組織体でもそうしているところは多いですね」

どうもよく解らないが、異星人の国民的習慣に私がけちをつけても始まるまい。

私たちが食べたのは何かの穀物からつくったケルークという、まあパンのようなものと、サラダ（だろうね、これは）とほとんど紅茶と変わらないような飲み物であった。

私は、昨日気づいたことを訊いてみた。

「物が全部タダだったら、泥棒はテラミスには存在しないのですか」

「通常の品物を盗むような者はほとんどいませんが、それでもまったくいないというわけではありません」

「何が盗まれるのです？」

「一番多いのは宝石ですね」

「宝石？」そうか、宝石はそもそも買えないと言っていたな。

「宝石は特別表彰された人に、名誉のしるしとして授けられるのです。一代限りで、その人が死んだら返却されます。それが時々盗まれます」

「フーン」

盗んでどうするのだろう。換金はできないし、他人に見せびらかすこともできないだろうし。

「宝石には魔力があるという人もいます。自分ひとりでこっそり所有しているだけで満足なのでしょう」

「見つかればどうなるのです？　やはり刑務所に入るわけですか」

「テラミスに刑務所はありません。道場に通うことが義務付けられます。罰則としては一定期間ダッカがもらえなくなることと、公務員になれなくなります。それと選挙権・被選挙権が剥奪されます。それくらいでしょうか」

「たったそれだけのことなんですか」

ダッカがもらえないといっても、普通に生きていくことはできるわけである。生活必需品はタダなのだから。

「社会的信用を失うことが一番大きいことでしょうね。テラミス人が最も重んじるのは名誉ですから」

なるほど。

「テラミスでは犯罪はきっととても少ないんでしょうね」

「少ないといえるのかどうか……地球よりは少ないですが。でも、昨年一年でフライヤーの衝突による殺人事件が一万件ほどもありました。政府でも頭を痛めています」

「……それは事故じゃないんですか」

「え……あー、事故といえなくもないのですが……」

「過失致死と殺人が同じだといわれたらたまらんなあ」

「もちろん同じではありません。ただ、本来なら反発フィールドが作用しますからフライヤーによる衝突事故は起こりえないのです。それをわざわざフィールドを外して飛ぶ人たちが後を絶ちません。今の日本の用語でいえば未必の故意に近いとでもいえましょうか。したがって第二級殺人です」

「そしたら、その、第一級殺人ですか、故意に人を殺すような犯罪はどれぐらい発生するのですか」

「残念なことに昨年は六件も発生してしまいました。これはこの三百年ほどなかったことなのです。例年は一件あるかどうかなのですが」

なるほど、年に一件あるかどうかなのでは殺人という言葉はほとんど死語なのだろう。そこで死亡事故も殺人に加えられる……いや、分類上は殺人が事故の特殊形態なんだろうな。

「一番多い犯罪はなんなのです？」

「さて、なんでしょう……地球に比して多いかもしれないのは器物破損罪でしょうか」

「器物破損罪？」意外といえば意外である。そういう粗暴犯はほとんどいないと思ったのだが。

「未成年者に多いのですが、器械を分解してしまうのです」

「ああ、なるほど」

「まあ、これは助長しているような制度があるからだとも言われているのですが……」

「は？」

「それはまた後日説明することがあるかと思います」

テラミス人は二十歳から三十歳の間に成人となる。成人になると自分の住まいが持てる。住宅の値段は新築の既製品が（日本でいう分譲住宅のようなもの）六ダッカ、中古の既製品が三ダッカ、設計士に頼む特注の新築が八ダッカ、中古が四ダッカである。すなわち誰でも八カ月分の働きで最高の住まいが手に入るのである（三ダッカまでしかためられないのにどうして八ダッカのものが買えるかというと、借金は可能なのである。ただし借金中にさらに借金を重ねるのは不可）。

＊

土地はタダ、といってもどこでも手当たり次第に建てられるわけではない。住居地域が決まっていて、そこの空いているところに建てる。一人で占められる専有面積が決まっている。日本流に言うと約五十坪から五百坪まで。建物の大きさにも制限がある。同居人がいる者で建坪五十坪から二百坪、独身者は三十坪から百坪。だからたいていは結婚してから住居を買い、それまでは今私がいるような政府建造の独身者用住居に住むか（家賃は無論タダ）、親と同居が多いという。

広さや大きさに制限があるのなら、皆上限ばかりを求めるかというと、そうでもないという。いわゆるお手伝いさんは職業として認められない。したがって自分の家は自分で掃除をするしかない。やたら広い家を建てると、掃除がたまらないわけだ。自分で管理できる以上のものを望むのはテラミス人にとって最も恥ずべきことであるらしい。また、プールつきの庭なども認められない。泳ぎたい者は公営のプールか海へ行けばよいという考えである。

なお、住居地域は皆が最大の広さの土地を望むとして三十億人分あるそうである。だから充分あるといえるのだが、場所によってはもう住居地域がなくなってしまっているところもあるらしい。どうしてもそこに住みたい場合は申し込みをして、空くのを待つ。先着順に処理をしていくので、いつかは必ず入れるとか。また、全国に十カ所ほど、土地がもらえない（集合住宅にしか住めない）区域があるそうである。大都会なのだろう。

＊

食事を終えて外に出た。住居区域内は交通手段は徒歩である。一つのセクションの端から端まで歩くと二十分ほどだという。ちょうど真ん中あたりに住んでいると十分ほどは歩くことになるわけだ。セクションの境に出ると自動交通システムというものがある。最大二人乗りの、日本でいえばピザの宅配車のような車がコンピューターシステムで走り回っているわけだ。停留所に立って、呼び出しボタンを押し、車が来れば（すぐ来る）乗り込んで行き先ボタンを押すだけである。後は機械が勝手にやってくれる。時速は四十キロほどだという。都市内部でのセクション間の移動はほとんどこれで移動するのだ。信号も渋滞もないからかなり速い。もちろん歩道もあって歩きたい人は歩いてもいいのだが、それはまあ、相当酔狂な人である。

私たちはフライヤー発着所に着いた。フライヤーはここにしか保管できないのだ。ただ自動帰還システムというのがあって、自宅の庭にいったん着陸し、降りてから、そのボタンを押すと勝手に駐車場まで帰ってはくれる。

入り口で何かの機械に車両ナンバーを打ち込む。発着場は屋上である。エレベーターで屋上に着くと、すでに二人乗りのフライヤーが待っていた。自動車というより小型の円盤に近い。乗り込んで上昇スイッチを押すと、垂直のフィールドの中を上昇していく。車種によって飛行高度が定められているのだ。小型のものは地上百〜三百メートルである。

　時速は三百キロぐらいだという。もっと速くすることは可能だが、高度が低いのであまり速いと地上に影響が出てくるらしい。

「スピード違反は？」

「まれにあります。目的地が遠いときに不注意でオーバーするとか」

「どうなるんですか」

「警告音が鳴ります」

「無視したら？」

「そういうことはありません。またできません」

　一台一台すべてコンピューターに登録されているという。今どこをどれだけのスピードで飛んでいるかまですべて把握されているのだ。しかしこれでは、プライバシーもへったくれもない恐るべき管理社会なのではなかろうか。

「でも、知っているのはコンピューターだけですから」

「警察の係官も知ろうと思えばできるんでしょ」

「できません。警告を無視した場合のみ、係の者に報告が届きますが、そうでなければスピード違反をしたという事実すら残りません」

「でも、うまくコンピューターにアクセスすれば個人の情報を盗むことが可能なんじゃないですか」

　彼女は少し険しい顔になった。

「中央コンピューターから情報を盗むことはこのテラミスの最も重い罪になります」

「盗んだらどうなるのです。死刑ですか？」

「第三段階以上の生命体を破壊することはこの宇宙の法にもとるゆえ許されません。追放です」

「孤島にでも送り込むのですか」

「いいえ、他の星に追放するのです」

　それは厳しい、他の星に追放とは。もちろん生きてはいけるんだろうが、文明の発達した星ではあるまい。地球だったりして。まさかね。

「テラミス人は自分のコンピューターを見せてはいけない、他人のコンピューターを覗いてはいけないと、子どものころから叩き込まれます。テラミス人が自由でしかも平等に生きていけるよりどころの一つが個人の内面情報の秘匿性にありますから」

「内面？」

「外的な情報はほとんど公開されています。コンピューター上に各個人専用のページがあり、基本的な情報が網羅されていて、そこには誰でもアクセスできます。しかし本人以外アクセス不可のページがあるわけです」

「たとえばどんな情報がアクセス不可なんですか」

「私がダッカを何に使ったかとか、誰に現在投票しているとか、ですね」

「公開されている情報というのは？」

「遺伝子チェックコード、写真、出身、職歴、表彰歴などですか」

ふうむ。どうも日本とは微妙に公開非公開の考え方が異なるようである。

「心理学者に言わせれば、人間は基本的にオープンであるべきだとのことです。秘匿することがなければないほど、その人間は健全であると。ただ、その説に従ってすべてオープンにするのは、やはりあまりにも社会全体に対して危険性が強いということで、公のページでは制限があります。まあ、人によっては自分のホームページで何でもあっさり公開している人もいますけどね」

「自由で平等」と彼女は言った。本当にそんなすばらしい社会なのだろうか。貧富の差がないのはいいけれど、なんだかとってもすっごい管理社会のような気がする。まだよく知らないのにこんなことを言うのはいけないんだろうけれど。

「ところで、どこへ行くんですか」

「道場へ行きます」

道場？　何だ？　私はさほどスポーツ好きではないし、とりわけ柔道とか、剣道とかそういう日本古来のものは最も苦手なのだが。

「病院という言葉の方が合っているかもしれません」

病院？　どうして道場と病院が同じ言葉になるわけ？　そういえばさっき犯罪者は道場へ通

わなければならないとか言っていたな。

＊

着いたところは、確かに少々古めかしい、何となく厳かな感じのする建物であった。別にスポーツが行われているような気配はない。人の出入りはわりとあるようだが、看護師のような人も見当たらない。ひょっとしてセラピーのようなところかな。

「ドウシが会われます」

私を待たせてどこかに行っていた彼女が戻ってきてそう告げた。ドウシ？　同志？　道士？　導師？

だだっぴろい天井の高い部屋であった。正面に、驚くべきことに広隆寺の弥勒菩薩像にそっくりな絵が掛かっており、その前にこれも驚くべきことに結跏趺坐（けっかふざ）をして座っている老人がいた。どうやらこれは導師かな。

老人はかっと目を見開いて私を見据えた。まだ相当離れていたにもかかわらず、何か眼力のようなものがまるで私の脳の内部に食い込んでくるかのようであった。私はかすかに頭痛を感じ、へたり込むように座った。

「そなたはまず、シャのかまえを捨てねばならぬ」

シャ？　社の構え？　斜の構え？

「第三段階の世界に適合するためには、どこかに歪みを生ぜざるを得なくなる場合が多い。そなたは魂そのものを歪めはしなかったが、考える姿勢を歪めてしまったのだ。このテラミスで己が姿勢を見つめ、立ち去る前にまた来るがよい」

老人はそう語ると、目を閉じた。どういうことかよく解らない私を、彼女がそっと促した。

一体この会見はどういう意味だったのだろう。シャのかまえは斜の構えで間違いないだろう。考える姿勢が歪んでいる……大きなお世話だ、と考えること自体がそもそも歪んでいると言われそうだ。それに第三段階とは？　地球が第三段階ということか。だったらこのテラミスは何段階だというのだろう。そんなふうにランク付けするのは思い上がりじゃないのか。それは確かに地球より進んでいるとは認めるが。

3

テラミスでの職業は地球とそれほど大きく異なっているわけではない。もちろん貨幣が存在しないのだから、銀行マンも証券マンも保険のおばちゃんもいない。まあしかし、総体的に見れば地球人にまったく理解できないような職業はなさそうである。大きく異なる、まさにほとんど想像を絶するぐらい異なっているのは職業選択の自由さである。

一言でいえば、原則として何にでもなれるのである。ごく一部の例外を除いて。例外とは、中央政府・地方政府の二級以上の公務員、それから外科医とか、毒物や危険物を扱う職業である。他は何になるのも自由である。また、なれる。ただし、それが他のテラミス人にどう評価されるかはまったく別問題である。

たとえば、私の地球での職業はピアニストである（二日も練習をしていない、えらいこっちゃ）。テラミスにもピアノがある（少し形が違うし、鍵盤の幅がやや狭いが、まあ原理は同じである）。テラミス人がピアニストを職業として選びたいと思えば、成人の際、コンピューターに職業をピアニストと登録すればそれで終わりである。それで彼はピアニストなのだ。ただしながら、職業には義務が付きまとう。音楽家のソリストの場合、三月に一回以上リサイタルをしなければならない。

新米ピアニストはまず自分の住んでいる町の小さなホール（客席数二百〜三百ぐらい）でデビューリサイタルを行う。親戚とか知人とか、町の音楽愛好家とかが来てくれるだろう。評価が高ければ彼の二回目のリサイタルはより多くの客に恵まれることになる。二回続けて（デビュー時は除かれる。義理客が多いからである）ホールを満員にすることができれば、彼の次のリサイタルは自動的に人口十万人ぐらいの都市にある中ホール（客席数五百〜千ぐらい）で開かれることになる。そのホールも満員となれば、大都市の大ホールで開催できるのだ。

逆はどうか。彼の腕前が人々を芸術的感興に酔わしめるには達していない場合、彼のリサイタルの客は必然的にだんだんと減っていく。客の数がホールの収容人員の五分の一を下回った場合、勧告がなされる。転職するか再訓練をするかである。勧告に従わずにもう一度リサイタルをすることもできるが、二度目は許されない。転職ならばそれでよし、再訓練の場合は師に就くにせよ、独学でがんばるにせよ、コンピューターには再訓練中と表示され、三年間ダッカはもらえない（三年という長い再訓練機関は芸術家に限られる）。

個人のコンピューターで全国のピアニストの氏名と成績（観客数のこと）を知ることができる。全国の分はとても見られないから、このヒホン地区（人口千五百万人ほど）で調べてみると、大ホールで弾くピアニストは何とたった十人である。ピアニストは全部で二百八十五人。そうだろうね、三月に一度のリサイタルが必須なんてことになれば、日本なら百人もいないのではないか。だいたい日本の客はほとんど義理客ばかりだし。

ピアニストの数は少ないが、ピアノ教師の数なら多いのではなかろうか。これも調べてみた。いましたいました、ヒホン地区だけで三万六千九百二十八人。

ピアノ教師になりたい場合は、これも簡単。同じく職業ピアノ教師と登録すればそれでおしまい。十日に一度、町の広報みたいなものに新成人の職業一覧が載る。それがおひろめであろうか。宣伝をしたければ、ちょっとした材料を取ってきて自分で看板をつくってもいいし、看板屋にいって豪華なものをつくってもらってもいい。無論タダ。生徒はその看板を見たり、コンピューターで近所のピアノ教師を照会したりしてやってくる。少し増えると口コミでさらに増える。もうこれ以上生徒は取れないと思ったら、コンピューターに定員いっぱいと記入する。それで現在空席なしとの表示が出る。名教師ともなればそういう状態らしい。

一向に生徒が増えないという場合もある。開業して一年以上経（た）って生徒が三人以下になれば転職勧告が出る。無視しても構わないが、一人もいなくなった時点で自動的に廃業とみなされる（廃業し、次にまた同じ職業を選ぶことも可能だが、その場合、職種にもよるが最低一年の間隔をあけねばならない）。

ピアニストはしばしばピアノ教師を兼ねている。一般に兼職は自由である。できると思えばいくつ職業を登録しようが構わない。ただし職業の数に関係なく、もらえるダッカは一月一ダッカである。

作家ならどうなるか。まず処女作品を仕上げて発表する（きちんと市なり町なりの作家同盟の機関紙がある）。それで準作家として登録される（いきなり作家になれるわけではないので、たいていの作家は作家になる以前に他の職歴がある）。

機関紙は、同盟員はもちろん一般の愛好家も読む。読者アンケートで一定以上の評価を得た作品は単行本として出版される。そうなって初めて「準」の字が取れて「作家」と名乗ることができる。不幸にして三年経ってもあまり売れなかった（書籍集積所であまり捌けなかった）場合、次の作品はまた機関紙掲載からスタートである（準作家に戻るわけではない）。機関紙でもあまり評価を得られない、すなわち十年経っても一冊も単行本に出来なかった場合、転職勧告が出される。

＊

テラミスでも、独立して働いている者より組織の一員として働いている者の方がもちろんずっと多い。地球でいえば会社に当たるものをテラミスでは組織体というが、そこで働きたければどうするか。たとえばA市のB工場で働きたいと思えば、その工場をコンピューターで照会して、欠員があれば（ないことはめったにない）B工場勤務と登録し、その工場に出向き、私は今日からここで働きますと言えばいい。組織体はそれを拒否できない。ただし、いかなる仕事を与えられるかはわからない。希望する職種があるならば、その職種を求めている組織体を照会すればいい。最も簡単なのは、A市内の組織体勤務と希望すれば、該当する組織体が山ほど出てくるからその中から自分で選べばいい。そういう説明であった。

「それでうまくいくというのは信じられないんですが」

「多少の無駄はありますが、おおむねうまくいってますね」

企業と違って利益を出す必要がないだけに余剰人員が少々あっても構わないというわけだろうか。

「たとえば、あまり頭のよくない人なんかが入ってきて、とても仕事ができそうにないなんてときはどうするんです？」

「どんな人でも必ずできることがあります。その人のできることをしてもらうだけです」

ふうむ、掃除でもしてもらうってことか。

「逆に、能力があるのにつまらない仕事しかさせてもらえないなんてことはないんですか」

「まずないですけどねえ。まあ、自分の評価と周囲の評価とが著しく異なる場合は、普通その組織体をやめて他に移りますね。能力のある人は自分で組織体をつくる場合も多いですし」

クビになったからといって特に困るというわけでもない。不必要な我慢はしないのだろう。

「我慢は大切ですよ」

「え？」あれ、俺、口に出したのかな。

「テラミスは自分を中心に回っているのではない、という諺（ことわざ）があります。あなた方の『人間』

という言葉が示しているように、人は人との関わりの中でしか生きていけない存在です。自分と他人との折り合いをどうつけるのかは、どこの社会でも学ばなければならないでしょう。私たちテラミス人は、理不尽な我慢はしない、ということですね」

組織体内部では自治が認められている。メンバー（後述するが経営者のようなもの）と従業員の関係、管理職の選出方法など、すべてその組織体のメンバーが自主的に定める。政府が関与することは原則として、ない。

資格のいる職業もある。前述した外科医そして歯科医は専門学校を出ている必要がある。獣医もだ。内科医や精神科医は構わない。今の地球と違って医者はそれほど人気のある職業ではない。特に内科医にかかることなどはめったにないらしい。病気にかかること自体が珍しく、かかっても大半は自分で治すのだという。薬剤師も資格が要る。しかしこれもさほど人気のある職業ではない。薬漬けなどという姿はテラミス人には唾棄すべき事態なのである。

また、スポーツ選手もテラミスではさほど人気のある職業ではないという。まあ、日本で人気があるのは大金を稼げる可能性があるからだろう。貨幣のないテラミスでは、そういう動機はなくなってしまうからなあ。

「というよりも、競争意識そのものが地球人より希薄ですね」

「小学校で運動会とか、中学や高校で成績を張り出すとか、そういうことはないのですか」

「似たようなことはされていますよ。でも、それによって競争意識が植え付けられるかといえばそうではないようですね」

「へえ、そうなんですか。根本的にやはり地球人と違うということなのかな」

「そうではありません。私たちの考えでは、あなた方の競争意識は貨幣制度の産物なのです」

「ふむ？」

「テラミスでも『大崩壊』以前は貨幣制度だったのです。あなた方と同じように、いやそれ以上によりよい生活を目指した競争が幼いときから行われていました」

「そうなんですか」

「地球でも、いわゆる未開社会では競争はあまりなくて、皆のんびりと暮らしているという事実が知られているはずですよね。競争が始まるのは貨幣の導入と同時なのです」

テラミスの現在の支配的学説によれば、貨幣制度とは人類の生産力があまり大きくない段階においての過渡的な制度であるという。交換手段としてとても便利なのだが、結果的に非常に強い競争への刺激が与えられ、最終段階になると貨幣そのものが社会を覆いつくしてしまうという。まあ、今の地球は資本主義ですから、そう言われればそうでしょう。

「大崩壊以前の二百年の文明の発達と、それ以降現在まで二千年の文明の発達との度合いを比較すると、ほとんど同程度なのではないかと言われています」

「そんなのんびりしたペースでいいのかという声は上がらないのですか」

「ごく一部にあります。でも、大多数のテラミス人は、そもそも進歩のスピードが速くてもそれにいったい何の価値があるのかと考えます。幸福に生きるのが目的であり、進歩するのが目的ではありません。貨幣制度は、走り続けないと置いていかれるという恐怖心を人々に植え付け、その結果目的と手段を取り違える人間を多数生み出してしまいました。挙げくの果ては、金銭こそが人生の目的であるとまで多くの人々に思わせてしまったのです」

　手段の自己目的化、それが貨幣制度の害悪であるという。

「貨幣制度の弊害については、そういう星へ実地調査に学生たちが出向くことがあります。帰星するとほぼ全員が言います。知識としては知っていたが、実際にあそこまでひどい状態に人間が堕ちてしまうものかと」

　それはひょっとして、地球にもテラミスから学生が実地調査に来ているってこと？

「オレオレ詐欺、臓器売買、麻薬密売等々、テラミスでは想像もつかない犯罪です。『金銭』という抽象的な数字を得るために人間がどこまで残酷になれるのか、学生たちはものすごい衝撃を受けて帰ってきます。絶対に貨幣制度を復活してはならないと強い決意を抱きますね」

「そんなに悪い制度なのかなあ。たちの悪い人間はごく一部だと思うんだけど。なんかショックですねえ」

　貨幣がなければ犯罪がない。自分でそのことに気づいた私だが、それでもここまで悪く言われると反発したくなる。

「あなたは良い方です。でもそのあなたも、行動する際に金銭的計算をするでしょう。地球人はほとんどすべての行動に金銭的計算を伴わざるを得ないのです。金銭に支配されているという所以(ゆえん)です。まあ、もっとも、私たちにしたって貨幣制度から逃れることができたのはある意味、僥倖(ぎょうこう)なのですが……。

私たちは第四段階の星だといわれています。しかし、第四段階の星の人間が先天的に第三段階の星の人間より優れているのかといえば、それは疑問と考える学者の方が多いのです。私たちテラミス人にも人間の悪しき側面は必ずや潜んでいると。私たちが地球に長く住めば地球人と同じように金銭的犯罪をしてしまう可能性は決してゼロではありません。社会の仕組みそのものがそういう悪しき側面を助長しやすく出来ているかどうかの違いなのです」

その考えは謙虚で好ましいが……第三段階とか第四段階とかは一体何なのだろう。

＊

彼女は公務員である。公務員には一級・二級・三級の区別がある（実はたいていの職業にある。ピアニストでも三ランクあったことは先に見た。待遇は変わらないが名誉が違う）。公務員を職業として登録すると、知能指数によって自動的に振り分けられるのである。誰でもなれる三級公務員、知能指数が上位三〇パーセントに入っていれば二級公務員、上位一パーセントに入っていれば一級公務員である（成人した時点で知能検査を受ける義務がある。知能検査といっても地球のペーパーテストのようなものではない。脳を走査して活性化されている脳細胞の個数、およびそのネットワークの密度を調べるのである。地球の知能検査よりはるかに総合的な「知能」の発達具合を知ることができる。一年以上の期間をあけて希望者は再検査可能である）。

公務員だけ特別扱いであるが、テラミスの公務員は地球の公務員と違って法律を遵守していればいいわけではない。テラミスには細かい条例などはない。ほとんどがケース・バイ・ケースで処理される。宇宙の法から見てその問題をどう決定すべきか判断しなければならないのだ。最高の頭脳が要求される。彼女も一級公務員なのである。

自分で組織体をつくりたいときはどうするか。たとえば、ある工場で何かの製品の生産に従事しているとする。自分はその製品の改良型を考案し、それに切り替えようと提案するが、多数の賛成を得られない。そういう時、どうしても自分がその製品をつくりたいと思えば自分で組織体をつくることができる。希望する工場の大きさにもよるが、普通十五ダッカ必要である。それも十五人から一ダッカずつ（こういうときのためにダッカがいるのだ。すなわち友人・知人からダッカの援助を頼まれるのである）。だから十四人、自分の賛同者を見つければいいのである。この十五人は（設立）メンバーと呼ばれ、一年ごとに一ダッカずつ自動的に引き落とされる。メンバーは最低三年間はメンバーであり続けなければならない。死なない限り三年は抜けられないわけだ。メンバーの欠員は一年以内に補充しなければいけない。

工場は全国に工場地域として指定されているところなら、どこにでも建てることができる。もちろん土地は余っている。新製品のために工場が出来れば、その地域の広報に載る。新成人なり転職者なりがやってきて従業員になったりする。

個人向けの新製品は、完成してしばらくはその地域の集積所に優先的に並べられる。評判がよければ全国に拡げられる。古い製品でほとんど使用されなくなってくると製造中止になる。ここは日本でも同じであろう。

ベストセラーというか、同種のものの中で最もよく使用された製品をつくっている組織体のメンバーはその名前を公表され、場合によっては表彰される。金銭のない社会において、人々を動かす一番の原動力は、どうやら表彰であるらしく、業界内ではしょっちゅう表彰が行われているという。地域内のミニコミなどは、紙面のほとんどが表彰者の記事で埋まっていたりするとか。

組織体のメンバーは年に一ダッカを必ず消費することになる。そのダッカは組織体のものになるのだ。組織体の設備投資はそれでまかなわれる。土地はタダであるが、建物にはダッカがかかる。大型の機械にもそれ相応のダッカがかかる（タダのものもある）。初年度は借金をしなければならない場合が多い（ただしメンバーの数までしか借金できない）。この借金は組織体の借金であり、個人にその付けが回ってくることはない。組織体も順調に行けば数年後はダッカを蓄えるようになる。上限はメンバーの数までである。

賛同者の数を増やして組織体の規模を大きくすることができる。それでも最大はメンバー百人までで（従業員の数に制限はない）、日本でいえばちょっとした大手企業程度だろうか。世界規模の組織体は作成自体が不可能なようである。

メンバー百人の組織体の設立メンバーであることは名誉であるが、さらに名誉なことは、その後自分はそこを抜けて（必ずしも抜ける必要はないが、メンバーはかなり多忙であり兼任は難しい）新たな組織体をつくり、そうやっていくつもの組織体を最大組織体にしていくことである。そういう人は超一流の生産のプロフェッショナルとみなされる。最高で十七の最大組織体を育て上げた人物がいるとか。

＊

「趣味の団体とかはないんですか」

「無数にあります。たとえばコーラス団体を組織しようと思えば、メンバーを十人集めればいいんです」

「やっぱり年一ダッカずつ落とされるわけですか」

「そうです。いかなる組織であれ、そこに属すると、それで年一ダッカずつかかるのです。からないのはそこで仕事をする場合だけです」

待てよ、仕事と趣味の区別がつかない場合がありはしないか。ピアニストと名乗ればダッカがもらえる、ならばプロのコーラスグループと名乗れば同じくもらえるわけだろう。それとダッカを払わなければならないアマチュアとはどう区別するのだろう。

「テラミスでは、仕事とは、他者のために恒常的に行っていること、と定義されます。自分たちの満足のためにしているのがアマチュア、もちろんプロと名乗ることもできますが、ピアニストと同じように、コンサートを恒常的に開かなければならない義務が生じます」

なるほど、確かにそういう義務を背負うとなればプロのコーラスグループとは名乗りにくいだろう。

「いちいち登録するのが面倒だという人たちはいないんですか」

彼女はくすりと笑った。「いますよ、もちろん。でも、登録した方が特典がつきます」

「どんな？」

「ホールなどの公の建物の使用にはダッカがかかります。個人で使用するとなると、使用目的にもよりますが賛同者を募ってダッカをもらい受ける必要があります。登録団体となれば無条件で使用できます。それと優先順位が高いほど早く申し込めるのですが、一番が政府機関による使用、次が職業団体・個人の使用、三番目が一般団体の使用、最後に個人の使用となります。だから練習会場や演奏会場を確保しやすくなるわけです」

「申し込みが重なったりするとどうなるんですか」

「抽選です。ただしいつも抽選になるというような事態が生じている場合、つまり明らかに需要が供給を大きく上回っている場合、同様の建物がすぐに建てられます」

「ダッカは趣味の団体に属するために一番よく使われるわけですか」

「趣味とは限りませんが、そうです。昨年の統計では一年分十二ダッカのうち、建物や物品購入に二・八ダッカ、任意団体のメンバーとして三・六ダッカ、賛同者として三・一ダッカとなっています」

「賛同者というのは、さっき言われた新たな組織体を立ち上げるときにということですか」

「それは平均すると〇・一ダッカもありません。テラミスでは個人が公の財産を使用するには必ず賛同者が要るのです」

「友達がいないと何もできないということですか」

「何も、ということはないですが、たとえば？」

「本も書けないとか」

「そうですね。書き上げた原稿を印刷・製本するまでは誰にでもできますが、それを広く流通させるとなると賛同者が要ります」

「友達や親戚の数が少ないと、なかなか困難ですね」

「そんなことはありません。数百部も製本してあちこちの書籍集積所に置いておけばいいのです。優れたものならば必ず見知らぬ賛同者が現れます。ダッカの使いみちを探している人間は大勢いますから」

「人によっては知人からの賛同者依頼を断りづらく、ダッカが足らないなんてことにもなりますよね」

「それはまずありません。賛同者に名前を連ねれば、それだけの責任を伴います。つまらない企ての賛同者になれば自分の信用を落としてしまいます。自分の親子兄弟であっても、賛同者を拒否するのはよくあります」

「それはかなり情の薄い、冷たい社会のような気がしますが……」

「そんなことはありません。その企てに価値がないと判断したら、そう言ってやることこそが本当の親切です。感情と価値判断を混同してはならないとテラミス人は小さいときから叩き込まれます。誰が企てたものであっても、いいものはいいし、よくないものはよくないのです」

「……他にどんなときに賛同者が要るのですか」

「趣味としてピアノの演奏会をしたいとか、趣味の写真の展覧会をしたいとか、演説会をしたいとかいうのもあります。最近の変わったものでは、アタミールというところの岩壁に壁画を描きたいという画家が現れて、政府部内で少しもめました」

「それはどうなったんですか」

「賛同者は必要なだけ集めていたのですが、この場合は環境を破壊するので許可できないと最初に審査した係官が申請を却下したわけです。それを不服として再審査を申し立て、二人目の審査官が許可が相当と判定し、会議にかけられました」

「それで」

「一応許可です。一応というのは、十年後一般市民九十九人のアンケートでその壁画を残すかどうかの最終決定をします」

「そういうことは政府で決めるわけですか」

「地方政府ですね。この問題の場合は二級公務員五人の合議で決めました」

それにしても、公務員でも無試験でなりたい者がなれるというのなら公務員だらけになってしまわないだろうか。

「そうでもないですね。公務員は組織が大きいだけに、中にいる個人の自由度がどうしても少なくなります。民間の組織体の方がより自由に事を運べるというので希望者は多いですね。それに公務員の仕事は原則として広義の調整です。いわゆる現場に携わることが少ないので、仕事で名誉を得る機会が少ないのです。表彰の対象になりにくく、二級公務員以上はともかく三級公務員は慢性的に人手不足です」

「どうするんですか」

「二十年ほど前に公務員獲得キャンペーンを行いました。仕事が滞り、事務手続きなどにも時間がかかるようになっているとマスコミを通じて訴えたのです。もちろん個人的に勧誘もしました。その結果ヒホン地区だけで七万人ほどの公務員が新たに誕生し、現在またやや不足気味ですが、しばらくは大丈夫でしょう」

「具体的に何か特典でも付けたのですか」

「いいえ、人間にとって、自分が必要とされていることが一番すばらしいことです。自分が必要であると明白にわかっている職場なら人は喜んで来ます」

ふうむ、何となく耳が痛いわい。果たして私は地球で本当に必要とされているのだろうか。知らん、そんなことは考えたくもないぞ。

何のために働くかなどと考えたこともない。いや、あるかもしれないが、金を稼ぐためというのが正直なところである。私の場合、ピアニスト・ピアノ教師という、他人から見れば自分の好きなことをやっているような職業である。それでも、私はやっぱり金を稼ぐために仕事をしている。これは明白である。私に一生食っていけるだけの財産があれば、果たして今のような生活を送っているかどうか。まして一般のサラリーマンのほとんどは生計のために働いているのだろう。

生計のために働く必要がない社会では、人は何のために働くのだろうか。そもそも人は働こうとするのだろうか。

「無職という人はいないんですか」

「いることはいます。十万人に一人ぐらいでしょうか」

「どうなるんですか」

「別に。その人が働きたくなるのを待つだけです」

大半が若い人だという。この生の意味について考え込んでしまったりして、仕事に就けなくなってしまうのだそうだ。しかし何年か何十年か経つと、やがて何らかの職業に就くという。

そういうのではなく単に怠けていたいという非就業者はいないのだろうか。

「テラミス人の平均寿命は二百歳ほどです。百五十年以上の長い歳月をあなたはただぐうたらしていたいのですか」

「……」

金銭がないのだから賭博がない。パチンコも競輪も競馬もない。そういう刺激的な暇つぶしの娯楽がない社会では、確かに単に怠けていたいという非就業者は退屈に耐えられないかもしれない。

「人間とは何か活動をしていないと精神の平衡を得られない生き物なのです。ぐうたらと百五十年過ごすのはなかなかのものですよ」彼女はそう言って笑った。

日本なら無職として扱われるようなオタクっぽい人間も、テラミスでは職業を持てるのである。たとえば姓名研究家という職業があるという。日本ではこれは職業にはならないだろう。

しかしテラミスでは、それを職業として登録すれば（新しい職業の場合はそれを職業と認めるかどうかで審査があるらしいが）、それですむのである。職業に伴う義務は、自分の研究の成果を時折発表したり、どこかに請われたときに自分の蘊蓄（うんちく）を傾ければそれでいいのである。そう考えると、確かに「無職」は少ないのかもしれない。何かの活動をし、それを公に発表すればそれで職業として認められるのだから。

4

何人かのテラミス人に直接会っていろいろと尋ねてみることになった。最初に会ったのは、地球でいうなら軽トラックの運ちゃんの若者だった。正式にいうと流通局に勤める公務員である。

「へえ、あんた、地球から来たの、知ってるよ。うん、何でこの職業にしたのかって。そりゃ何といってもフライヤーでぶっ飛ばすのが好きだったからね。十六ですぐ免許とって、二十二ぐらいまでとにかく飛び回ってた。友達なんかがぼちぼち成人して、いっしょに飛ばすやつが少なくなってきて、こりゃ、こちらもそろそろ年貢の納め時かなと思って、職業は運転手って登録したのさ。そしたら家のすぐ近くの流通局勤務だっていうのよ。実家はアーレン地方なんだけどね、ここから二千キロほど西よ。近くはどうも嫌だなと思って遠隔地勤務希望っていってやったら、ドドドドってていっぱい勤務先のリスト載せやがるから、どこでもいいやと思ってたまたま登録したのが、このモトマツ市だったわけ。

仕事は楽しいかって？　うん、まあまあかな。思ってたほど退屈じゃないしね。慣れないうちは目的地を見つけるのに一苦労するときがあるしね。よく似た建物だとわかんねえのよ。特に工場地域なんか降りてみないとわかんねえ。上向きにでっかい看板出してくれてるところは楽だけどねえ。どんなとき楽しいかって？　そうだなあ、田舎の工場なんかで、運び入れた器具を待ちくたびれてたみたいに大急ぎで梱包をあけて現場に運び入れたりするのさ。それでちょっと美人の女の人なんかが『ご苦労様でした』なんて言ってくれるときゃいいなあ。それからやっぱり記録をつくったときかな。俺、去年の九月に千八百三十二運んだんだよ。これヒホン地区のトップ、全国でも三位、テレビに出たんだぜ。へへ……家のやつが電話なんかよこしやがってよ、おふくろなんか涙声でよ、おやじも俺のことを家族の誇りだなんて言いやがるのよ、成人する前は家族の恥だなんて言ってたくせしてよ。

転職？　今のところ考えてねえよ。そうだなあ、百歳ぐらいになって反射神経が衰えてきたら考えるかもなあ。そのころにはいろいろ経験してるだろうから、本でも書けるかもしれないし。この前、家の爺さんが一冊本を書いたんだけどよ、誰も賛同者が現れないのよ。結局だめだったさ。まあ、俺が読んでもちっとも面白くなかったからなあ。俺だったらもう少し面白く書ける自信あるなあ。

十年同じ職業を続けると表彰されて宇宙旅行に行けるんだよ。俺あと一年さ。そしたら地球に行くよ。ひょっとしたら会えるかもよ。じゃ、忙しいから」

日本で言えば元暴走族の兄ちゃんというところなのだろうか。

次は、家具をつくっている工場に勤めている、まだ若い？（どうも年齢の見当がつかない）女の人の話。

「父が設計士で、私にもその仕事を勧めたのでその方面の学校に行ったんですけど、あまり成績が良くなくて。対数でつまずいて、非線形微分方程式なんかもうさっぱり。それであまり学校に行かなくなって、何となくぶらぶらしてるうちに二十歳になって、親元を離れたくてこのモトマツ市に来て、どこでもいいから勤めたいって登録したら、ここの家具工場を指定されて。それで始めは雑用みたいなことやってて、でもそれなりに結構楽しくって、ホント、どうして二十歳にならないと働けないのかしらね。あ、ごめんなさい。それで、暇なときに、私ならこういうデザインにするなあって思って紙にスケッチしてたら、メンバーの人がそれを見て、私にデザインの仕事をやってみないかって言ってくれて。それでデザインの先生について勉強して。ええ、もちろんここに勤めながら。それで二年ほどでここの家具のデザインを任されるようになって……。

結婚して、子どもが出来て、五年間は職業を『子育て』にしてました。やっぱり、子どもは小さいうちは親が責任をもって見るべきだと私は思いますから。だから、その間はここはやめてたんですけど、子育てが終わったらぜひ戻ってきてくれって言われて。もちろんそのつもりでしたし。そして戻ってきてすぐにメンバーになってくれないかと言われて。驚いたんですけど、すごく名誉なことだし、ダッカはいつも余ってるし、夫も自分のことのように喜んでくれて。ええ、今はここともう一つの工場を掛け持ちでデザイン部門の主任です。メンバーですからやっぱり気合が入りますね。うちの工場で去年出したテーブルがとても評判が良くて、このままいけば今年のベストセラーになるかもしれないんです。そうなったら鼻高々ですわ」

＊

大学に出向いて、学生を一人つかまえた。専攻は比較社会心理学。「貨幣制度による人間性の歪曲について」が研究テーマだそうである。

一年前に地球、それも日本に見学に来たらしい。なぜ日本かといえば、教授から比較的歪曲が少ない社会だからと言われたとのこと。アメリカや中国だと衝撃が強過ぎて自分自身の精神にトラウマを残す可能性があるとか。

「最初一月は観察だけなんですよ。UFOからじっと見ているだけです。観察といってももちろん会話の内容まで全部わかりますよ」

大きさ一ミリもないナノマシンが地球上のどこにでも入り込み、映像と音声を届けてくれるのだそうだ。

「金銭というものがほとんど行動原理になってしまっていると、それまでにも学んでました。でも、百聞は一見にしかずというか、想像を絶してましたね。子どもたちまで、何がほしいと聞かれると、『お金』と答えるとかね。犯罪でも、物を盗むとか暴力行為とかはまだ理解できるんです。テラミスでもないことはないですから。でも本当に生きていくために必要で金を盗む犯罪者はほとんどいないんですよね。そういうのと関係なく、ただ『金がほしい』。で、奪った金はこれもよく理解できないんですが、酒を飲むところにいって使いまくったり賭博でなくしてしまったり、せっかく得たお金はほとんど自分の健康を害することに使ってるんですよね。

政府も地方政府（自治体のことだろう）も、何か必要なことがあるのに、『予算がないからできない』とよく言うでしょ。もう、理解できないんですよ、僕には。必要だったらしたらいいじゃないですか。配分がおかしいだけでしょ。日本ではもう食料は余ってて、毎日毎日たくさん捨てられているんだから。物資にしたって、足りないようなものはほとんどないんじゃないですか。配分さえちゃんとすれば、誰一人生活に困るようなことはないはずですよね。どうして上から下まで皆が『金がない金がない』と騒いでいるのか、本当にこれは実際に見ない限り絶対に信じられない光景ですよ」

弁解したいことはいっぱいあるが、とりあえずテラミスには地球の経済学がない。これはもう小学生に量子力学を説明しなければならないようなものなので、黙っていた。

「一月の見学後、実際に地球で生活したんですよ。そしたら、これがまた輪をかけて信じられないというか、何というか。何に一番驚いたって、そのうるささ。もうほんとによくこんな騒音が平気だなあって。耳の構造がテラミス人と地球人では違うんじゃないかなと思いましたね。そして、とにかくみんな何かに追われているようにせかせかとしているんですよね。歩くのも速い、話すのも速い、食事するのも速い、どこかに立ち止まるということがほとんどない。結局、一言でまとめると『機能主義』ということなのかな。何かそれ自体を楽しんでる光景にあまり出会わないんですよね。散歩やジョギングも、健康のためといわれる。スポーツなどがかろうじてそれ自体を楽しんでるようですが、それはそれで何か病的というか、あまりにも勝敗にこだわりますし、観戦するほうがもっと熱狂的だったり……結局ほとんど心は休まっていない。スポーツで余計に心身が疲れたりしている。

常にそれ自体を楽しむ。僕たちテラミス人はそういうふうに教わってそういうふうに生きています。で、どうも地球人は楽しんでいない。一例を挙げると、パチンコなんてものがありますよね。あの騒音は僕の仲間たちは皆耐えられなかったんですが、僕だけかろうじて我慢できたんです。で、しばらくやってみて、少し恐ろしいものを感じました。大勢の人が長時間パチンコをしている。それだけ地球人を惹きつけるものがあるからですよね。大学の説明では賭博の一種で片づけられているんですが、地球の貨幣を所有してもまったく意味のない僕も、もう一度行ってみたい誘惑を覚えたのですよ。これは単なる賭博の誘惑ではないなと思ったのです。どうもあれは、精神に強烈な刺激を与え続けるんじゃないでしょうか。パチンコをしている最中の人の内分泌を検査すれば、何か見つかるかもしれないと思ったくらいです。パチンコをしている最中は確かに『楽しい』のかもしれない。でもその『楽しさ』はどうも私たちテラミス人の考える『楽しさ』とは異なると思います。いえ、地球人自身もパチンコの『楽しさ』が何か歪んだものだとは認めているようですよね。生化学的データがないので実証はできないのですが、おそらく閾値を越えた継続的刺激による興奮状態があって、それを『楽しさ』と錯覚しているだけなのだろうと思います。で、それはほとんど麻薬に近いような作用があります。

これは、僕が思いついた考えで、研究者の間で一定の評価を得たのですが、貨幣制度は人間の全能感を増大しているのではないかと思います。どういうことかといいますと、金銭とはあくまで抽象的な数字であって実際の数ではないですよね。当然、物の値段というものも本質的には抽象的な数字にすぎませんから、本来的にその物に属しているのではなく、仮のものでしかありません。ある服に一万円という値段がついていたとして、本当にその価値が一万円なのかどうかは実は誰にもわかりません。他の店に行けば違う値段かもしれない、一月たてば違う値段かもしれない、すべての『値段』は、ある意味、いい加減なものです。だからこそ『値引き』なんてこともあるわけです。にもかかわらず、そういう『値段』というものに慣れてしまうと、それが本当の価値を表すような錯覚を生じるのではないかと。そしてそのうちに、たとえば命のようなものにまで値段を付け始めてしまう。人の命に値段がつくわけです。それだけでもまず信じられない。おまけに、人によって値段が違う。これなんかはもう貨幣制度の研究者以外には絶対信じられないと思います。すべてのものに値段がつけられるという途方もない思い上がり、それがひいては人間が全能であるという思い上がりに通じているのではないかというのが僕の考えです」

人間の全能感については、おそらくキリスト教で人間だけを特別扱いしたところからきているのが大きいと私は思ったが、そんな説明をしたところで到底理解してもらえるはずもない。異星の文化を理解することなどほとんど不可能に近いのだろう。私自身、ここで数日間過ごしたところでテラミスについておよそとんちんかんな理解しかできないのだろう。そして、この学生の理解がかなりずれているとしても、その批判の中に間違いなく真実の一端は示されている。拝金主義という言葉が、確かに現代日本を象徴している言葉なのである。

「地球で感じた最も大きな違和感は、人と人とのつながりが恐ろしく希薄になっているということでした。もっとも、これは僕以前に多くの人が指摘しているんですけどね。僕もそれを痛切に感じました」

「人とのつながりが希薄?」

「テラミス人から見ればそう見えます。つまり、僕たちの考えでは、人と人とのつながりは、単にその人と一緒に過ごすことが楽しい、というのが基本です。それ以外のつながりは本来的なつながりとはいえません。ところが、地球人はそういう本来的なつながりをほとんど持っていない。子どものうちはまだ結構あるようですが、大人になるとたいていなくなってしまうようです。都会の一人暮らしの人など、皆無という人もいますね」

その人と一緒に過ごすこと自体が楽しい……確かにそういうのは高校生ぐらいまでだったかもしれない。だが、大人になるとは、そういうことなのではないのか。仕事上の付き合いがほとんどになってしまうのだから。そういうのは家族と友人だけになるのだろう。それも、「幸福な」家族と「かなり親しい」友人の場合だろう。

「オレオレ詐欺のメンバーの一人を数時間観察しました。彼にとっては、ほとんどすべての人間が、カモか、そうでないかで分けられていました。ターゲットとなった人に親切そうに話していても、彼の頭にあるのは、その人を騙すことができるかどうか、うまくいったとしてその人からどれぐらいのお金を奪うことができるか、それだけでした。しかも、彼にとっては詐欺の仲間でさえ、自分が利用している人間としての意識しかありませんでした。一緒に暮らしている女性がいましたが、その女性に対してもセックスの相手という意識だけでした。彼にとって『一緒にいるだけで心地よい』人物はいませんでした」

外から観察するだけで、どうしてそんなことまで解るのだろうか。そういうふうにこの人が思ったというだけのこと？

彼は突然、はにかんだように笑った。

「すみません」

「は？」

「あなたの方がテラミス星についていろいろお知りになりたいはずなのに。僕ばかり夢中になってしゃべってしまって……僕のこれまでの最も衝撃的な体験でしたので、あなたが地球からのお客様だと知って、つい……」

「ああ、いいえ、他の星の人の日本についての感想はとても興味深いです」

「そうおっしゃっていただければ嬉（うれ）しいです。あなたのテラミス滞在が気持ちのいいものでありますように」

ＵＦＯから人間を観察するだけでなぜその人間の内面まで解るのか、後で彼女に訊いてみた。するると、「意識の同一化」という観察が可能なのだという。

「内面世界があまりにも異なっていますと、途中で撥（は）ね退けられてしまいます。彼もそのオレオレ詐欺の人物には数時間が限界だったのでしょう」

「それは短い方なんですか」

「はい。たとえば、あなたにだったら一週間でも二週間でも可能だと思います」

「観察する人物は初めからターゲットを定めているわけですか」

「彼の場合は、『貨幣制度に伴う人間性の歪曲』がテーマですから、少なくとも一人は極端に歪曲されている人間を観察する必要があります。それがオレオレ詐欺の人物だったということですね」

「そもそも、そういうことをすること自体に抵抗はないのですか」

「あります。今でも実は議論が分かれています。いくら異星人とはいえ、他人の精神を勝手に覗いていいのかという反対意見は根強いです。一応、現在の政府統一見解は、研究目的でかつ観察された者にいかなる影響も及ばさないと断言できる場合だけ同一化観察の使用を認めています」

　ふむ、つまり異星人のように、関係が絶対に生じないと断言できる場合だけってことか。テラミス星人同士はだめなんだろう。

「観察する方には何も問題はないのですか」

「あります。観察した側の精神力が観察された側より劣るとき、相手の影響を観察後まで受けることがあります。あるいは、あまりにも異質な精神を観察した場合、自分の精神にトラウマを残すことがあります。まあ、でもそれは観察する側の自己責任ですから」

　ふうむ、まだ若干しっくりこないのだが、と思って、はたと気づいて確かめた。

「ひょっとして、私も観察されたのですか」

「同一化観察をあなたに行うことはできません。あなたの場合、われわれの存在を知るわけですから、当然関係が生じます。そういう方に行うことはしません」

「でたらめに私を選んだのではないですよね。何に基づいて私と決めたのです？」

「もちろん、でたらめに抽出することはできません。詳しい説明は後日にさせていただきますが、おおよその精神的な傾向というものをスキャンで知ります。その中で、さらに通常の観察を一週間ほど行ったうえで決めるのです。あなたに無断であなたの精神的傾向を調べたわけですから、これは確かにある意味あなたの人権を侵害したといいうるものです。その件についてはお詫びします。ただ、われわれが興味本位であなたを呼んだのでは決してないということは今回の訪問の最後で明らかになるはずです」

　彼女はそういって頭を下げた。ふむ、まあ、そう言われるとそれ以上追及するのも何となく大人気ないような気がした。

＊

　公園を散歩している老人に話を聞いてみた。

「二百十二歳じゃよ。わしぐらいの年になるとぼちぼち引退するやつも出てくるがのう。わしはまだ現役じゃよ。判定局の公務員じゃし、あそこに見えておるじゃろ、あの機械工場のメンバーでもある。

　そうじゃのう、わしの一生を話したらいくら時間があっても足らんよ。まあ、あんたの知りたいようなことを言うと、わしは子どものころはいわゆる優等生で、親の言うとおり生きてきた。世間のいう人生の真理を何の疑問も持たずにそのまま受け入れておった。この世は修行の場である、われわれは生きている間、一生懸命修行をして人格を磨くのだとなあ。

公務員になって、そう、議員オブザーバーになったこともあるな、バリバリ働いておった、休暇もさほどとらずにのう。それが、あれはわしが六十二の時じゃった。学生時代からの友人が恋愛関係のもつれから人を殺してしまっての。追放になった。それからじゃ、人生というのが解らんようになった。なぜあいつが、と思うのじゃ。そして、なぜあいつにあんな運命が待ち受けていたのかと思うのじゃ。神は本当におわすのだろうかとな。これは、このテラミスでは気が狂っているんじゃなかろうかと思われるような問いじゃよ。しかし、それをわしは問うた。そして考えた。幸い、それまでろくに休暇をとっていなかったから、三年間の長期休暇が取れた。山にこもったりもした。

三年過ぎてもわしは帰らなかった……いや、帰れなかったのじゃ。ますます解らんようになっていた。必死に勉強したものじゃ。『大崩壊』こそが神の存在の証拠とされておるのじゃが、そのころの歴史をとことん調べたりもした。図書館通いの日々のうちに、わしは世の中にはわしと同じようなことで悩んだ人間が結構多いことを知った。そういう人間の本がいくらでもあったからのう。そういう本を書いた人間の中には、山で修行をしたりしているうちに、神秘体験というのかな、神を直接感じたりすることがままあるらしい。じゃが、わしにはなかった。

結局、十年経ってわしは社会に復帰した。疑問が解けたわけじゃない。疑問は疑問で残っていた。ただ、疑問を抱えたままでも生きていけるという気持ちにはなっていた……驚いたことに、妻がわしを待っていてくれての、もうてっきり他の男と一緒になっていると思っていたのじゃが。わしが戻ったその日に、あちこちで働いていた子どもたちが孫を連れてお祝いに駆けつけてくれた。妻が手配をしてくれたのじゃ。あの時は嬉しかった。涙が溢れ出てのう。あんなに泣いたことは後にも先にもないわ。今思えばあの喜びが至高体験なのかもしれんのう。

今はどう思っているかじゃと？　もちろん神はおわす、わしの中にの。あんたの中にもじゃ。このテラミスのすべて、いや、宇宙のすべてが神の現れなのじゃ。そういうことは子どものときにちゃんと習ったんじゃがの、しかしそれを自分で納得するのに五十年以上もかかったわけじゃ。それで良いのじゃがの。

こんな言葉がある。真摯な無神論者はむしろ神に愛される——。神の目からすれば、五十年など一瞬よ。わしはちょっぴり生意気なことを言って、また神の懐に戻ってきたわけじゃ。それくらいの自立心を示す方がむしろ神に嘉されるという意味じゃ」

テラミスでは、地球よりはるかに科学が発達しているにもかかわらず、宗教が相当の役割を果たしているのだろうか。そういえば、あの「道場」も何か宗教的色彩が感じられた。ふうむ、祭政一致の国なのだろうか。とすれば、私のような信仰心のない人間にとっては住みづらいかもしれない。

＊

「あなたも何か宗教を信じているのですか」

彼女は少し口ごもった。どう言えばいいのか考えているようだった。

「テラミスには地球の宗教のようなものは格別にはないのです。大崩壊前はいろいろな宗教があったと記録されていますが、私にもそのころのことははっきりとはわかりません」

「大崩壊とかいうときに、神様がその姿を現したとでもいうのですか」

「そうです。そして、そのときの神の教えなどを大崩壊後に残った人々がいろいろと検討して、世界各地のさまざまな宗教の違いは、神がさまざまな時代・さまざまな場所でその姿を現されたことからくる違いに過ぎないという結論に達したのです」

「テラミスの宗教とは、一言で言えばどのようなものなのですか」

「大宇宙の法に則って生きるということです」

ううむ、それでは何のことなのか結局解らんではないか。

「神社とか、教会とかはないのですか」

「ありません」

「神に祈るときはどうするのです？」

「いつでもどこでも祈ればいいのです」

ふうむ、しかし、神様が姿を現しただって。どうして、こんな文明の進んだ国でそんなことを本気で信じるんだろうねえ。科学的常識ってやつがないのかねえ。ひょっとしたらものすごい超能力者でも現れたのかもしれないな、そういうやつは確かにいるようだから。

5

テラミスの経済の仕組みは、あまりにも地球のそれとはかけ離れていて、地球人にとっては夢物語でしかないだろう。テラミス人にとってさえ、貨幣制度からの脱却は「僥倖」の産物でしかなかったというのだから。だが、テラミスの政治の仕組みは、地球とはかけ離れているものの、参考にしうるものがあるかもしれない。

さて、そもそも「民主主義」が理想的な政治体制なのかどうかに大きな疑問の余地がある。一番いいのは理想的な君主による専制政治なのではないかと、これは私だけではなく多少とも政治を真剣に考えたことのある人の多くの意見であろう。問題は、一つには、理想的な君主がいつまでも理想的であるとは限らないということ。もう一つは、理想的な君主の跡継ぎが理想的な君主になる確率はかなり低いだろうということである。専制政治は、君主がひどい場合、国民を殺しまくるような最悪の政治体制となる。その点、民主主義は国民自らが運命を決めるという建前上、そこまでの事態には至らない可能性が高いと思われるのだ。言ってみれば、民主主義とは初めから百点を狙うのではなく、六十点でよしと考えている政治体制なのである。

その民主主義を実現させているのは、代議士を選ぶ投票制度である。投票制度にはこれまでもいろいろな方式が立案されてきた。小選挙区制、中選挙区制、大選挙区制、比例代表制等々、戦後の日本だけでも、何回となく改正されている。そして、民主主義が六十点の政治にしかならない大きな理由がこの投票制度にある。

彼女に言わせれば、投票制度が正しく機能するのは、成員同士が直接の知り合いである小集団に限られる、という。

つまり、学級委員などの選挙である。あるいは、かなり閉鎖的で人口の少ない村なども辛うじて該当するかもしれない。

だが、それ以上の大きい集団になった場合、選ばれる最大要件は宣伝がうまいかどうかになってしまい、本来の目的にふさわしい人間が選ばれる確率は極めて少なくなるという。

「そもそも、自分の知らない人間を何かの代表に選ぶということ自体が、根本的にナンセンスでしょう」

それはそのとおりなのだが、私にそう言われても、と思う。まあ、だからこそ、芸能人やスポーツ選手の候補者が乱立するわけである。少なくとも彼らは「知られている」のだ。

＊

テラミスの選挙は立候補者がいない。成人すると、自分のコンピューターで、これはと思う人間に勝手に投票するのである。そして投票欄にA・Bの区別がある。Aは自分が直接知っている人間、Bは自分が間接的に知っている人間である。

「成人するまでに、直接間接にいろいろな人と知り合っているはずです。で、投票というのはつまるところ、誰に政治を任したらいいのか考えること。自分という選択肢が当然ありますが、テラミスでは自分には投票できません。自分以外で誰が政治に一番ふさわしいかを考える。自分がこれまでに直接知り合った人間の中で最適な人に投票するのです。あなたにも学校の同級生で政治を委ねてもいいかなと思うような人が一人や二人はいたでしょう」

ついでながら、テラミスの初等教育で必ず習う投票の基準は「えこひいきがないこと」、中等教育では「公正さ」と「全体的視野」だそうである。

B欄には、マスコミ・ネット・読書などで、その見解を知っている人間の中から選ぶ。よく発言している学者などは、結構票数が集まるとか。スポーツマンやタレントで票が集まる人もいないわけではないが、それは政治的な発言をしているからであって、単に知名度が高いというだけで票が集まることはまずないそうだ。

ここまでだけなら、A欄に投票される大多数のおそらくは地域社会以外ではほとんど無名の人たちは一体どういう扱いになるのかという疑問はあっても、地球とそれほど変わっているわけでもないと思われるかもしれない。だが、A欄の投票こそが真の民主主義を実現させるために不可欠な要素となるのだ。

「地球の選挙は宣伝の巧みなものが勝つだけですから、結局、真に『民衆』のための政治が行われる可能性はほとんどありません。どなたかが言ってましたが、デモクラシーではなくてダマクラシーなのですよね（笑）。一票の権利があるから、あなたも国政に参加しているんだと納得させる。でも、地球の庶民で自分が政治に参加している実感のある人が果たして一人でもいますか。そういう不満は、誰であっても同じだからと不承不承納得させられます。しかし実際は、マスコミや地域の有力者を操ることによって巨大な票を動かしている人間がいるわけです。形式的にはその人も一票しか持っていません、しかしそれは形式だけの、つまりつじつま合わせにすぎません」

彼女に言わせれば、政治の〝せ〟の字も考えたことがない人間と政治学者が同じ一票であるのはおかしいし、自分の利益しか眼中にない人間と国家全体のことを考える人間が同じ一票であるのもおかしいという。それはそうかもしれないが、差をつけようにもその基準は必ずや恣意的なものにならざるをえない。結局、一人一票が一番不満のない解決策なのではないかと思っていた。

ところがテラミスでは、一人が一票以上、十票も百票も、いや場合によっては万票以上もの投票権を持つ。ただの庶民が、である。そしてそういう差をつける基準を何に求めるのかというと、それを投票そのものに求めているのである。すなわち、恣意的な要素はまったく入らない。量子コンピューターの開発により可能となった多重累積投票制度である。これによって、最初のたとえで言うならば民主主義でも八十点以上を目指せるようになったのだ。

たとえば、私の現在・過去の知人・友人のうち、仮に五名が私に投票してくれているとする。C、D、E、F、Gとしよう。さらにCに投票している人間が一名、D、Eに投票している人間が三名、Gに投票している人間が四名あったとする。まずFの一票が私に来る。CとCに投票している人間の一票をくわえた二票が私に来る。Dに投票しているH、I、JのうちHとIに一票ずつ入っていたとすると、Dは全部で六票持っている計算になる。その六票が私に加算される。EもDと同じだとすると、やはり六票。Gに投票しているK、L、M、Nのうち、

KとLがD、Eと同様の内訳だとしたら、Gの票数は全部で十五票。それが私に加算される。ということで、私の得票数は二＋六＋六＋一＋十五で三十票になる。

つまり、得票の少ないものから順番に票数を上位のものに累積して加算させていくのである。何となくおわかりいただけただろうか。直接には五票しか入っていなくても、多重累積をすると三十票になるのである（前記の説明は極めて簡略化した説明で、実際は累積加算の内訳次第でGの途中の票数が私を上回り、私の票の方がGに加算されることになるというような事態も起こりうる）。直接百票でも入っていたら、多重累積すると一万票を超えることも充分ありうる。これが何を意味するかといえば、全員が同じ一票の投票権しかなくても、友人・知人の間でそれなりの信頼を得ていたならば、誰からも信頼を得ていない人間に比べて何万倍、場合によっては何百万倍もの権利を持つことがあるのだ。しかもその差は、お金（テラミスに金銭はないが）や権力を使った操作で生じるのではなく、ただただその個人の人間的魅力・能力によって生じる。言ってみれば、「草の根」を実際に拾い上げるような選挙制度なのだ。

さて、もう少し説明しなければなるまい。先ほどの例で、私が投票している人間がDであったとしよう。ところがDは私に投票しているわけであり、そういう場合は私の票の行き先がなくなる、つまり死票になってしまうのである（もちろん三十票で当選するわけはない）。投票が一人だけだと死票が極めて多く発生することになる。

テラミスでは、成人した初年度にA、B五人ずつ投票できる。そして毎年一人ずつ増えていき、十年後には十五人ずつになり、それが上限である。つまり、三十人まで投票できるのだ（限界いっぱいまで投票しなければならないわけではない）。それでも死票は生じるが、有効投票よりは少なくなるという。成人してから可能投票数が増えていくのは、社会に出て仕事を始めることで新しい知り合いが出来、また見聞も広がるからだという。

A、Bに分けている意味は、その人物を直接知っている人間の評価が優先されなければならないという考えに基づいている（A欄の投票者数がB欄より少ないと警告が発せられる。同数か上でなければならない。放置しておくと無効投票となってしまう）。テラミスの投票の意味は、自分が直接代議士を選ぶという意味ももちろんあるが、それ以上に自分の信頼する誰某に投票権を委ねるという意味合いが大きいのである。あいつならばおかしな人物は選ぶまいと考えて、A欄では投票するわけである。で、A欄B欄合計の得票数は主にB欄で得票する人物の方が通常は圧倒的に多くなるわけだが、その人物のA欄だけでの得票数が一定数以下だと落選になってしまうのである。つまり、いくらマスコミなどで全国的知名度があったとしても直接の知り合いから評価されないと致命傷になるのだ。

立候補はない。投票日もない。自分の知っている人間でふさわしいと思う人間をコンピューターに登録する。それだけである。考えが変わってその人物が気に入らなくなれば、いつでも他の人物に変更できる。なお、自分に何票入っていて何位であるかは知ることができる。ただし誰が投票してくれているのかは教えてもらえない。

数学的センスのある人なら、この投票の集計がいかに膨大な量の計算を伴う面倒なものかはすぐに解るであろう。コンピューターでなければ到底処理できない（そもそも、記名投票のようなものだからコンピューター以外に見せてしまうと投票の秘密が保てなくなる）。この制度が考案された当初は、毎月一日が集計日と定められ、午後十二時ジャストの時点でいったん入力をブロックして計算結果を出していたらしい。さすがのコンピューターでも時々刻々変化するリアルタイムで計算結果を出すことは難しかったのである。それが可能になったのは、量子コンピューターが開発されてからだという。現在は、もちろん一分一秒の得票数の変化を追うことが可能であるが、当選者に関しては当選ラインぎりぎりの人の場合、たとえば三秒間だけ当選していたなどという事態もありうるので、毎月一日にしか公表しないという。だから最低でも任期は一月はあるわけである。

さて、投票の仕組みを長々と語ってきたが、では、何を選出しているかというと、テラミス星「評議員」である。評議員の有資格者は年齢三十歳以上で、その知能が上位〇・一パーセントに入っている者である。定員は百名、すなわち得票数上位百名である。任期は無期限。百位以内に入り続けている限り、いかなる権威を持ってしてもその職を奪うことはできない。彼が評議員でなくなるのは、彼の得票数が百位以内に入らなくなった場合のみである。

評議員は専業である。非常な激務であるがゆえに兼職は許されない。もちろん選ばれることは最大の名誉である。辞退は可能だが、これまでに二人しかいないという（長く勤めて自ら引退を申し出ることはある）。

なお、百一位から二百位までの者がオブザーバーの資格を有する。議決権がないだけで、秘密会に出席も可能である。評議員見習いと言うべきか。こちらは兼職可能である。

テラミスでは政党がない。評議員は個人の責任において国家のあらゆる問題に解答を出し、決断を下さなければならない。テラミス人に言わせれば、異なる人間がありとあらゆる問題について見解が一致するはずがない。仮に一致したならば、それは片方がもう片方に精神的に従属してしまっている証拠に他ならない。団体をつくり、なんでもまとめて同じように投票するというのは、テラミス人にとっては想像を絶している。

評議員は千人に一人の知能を有したエリートぞろいである。しかしそれでも、ありとあらゆる問題に精通することは至難である。評議員は、必要とあらば学者や専門家に対していつでもその見解を質すことができる。これは最優先事項であり、訊かれた者は学会の発表をうっちゃってでも質問に応じなければならない。その他、評議員には何事も最優先でやってもらえる特典があるが、それは、超多忙な評議員に無駄な時間を過ごさせないためである。有権者の個人的便宜を図るような評議員はいない。ごく親しい人間以外の葬式に出るような暇はない。まして見知らぬ人間に挨拶(あいさつ)状をばら撒(ま)くなんてことはない。仮にそんなことをすれば、何と暇な人間だと翌日から得票数が激減するであろう。秘書はいない。テラミスでは、一個人に従属する職業は認められないのである。評議員といえども自分のことは自分でしなければならないのだ。

内閣に当たるものは「光る委員会」と呼ばれ、十一人のメンバーから構成される。十一人は評議員の中から当選期間の長い順に選ばれ、所轄の省庁の監督にあたる。日本でいえば大臣である。委員筆頭、つまり総理だけは最高得票数の者がなり、当選期間には関係ない。

所管の省庁の一つが判定局、つまり裁判所である。内閣から裁判所が独立していないのだ。

権力による犯罪を裁くことができないのではないかと質問をぶつけたら、こんな答えが返ってきた。

「地球に『性悪説』という考えがあることは知っています。それに基づけば権力を分立させねばならないのでしょうが、第四段階の星においてはそもそも『悪人』がいないのです」

　悪人がいないだと？　たしかに、人殺しも泥棒も極めて少ないのはよっく解りましたがね。でも、いくらなんでも自惚れすぎではないのか。

「それでも、権力を利用して自分に有利なように事を運ぶ者が出てきた場合、困るのではないですか」

　彼女はしばらく首をひねっていたが、こう答えた。

「判定局に一定の人数の署名を添えて差し出せば、いかなる個人についても判定局が調査を開始します。判定局長官といえども免れることはありません」

「でも、そんなことをしたら睨まれたりするんじゃないですか」

「テラミスの公務員は、この大宇宙の法に基づいて判断し行動します。一個人の思惑を気にするようなことはありえません。そもそも公務員は、誰でもなれます。そして昇進は内部の公務員どうしの選挙ですから、長官が口出しする余地はありません」

　むむむ、まただ。大宇宙の法ねえ。

「それでは逆に、長官の指示をきかないような公務員がいたらどうなるのです？」

「そういう者がいることもちょっと考えられないのですが、もしいたら別の者にやらすだけでしょうね。評議員は、『光る委員会』のメンバーを含めて公務員個人については何の権限もないのです。組織そのものを改変することはできますが」

「それは抵抗が大きいんじゃないですか」

「『光る委員会』が決定すればそれで決まりです。抵抗も何もありません」

ちょっと待てよ。それでは、ただの評議員はどういう権限を持っているのだろう。

「評議員の総会か何かでものごとが決まるんじゃないんですか」

「評議員は全員が行政の責任者なのです。テラミスには地球のようなこまごまとした法律はありません。法律を定める仕事というものがないのです。評議員百名のうち十一名が中央政府『光る委員会』のメンバーとなり、残り八十九名は、テラミス全土を八十九に区分した地方政府の長となります。だから、評議員総会は、地方の実情をふまえた各評議員からの報告ならびにそれに基づく中央政府の諸施策の検討ということになります。たいていのことは『光る委員会』だけで処理します」

なるほど、そうか。立法という作業がないわけだ。法による支配こそが近代の証であると地球では言われているのだが、テラミスではそう思われていないのだ。

「個人による恣意的な支配より法の支配の方が望ましいのは間違いありません。しかし、恣意的な支配という心配がまったくなくなった社会においては、法ですべてを一律に判断してしまうことは、いってみれば凹凸のある曲線である実際の世の中を直線で区切ってしまうようなものです。ケース・バイ・ケースで判断していくのが最も望ましいと私たちは考えています」

しかし、たとえば日本でいう道路交通法のような法律は絶対必要なのではないか。

「そんなものは、交通局が規則をつくればいいのです。評議員を煩わすほどの仕事ではありません。テラミスでは整理のための規則はありますが、取り締まるための法律はありません。そんなものをつくったところで、必ず抜け道が出来、結局いたちごっこになるだけなのです。もちろん、たとえば殺人罪は裁かれます。しかし、そういう法律は別にないのです。大宇宙の法にもとる行為をしたと思われる人物が現れた場合は、判定局の公務員がその都度判断を下すのです」

なるほど、判例はあるが条文はないわけだ。そして評議員とは、議員というより知事に近い存在なのか。

「地元のために利益誘導をして、それで得票を稼いでとかいう悪循環が生じたりしないのですか」

「そもそも『利益』という概念がテラミスにはないのですが……。同じ州政府の長官にい続けられるのは最長で十年です。十年経つと、本人が希望せずとも別の任地に赴くことになります。任地の州の人々をより幸福にすることができれば、確かにその州民からの支持は増えるでしょうが……テラミスのシステムでは、百一位から二百位までのオブザーバーの持っている票が誰に流れるかで当落がかなり決まります。自分の任地のことしか考えない、全体への視野に欠ける人物と判断されれば、そういう人たちからの票の流れが止まってしまうでしょう」

あと、州議員と地方議員とがあるが、細かな数字が異なるだけで選出方法の原則は同じである。ただし、地方政治の場合は、その地方独特の方式が優先され、相当部分まで独自裁量に委ねられている。主だった人間たちが集まって相談するような地方もあれば、トップがどんどん決定をしていく地方もあるという。大宇宙の法に外れていると見なされない限り、どのような決定方式をとろうが構わないのだそうである。

6

テラミスでは三歳から就学可能である。義務が生じるのは六歳からである。三歳になるまでは、原則として両親のどちらかが二十四時間面倒を見なければならない（「子育て」が職業として認められるのでダッカはもらえる。ただし上限があって、子どもが十六歳まで）。「保育園」に預けて両親共働きというわけにはいかないのである。

国が管理しているのは六歳児と七歳児の通う小学校だけである（この二年間だけは、すべての子どもが国立の小学校に通わなければならない。他の教育機関はない）。ここでは、テラミス人として最低限必要な読み書きと計算が徹底的に教えられる。授業は昼までである。午後からは道場に通うのだ！　そこでは宗教教育と、何と超能力の訓練が行われるらしい。地球でいえばヨガのようなことをするのだろうか。私にはどうもよく理解できないが、座禅をしたり瞑想をしたり、透視やテレパシーの訓練をしたり、体に「気」をめぐらせて自分の身体の調子を整える基本を学ぶのだそうである。彼女もテレパシーが使えるという（疑問の一部が氷解した）。

地球人は、超能力などあるはずがないという常識が強すぎるために、その能力の発現を自ら抑え込んでしまっているのだという。幼いころから訓練すれば、大抵の人間が多かれ少なかれある程度の超能力が使えるようになるというのだ！

八歳からどういう教育を受けるかは保護者の判断に任される。教育機関は千差万別であるが、大別して、午前に通う総合学校と午後に通う専門学校とに分けられる。総合学校は基本的には小学校の延長のようなもので、いろいろな教科を教えてくれるのであるが、学校によって少しずつ方針が異なるのだそうである。理数系に重点を置く学校、情操教育を重視する学校、集団活動に力を入れる学校、宗教教育に力点を置く学校と、さまざまである。毎日通うのが原則である。専門学校はもう百花繚乱である。芸術・スポーツをはじめとして、少し大きい子どもたちのためには、建築とか（自分で家をつくったりするらしい）、機械とか、花火などというのもあるし、古代史などというのもある。毎日違う学校に通ってもいいし、芸術系の専門学校に通う子どもの中には午後はできるだけ自宅での練習に当てるという者もいるらしい。学校ではなくて個人の先生についても無論構わないのである。

当然のことであるが、都会ほど学校の種類は多い。選択の幅が広がるわけだ。田舎では総合学校が三校と専門学校が五校しかないなどという村もある。しかし、田舎には田舎のよさがあることはテラミス人はよく知っている。どうしても行きたければフライヤー・バスで三十分も飛べば大抵の学校に通える。

専門学校の教科内容はもちろん、総合学校の教科カリキュラムについても政府からの干渉はない。総合学校では、一人一人コンピューターを使って個人別プログラムによる指導を受けている。教師はそれらを見て回り、質問に答えるのが主な役目である。地球で行われているような、黒板で先生が説明し生徒が手を挙げるという光景は見られない。コンピュータープログラムをつくるのは教育学者――教科プログラマーの仕事である。次々と新しいものがつくられ、先生たちはどれがいいかを研究するのだ。もちろん生徒によって使用するプログラムを変えるのは当然である。

十五歳までの子どもは、原則として三時には学校から解放される。それから日暮れまでは子どもの天国である。都会では広い遊園地（いわゆる「遊園地」もあるし、ただの広場もある）、田舎では自然の中で自由に遊びに興じるのである。「勉強しなさい」などという野暮な親はいない。読書力さえつけておけば、必要となればいつでも自分で勉強できるのである。勉強はやりたいときにするのが身につけるコツであるという。そもそも「受験」がない。いい高校、いい大学、いい会社というラインがテラミスにはない。勉強したい者だけが勉強するのである。そして勉強とは、決まったカリキュラムをこなすことだけではないのだ。脳に何らかの新しい刺激を与えていれば、それはすべて「勉強」なのである。実際に社会に出てからものをいうのは、そういう幅広い「勉強」であることはテラミス人の常識である。

十六歳になれば大学に入学可能である。大学は学者と共に研究をする場である。○○大学の○○教授の研究室に○○の研究をするために入るのである。もちろん入学試験などはない。十六歳以上なら誰でもいつでも入れる。二百歳近い老人が入ってくることもある。能力の足りないものが入ってきたらどうするのかという質問は、テラミスでは質問自体が無意味である。そもそも自分の能力でまったく理解できないことを研究しようとする者はいない。たまたま間違えて入ってきたりしても、十日もすれば場違いなところに来てしまったと気づき、自らやめていく。

テラミス人からすれば、日本の大学は想像を絶するところであろう。大半の学生が勉強していないのだから。テラミスの大学は研究をする場である。それ以外のいかなる場所でもない。もちろんサークル活動など一切ない。たまたま同じ大学で知り合った者どうしがサークルを結成したとしても、それは大学とは何の関係もないことである。

十六歳で大学に行く者は少ない。三パーセントぐらいだという。しかし、百歳の人間を対象にしたデータでは二五パーセントになっているという。社会に出てから必要を感じて大学にやってくるわけだ。大学は午前も午後もない。一日中研究をしている。社会人は午後しかこられない場合が多いので配慮しているのである。また、学者と名のつく人間は古今東西似たようなもので、生活時間帯が少々常人と異なっているせいもある。休日などは教授が勝手に決めるのである。まあ、あまり常軌を逸したハードスケジュールにすると、助手、すなわち学生たちがいなくなるので、そこらへんは適当に世間の慣習に妥協しているようである。

大学の教授になるには二通りの方法がある。一つは、まず自分で何かを研究し発表することである。それが三人以上の学者に認められれば（認めるには一ダッカ要る）、職業「学者」と名乗ることができる。どこかの研究室に在籍している方が多少有利であるとはいえる。学者になると、学者を募集している大学に籍を置くことが可能である。とはいえ、大学の教授などになりたくないという学者もいる。研究室を開けば、そこにやってくる学生を拒むことはできないからである。

もう一つは、自分で大学をつくってしまうのである。賛同者を十五人以上集めればできる。ただし全員「学者」でなければならない。研究室が十五ある大学が新たに誕生するわけである。研究室に丸一年一人の学生も在籍しない場合、その学者は大学から離れて市井の学者に戻る。大学に戻りたければ一年以上間をあけてまたやり直しである。

学生は大学にいつでも入れるし、いつでも出られる。入学式も卒業式もない。いくつかの研究室を渡り歩く者もいるし、ひとつの研究室に何年も在籍する者もいる。教授に請われ、「助教授」としてそのまま大学に残ってしまう者もいる。助教授は職業である。自分から名乗ることができないし、研究室に学生が来ないと失職になるので少々不安定な職業だが、「学者」になるまでのつなぎに利用されるようである。

大学に行かない若者たちはほとんどが専門学校に通う（専門学校の午前中は十六歳以上の者で占められるわけだ）。なかには、工場直営というのか、その工場で働く人間を養成するための学校もある。総合学校に通い続ける者もいる。広く浅く学びたい者だ。日本の大学の教養課程に当たるのだろう。別に年齢制限はないのだが、大学と違ってさすがにあまり年をとった人は総合学校には見当たらないようである。

現場めぐりをする若者もいる。あちこちの生産現場に出かけて、見学するのだ。先輩たちの話を聞き、自分にあった仕事かどうか考える。そこの仕事が気に入ってしまって手伝ったりする者も出てくる。いってみればインターンなのだろうが、ダッカはもらえない。

テラミスでは子どもの教育は保護者の「義務」であり、子どもの「権利」である。絶対に通わなければならない期間はわずか二年なので、中には八歳から学校に通わない子どもも出てくる。総合学校に通っていない子どもは、保護者がきちんと義務を果たしていたのかどうかが、子どもが十五歳のときに検査される。テストは読書力と計算、それと脳の走査である。著しく劣ると判断されると、親が判定局から調べられることになるが、実際はまずないという。総合学校に通わない子どもは、例外なく出来のいい子どもたちばかりで、特殊な技術を身につけさせたいと考える親の方針の下で、大抵の子どもより厳しく教育されているのである。

貨幣制度がないからなのかどうかは判らないが、テラミスでは人々の間に競争心があまりない。過度な競争心は有害とされているが、まったくないというのもどうかというので、テラミスではさまざまなコンクールや大会がある。特に子どもが対象のものは多い。日本にあるようなスポーツや芸術の分野だけだと出る人間が限られてしまうというので、かなり変わったコンクールもある。

人気の一つが「分解組み立てコンテスト」。ちょっとした機械を最小単位にまで分解し、それをまた組み立てて元のとおりにきちんと動かすというものである。全国大会ともなると、まだ世に出ていない新製品が対象となるので、手先の器用さだけでなくかなり総合的な知能が要求される。一人で行う部門と数人のグループで行う部門があり、グループの方は相当大きい産業機械なども対象になる。器物破損罪が多いというのは、つまり、この練習を公のモノや人様のモノでしているけしからん子どもたちがいるわけだ。

「分解はできるんですが、元に戻せずに放置、になっちゃうんですよねえ」

そういう罪を犯したものは出場不可にでもすればいいと思うのだが、どうもテラミスの社会は子どもには寛容らしく、よほど悪質と判断されない限りお叱りだけで済むらしい。

他にも、定められた期間で小動物とどれだけ心を通わせられるようになるかのコンテストとか、超能力＝気によって水の分子構造を変えるコンテストとか、地球では絶対ありえないコンテストもある。

テラミスではいじめなどはまずないが（仮にあっても転校すればそれで済む）、ごく稀に登校拒否のような現象はあるという。何度も転校をし、個人の先生をつけたりもし、それでもだめだということになれば、児童カウンセラーの出番である。千人に一人ぐらいいるそうである。

十六歳になってどこの学校にも行かず、個人の先生にもつかず、遊びまわっている子どもたちはかなりいるという。保護者には頭が痛い問題なのだそうだが、社会としては放置している。心理学者によれば、この時期は情動が不安定となり、いろいろなことに逆らいたい衝動が体中に溢れてくるという。抑えつけても何にもならず、むしろ逆効果だと。明白な犯罪行為でもしでかさない限り、放っておかれる。若者たちは、暴走族になったり、性の迷路に踏み込んだり、辺境地帯を冒険したりして、しかしいつかこの寛容な社会の一員となる決意をするようである。そして役所に行き、自分専用のコンピューターを手に入れて、職業を登録するのだ。それが彼の成人式である。

7

地球では国家間対立からの戦争があり、貧困がある。テラミスは単一国家なので戦争がない。物資は全国民に充分いきわたり、貧困もない。地球の二十一世紀は地球温暖化などの環境問題がクローズアップされていたが、テラミスではそういう問題はないのだろうか。

「テラミスでも大崩壊前夜は人口爆発があり、そのせいであちこちで環境問題が深刻化していたそうです。耕地の砂漠化、大都会の公害、そして自然破壊による生物種の減少などです。大崩壊によって人口が激減し、公害問題の多くは自動的に解決してしまいました。しかし、生き残ったテラミス人は大崩壊前夜のような状況を二度と繰り返してはならないと反省し、今に続く基本的な政策を定めています。それは、人間もまた自然の一部であると理解して、人間が他のテラミスの生物と共存していこうというものです」

「具体的に何をしているのですか」

「いろいろありますが、その効果が最大と思われるのは陸地の総面積のちょうど半分を自然保護区と定めていることですかね」

ちょうど半分！　それは広い。

「自然保護区で居住することは許されません。開発も一切行われません。まあ、もともと人間の生存に不向きなところがほとんどですけれどもね。大崩壊前はそういったところまでどんどん人間が入り込み、野生動物の生息地を奪ってしまいました」

「自然保護区には誰も入れないのですか」

「そうではありません。居住することができないだけです」

「というと？」

「探検は構わないのです。テラミスの若者に最も人気のあるレクリエーションですね」

「レクリエーションというほど、のんびりしたものなのですか。猛獣などはいないのですか」

「もちろん生息していますよ。探検によって命を落とす人の数は毎年万を下りません」

「ええ！　そんなに大勢死亡するとなれば大問題になりませんか」

「問題にはなるのですが、今のところ是正する動きはないですね」

　ふうむ、日本なら一人の死亡事故があるだけで「水泳禁止」とか「立ち入り禁止」とかすぐに処置がとられるのだが、どうもそういう感性はかなり異なるようだ。

　この「探検」には、初心者向きのコースから、命を賭ける上級者向きのコースまである。初心者向きとしては、都会の一角を占める森の散策とか、谷川をいかだで下るようなもの。上級者は、広大な砂漠の横断やらジャングル地帯の踏破を試みる。保護区内で使用できるものは、麻酔銃に万能カッター、救急薬に永久磁石、携帯テント、通信機などのサバイバルセットに限られる（武器の使用が許されるのは猛獣が生息する特別保護区内だけである。コンピューターで○○地区探検と登録すれば、保護区の入り口で渡される。もちろん返却しなければならない）。

職業を「探検家」としているものもいる。テラミスにおける死亡率ナンバーワンの職業である。幸いにして長く生き延びられた者も、通常は百歳ぐらいまでに引退して別の仕事に就く。そういう探検家たちのおかげで、テラミス星の特別保護区の様子がかなりわかっている。もちろん、上空からの写真で基本的なことはすべてわかっているし、動植物の生息状況などもある程度判明している。しかしそれでも、実地のデータは最も貴重なものである。探険家の中には学者とタイアップしている者もいるし、学者が自ら探検することもある。学者の場合のみ人間の安全が多少配慮されるという（ナノマシンを使った監視カメラがつき、万一の場合即座に救援隊が出発する）。

自然保護区は、人間よりも動植物に生存の優先権がある地域なのだ。しかしというべきか、それゆえにというべきか、探検こそが成人前の若者にとっての最も人気のあるレクリエーションなのである。

＊

テラミスの家族制度は、やはり日本とは大きく異なる。重婚が禁止されていないのだ。男性も女性も、何人配偶者を持っても構わないのである。しかし現実には、十人以上配偶者を持っている者はいないという。意外なことに、一番多いのが一人で、成人の五三パーセント。次が二人、一五パーセント。そして三人、七パーセント。四人、五人となるとぐっと減ってしまう。一人もいない、つまり独身者が二〇パーセントいる。

当然、結婚に伴う改姓はない。一生同じ名前である（名前以外に、生まれたときコンピューター登録番号が政府から割り当てられる）。子どもは両親のどちらかの姓を名乗る。

配偶者は助け合わなくてはならない。同居の義務はない。あちこちの妻のもとに通い婚する男性もいるそうだが、誰かと同居している方がやはり多いという。ハーレムのように何人もの妻と同居という例もあるとか。ただしこれは、女性の方が一人しか夫を持っていない場合。複数の男性と結婚している女性は、たいてい自分だけの住居（時に子どもを含む）を持ち、夫に通わしているようである。

重婚ねえ……男の理想だったりして……封建時代のように男尊女卑が受け入れられていて、そして大金持ちであるのが、重婚をするのに一番都合がいいのかもしれない。だが、貨幣のないテラミスには、大金持ちも小金持ちもいない。そして女性も皆職業を持っている（主婦という職業は認められない）。当然、独立自尊の意識旺盛だろう。重婚でもいいわという女性はあまり多くないのかもしれない。それに、人間関係がすごく煩わしくなるだろう。いくら認められているといっても、二人目と結婚した日にゃ、一人目はおかんむりだろうし。自分がするんだから、相手のも認めないわけにいかないし。やっぱり自分の奥さんが他の男とも結婚しているというのは、何かすっきりしないものを少なくとも私は感じる。結局一対一の方が煩わしくなくていいのかもしれない。これは永遠の疑問であろう、たぶん。

「大崩壊後に、それまで百カ国以上もあったものが一つの国になってしまったのです。その中には、もともと一夫多妻制が認められていた国があり、議論が紛糾しました。現にいる妻を離縁しろというわけにはいきませんし、男女平等は大原則だし、それに当時支配的であった一夫一婦の婚姻制度が絶対的に正しい根拠はどうもなさそうだということになって、最終的にこうなったのです」

「大宇宙の法には背かないわけですか」

一本取れたと思った。まじめな答えが返ってきてしまった。

「そう主張する人もいます。そもそも人間の本性は一人の配偶者を生涯愛し続けるようには出来ていないという考え方が有力ですが、それを克服して一人の配偶者と生涯を共にすることこそが、現世における修行なのだという反論があります」

現世における？　何だ、あの世を信じてるってのか、まさかね。

「一夫一婦制はあくまで『人の理』であって『天の理』、すなわち大宇宙の法ではないという考え方の方が多数説ですね。そもそも神は人間に不自然なことを強いはしないと。

結局、個人の問題だというのが、現在の政府の統一見解です。複数の配偶者を持つことは心理的にさまざまな問題を抱え込み、トラブルの種になりやすいのです。そして政府は、そういったことについて一切関知しません。そういう困難を自分の責任において引き受ける覚悟があるのなら、どうぞ、ということです」

ふむ、それは、やっぱり、トラブルだろう。地球では、男の欲望といえば金と女になるんだろうけれど、テラミスでは金はないから女になるわけだ。しかも公認なんだから。公認だからかえってややこしいのかもしれないが。

「浮気はないんですか」

い。

「ないこともないようです」

やはり、思ったとおりだ。テラミス人の弱点、ここに見つけたり、などと喜んでも仕方がない。

「確かに私どもの弱点なのです」

あれ、テレパシーだろうか。しかしこれはどうも、いやなものだ。

「テラミスでの第一級犯罪の原因は、八割方異性関係のトラブルです（第一級犯罪とは、故意による殺人・傷害などである）。重婚を認めているために、余計にトラブルが発生することも事実のようです。しかし今のところ、政府関係者の多数は一夫一婦制に無理やり押し込んでしまって、表に出ない陰湿な関係を多数つくるほうがはるかに人間性を腐らせるという見解をとっています」

「なるほど。でも、皮肉な見方かもしれませんが、それは政府関係者のような偉いさんは重婚している人が多いからなんじゃないですか」

「そういう事実は統計的に認められません」

そうですか。これはまさに、役人の答弁である。

「子どもはどうなるんです？」

「両親が別居している場合は、どちらかと同居するわけです」

「いや、そうじゃなくて、父親がわからなくなることがありませんか」

「それはありません。生まれるとすぐに遺伝子チェックしますから、父親はすぐにわかります」

なんと。ということは、浮気の結果の子どももわかってしまうわけだ。

「中絶なんか、やっぱりあるんですか」

「中絶は原則としてできません。望まない子どもが生まれた場合は養子に出します。たいていは未成年者ですね」

中絶はできない。彼女ができないというからには、本当にできないのだろう。金がない世界で金目当てにする医者がいるはずもない。しかしそれは、浮気はやはりすっごく危険ということだ。避妊に失敗したら必ず生まなければならないのだから。そして父親もわかってしまうのだ。むむ、すごいトラブルだぞ。そのトラブルに耐える強さを持った人間だけが浮気しなさいということか。

「養子先がすぐ見つかるんですか」

「それはもう。生まれるとほぼ同時に、待ち受けていた夫婦が引き取ってしまいます。テラミスでは子どもの数はあまり多くありませんし、寿命が長いので、子どもたちが独立した後、また子どもがほしくなる夫婦はいくらでもいます。今ですと、希望しても二年近く待たされます」

彼女はテラミス版「キンゼイ・レポート」を見せてくれた。それによると、どうもテラミス星人は地球人より性欲が少ないようである。性犯罪はほとんどないというし（女性がイエスと言わない限り、絶対に性関係には至らないそうである——これは服装のせいもあるに違いない。テラミスの衣服は他人が脱がすことはかなり困難である）。セックスの回数も七十代・八十代になると急激に減るようである。平均寿命が二百歳だというのに。いったい百年以上もセックスなしですませるってのは、これはもうほとんど仏様か何かではなかろうか。

金も要らない、女も要らない、というのが中年に達した（テラミスでは中年とは百歳以上をいうらしい）平均的テラミス人の姿なのであろうか。ほとんど人間離れしていると地球人の私には思われるのだが……。

＊

私は、はったとあることに気づき、考え込んでしまった。私たちは「歴史時代が始まって以来、物質文明は進歩したのに、精神的にはあまり進歩していない」などとよく言う。だが、精神の進歩とは何なのだろう。テラミス星人はまさに地球人より「精神が進歩している」のではなかろうか。

私は悪党にもなれないけちな小市民である。悪事といえば、せいぜい収入をちょっぴりごまかして、税金をすずめの涙ほど少なくするぐらいである。政治家どもの破廉恥さには腹を立てるが、無能な清潔漢より有能な破廉恥漢の方がまだましさ、それに、世間の人間はほとんど大なり小なり同じようなことをしていると思ってしまう四十を過ぎた中年男。浮気は臆病だから（それほどモテないから）していないだけである。

金は……欲しいことは欲しいが、生活に不自由しなければいいと思っている。女は……欲しいことは欲しいが、トラブルはかなわんなと思う。上昇願望はあることはある。物質的なものではない、精神的なものである。瞑想をしてみたこともある。何度やっても無念無想の境地には至らない。神も仏も信じていない。死ねばそれで終わりだと思っている。かといって、刹那的にケセラセラ風に生きようとも思っていない。

　省みれば、何と矛盾した意識なのであろう。テラミス星が地球より進んでいることは認めながら、何となく窮屈そうでかなわんなと思っていた。人間らしさがないなと思っていた。その人間らしさとは、つまり悪事をなす自由なのか。自分は大それた悪事をしていなくとも、皆が良い子でいるのは面白くない、誰かとんでもないことをしないかなという願望があるのだろうか。精神の進歩を望むのは、悪事をなす自由、悪があるという人間らしさを望むのとは根本的に矛盾しているのではないか。

　テラミス星は、そういう矛盾から抜け出した世界なのだ。悪人がいない、悪事がない社会なのだ。そしてそれは、人間が目指すべき社会であるはずだ。悪をなす自由を欲しがるのは、それこそ精神が未熟である証拠なのだ。ここまで考えたとき、彼女が言った。

「図書館に行きましょう」

「図書館？」

「大崩壊の記録をお見せします。このテラミスも大崩壊以前はあなた方地球と似たような星だったのです」

　そこから私の記憶は微妙に混乱してくるのだ。

第二部　大崩壊

序

大崩壊前四年十月、農学博士ヒキの体が講演中に光り出した。体表から数ミリほど、白色のボーッとした光が全身から発せられていた。当人も周囲も不思議に思ったが、他に特に体に異常が出たわけでもなく、打ち捨てておく間に、他にも「光る人」が現れ始めた。

興味を持った某テレビ局が調べたところ、その年の暮にはヒホン全土に七人の「光る人」が確認された。全世界合わせると数十人ほどもいるらしいという情報もあったが、ヒホン国に集中していることは確かなようであった。

某テレビ局では、この七人に顔をそろえてもらう企画を立てた。スケジュールの忙しい面々が奇跡的に一日だけ同じ日が空いていて、翌年の大崩壊前三年三月十五日、生放送で特番が実現することになった。

プロデューサーは番組がスタートして十分も経たないうちにおそらく後悔し始めただろうし、視聴者も相当数が最初の十分で番組を切り替えたに違いない。照明を薄暗くして実際にぼんやりと人が光っているのを見れば、不思議な現象だなと一応驚く。しかし、テレビ番組としては、ただぼんやり光っているというのはあまり絵にならないのである。さまざまな撮影技法が発達していた当時、視聴者にしてみれば本当なのかどうかをまず疑う。新手の「やらせ」かと一言で片づけられてしまう可能性の方が高い。

まして、その七人が、自分たちはどうも神のメッセンジャーとして選ばれたと思われるとか、近いうちにこのテラミスに大異変が起こるなどというトンデモ発言をし始めたならば、天下の公器を使って新しい宗教の宣伝を始めるとは何事かと叩かれても仕方がないところである。

ゲストに呼ばれていたタレントのコーチンは、途中からあからさまに馬鹿にしたような態度を隠さなくなり、ついに「聞いておれるか、ばかばかしい。帰るよ、俺は」と言って席を立ち上がった。

変事が起きたのはその直後である。

「コーチンさん」

歩きかけたコーチンに、光る人の一人であった画家のトモロが呼びかけた。

振り返ったコーチンに、トモロはボールペンを放り投げ、「これを軽く私に向かって投げてくれませんか。きつく投げると危ないですよ、あなたが」と、妙なことを言ったのである。

コーチンは怪訝(けげん)な顔つきで手の中のボールペンとトモロとを見比べていたが、二、三メートルの距離にすわっているトモロにそのボールペンを上から投げつけた。と、それはトモロを取り巻く光に当たって跳ね返り、コーチンの胸に当たった。

コーチンはしばし呆然としていたが、突然テーブルの上のグラスをひっつかむと、トモロの顔面めがけて思い切り投げつけた。グラスはやはり跳ね返り、コーチンの額を傷つけた。

「この野郎！」

コーチンは椅子をひっつかむと、制止する間もなくトモロに殴りかかったが、椅子ごと吹っ飛んでしまった。

1

「ただいまあ」

ホンマは靴を脱ぐのももどかしく家に駆け込んだ。フサヨにぜひともこのビデオを見せてやらねば——。

「お帰んなさい。何バタバタしてるの」

「いいから、このビデオ見ろ。すごいのが映ってるから」

自分の部屋に行って着替えて戻ってくると、フサヨはビデオを見ながら「私、これ見た」と言う。

「ええ、ほんとか」

「十五日の昼間にやってた特番でしょ、見たわよ」

「なんだ。なんでお前、こんなすごいもの、俺に言わないんだよ」

「だって、あなた、あんまりこういうのに興味ないでしょ。神様とかなんとか」

「いや、そら、神様には興味ないけど、このビデオに映ってるのは、絶対あり得ないような不思議なことだろうが」

「あなた、超能力だなんて全部嘘っぱちだって言ってたじゃない」

「スプーン曲げとか何とかは嘘だと思うよ。でもこれは超能力とは少し違うだろう。椅子で殴りかかったやつが、反対にぶっ飛ばされてるんだぜ」

「へえ、あなたも少しはこういうのに興味あるんだ」

「なんだよ、お前が絶対好きだと思うからわざわざ借りてきてやったのに」

「そう、わざわざ、ありがと。優しいのね。ご飯はもう食べたのよね」

「うん、お茶でいい」

　結婚して十年、ホンマ夫妻には子どもがなかった。フサヨは、セックスのたびに、出来たらいいねと口にするくらい、ずっと欲しがっていたが、五年目にやっと妊娠したと思ったら流産の憂き目にあった。それ以来、妊娠の兆候もない。二人ともそれからは口に出さないが、もう無理なのかもしれないと思っている、少なくともホンマは。

　流産直後、フサヨは近所の人に誘われ新興宗教の集まりに顔を出したことがあった。ホンマは愕然（がくぜん）としたが無理に止めはせず、フサヨといる時間をできるだけ増やすように心がけた。結局入信はしなかったものの、それ以来フサヨは、いわゆるスピリチュアルものに興味を示すようになった。ホンマはばかばかしいと思いながらも、そういう世界に触れてフサヨが救われるのならそれでもいいかと思うようになっていた。

「ああ、それでな、このビデオにトモロって人が映ってただろ。俺、その人、来月取材に行くから」

「へえ、あの画家の人ね」今度ははっきりと興味を示したようであった。

「そ、うらやましいだろ」

「私、あの人は知らなかった。四人知ってる人が出てたけど」

「ええ？」今度はホンマがびっくりした。

　確かに他の六人は皆著作をあらわしている人物であったが、それほど世間的に有名でもないはずであった。

「スピリチュアル系の本、出してるもの」

「そうか」

　光る七人のうちの二人は、いわゆるトンデモ本を書いている人間であった。また、特番を見た限りでは、見解にかなり差があるとはいえ、残りの五人もそういう「危ない話」にかなり理解を示しているという感はあった。

　そして、「神のメッセンジャー」とか「近いうちに起こるテラミスの大異変」などという与太話は一般にはほとんど黙殺されたが、コーチンの吹っ飛ばされるシーンだけは不可解な出来事として人々の記憶に残った。

　ホンマが漏れ聞いたところでは、プロデューサーの首を救ったのはその事件で、それがなければまず確実に責任を取らされていただろうということである。世間的には、生放送というのは実は嘘で、例のシーンすらトリック撮影か何かだろうと勘繰る向きも結構あったのだが、放送局内部ではさすがに事実とわかっていたからである。

「トモロさんって、どういう人なの？」

「まったく無名の人物だな。四十三歳、トウケイのツマ美大卒業、それだけしかわからない」

「でも、もう結構有名になっちゃったんじゃないの」

「何というか、欲がないというか、あのあといくつかのテレビ局が出演を打診したらしいけど、あっさり断ったって話は聞いてる。今回の取材もどうかなと思ってあたってみたら、トウケイに出向くのでなければばって、オーケーくれたよ」

「どこまでいくの？」

「シンシュー、モトマツ市だ」

「サインでももらってきてもらおうかなあ」

「ええ？」

「だって、神様のメッセンジャーなんて人と知り合いになれるのって、すごいじゃない」

「お前、本気で信じてるのか」

「あなた、信じてないの？」

「神様だぜ、神様。子どもじゃあるまいし、この年になってそんなもの信じられるかよ」

「だったら、あのバリアみたいな光はなに？」

例のシーンの後、コーチンは担架で運ばれたが番組はそのまま続き、七人を取り巻く「光」がどうやらバリアのようになっていて、誰もこの七人には物理的危害を加えられないことが明らかにされていた。しかし接触は可能であり、光がどうやら相手の害意を見抜いているらしいなどという、あまりにもばかばかしい発言もあったが、どこまで本当なのかビデオを見ただけでは判然とはしない。

「それは……解らないんだよ。だから取材に行くんだ」

「神様に守ってもらってる、と考えたら、すっきりして矛盾ないじゃん」

「お前は単純でいいなあ」

「そうよ、あなたみたいに何でも複雑に難しく考えたら、禿げるわよ」

「こら」

「あなた、国会中継なんか見てるときさ、まるで自分がヒホン背負ってるみたいな怖い顔してるわよ。政治家にでもなったらよかったのよ、頭いいんだから」

「ヒホンの政治家には地盤と看板とカバンがいるの。俺なんか何一つないよ」

「政治に興味があって、能力があったら、それでいいでしょ」

「お前は単純でいいなあ」

「目をつぶって」

「なんだ？」

「いいから、目をつぶって」

ホンマは目をつぶった。バサバサと音がして頭に何かかぶさった。外してみると春物のセーターだった。

「はい、単純でバカなフサヨからの贈り物」

「あ、ありがと。いいセーターじゃないか。覚えていてくれたのか」

「忘れるわけないじゃん」フサヨはニコニコしていた。

結婚して何年もたつと、自分の誕生日を忘れられてしまう、もしくは忘れたふりをされるという話は、たまにある。そうなったら、夫婦生活赤信号か黄信号だと。正直、この数年フサヨが覚えてくれているのかどうか、誕生日が近づくと不安になるが、今のところ毎年欠かさず何かプレゼントをくれる。もちろんホンマがフサヨの誕生日を忘れた年はない。


四月二十五日朝、道が混み始める前にカメラマンのサクライとモトマツに向けて出発した。道のりおよそ二百キロ、途中休憩を入れても二時間半で大丈夫だろう。出掛けにフサヨがどことなく不安げな顔をしている。どうしたのかと聞くと、何かわからないが妙に心細いという。出張はしょっちゅうの商売だから、留守番も慣れっこのはずなのだが。

「お前も一緒に来て、サインねだるか」笑って言った。

「ほんとに、そうしたいけど……でも、ううん、いってらっしゃい。気をつけて。私のこと心配しないでね」まじめな言葉が返ってきた。

車はサクライのワゴン車。二人がペアを組んでもう五年になる。カメラはもちろん、テントから寝袋まで詰め込んである。国内の出張はよほど遠方でない限りこれで行く。もちろん一人のときは別だが、最近はカメラマン不要の取材はめったにない。ちょっとしたコラム程度の記事ならば、ホンマがカメラマンを兼ねるのだが。

「何を浮かない顔してんの?」

「あ、そんな顔してた？」

「ぼんやり物思いにふけっているって顔」

「お前、ちゃんと前見て運転してんのかよ」

「隣のお方が、黙って考え事してると、気になるよん」

「いや、出掛けの女房の言葉がちょっと気になってね」

「何か言われた？」

「私のこと、心配しないでねって、言ったような気がするんだよな。これって、何かおかしくない？」

「お宅はいつまでも、甘くてよろしいですねえ」

「そんなんじゃなくてさ」

「留守中、家のことは心配要らないってことじゃないの」

「そうかなあ……そうだよなあ」

「でもさ、あの連中もしばらく騒がれたけど、もう完全に下火だよね。今頃何かピンボケな気がするね、俺は」

「トンデモ本を書いてるような連中だということが判ったからな。でも光る人はまた増えてるみたいだし、あの光が謎の現象であることも間違いないしな」

「興味本位の取材でなければお受けしますって言われても、雑誌の記事に興味本位以外の何があるのかと逆に聞いてみたいね」

「からかい半分の記事にしなければいいんだろうよ」

「まじめな記事にするわけか。神のメッセンジャー、かく語りき、ってな感じで」

「それでも、からかい半分と読めるな」

「だよねえ。神なんて話題、どう料理したって、まともな記事になるわけないしね。ま、俺は写真撮るだけで記事書くのはお前さんだけど。お説教みたいなのを延々と聞かされる羽目になったらたまらんね、こりゃ」


トモロの住まいは、一人暮らしにはもったいないような、田舎の豪農といったたたずまいの邸宅であった。

「ご立派なお住まいですねえ」

「親父が残してくれたものです。遺産を食いつぶして生きてますよ」

トモロは格別悪びれる様子もなく言った。ツマ美大を出た後は故郷に帰り、売れない絵を描きながら絵画教室を開いて生計を立ててきたという。

「作品を見せていただけませんか」

初対面の挨拶やら取材方針の説明やらを済ませたあと、雑談でホンマは言った。今回の取材にトモロの絵画作品はまず関係ないであろうが、そう言われればたいていの者は悪い気はしないだろう。何が飛び出してくるかわからない今回のような取材の場合、相手の口を軽くすることがまず重要だ。

納屋を改装したというアトリエに案内してもらい、イーゼルに置かれているもの、そこらへんに放り出されているものを眺めて、ホンマは正直「売れない画家」と謙遜する必要はないのにと思った。サクライもそう思ったのだろうか、パシャパシャとシャッターを切っている。幻想的というか、ちょっとシャガールを思い出すような不思議な絵である。どの作品にも羽根の生えた人がいる。

「素人の私がこんなことを言うのは失礼ですが、素敵な絵じゃないですか」

「あ、ありがとうございます」

「いや、ほんとに。何か、女房が喜びそうな絵だ」ホンマは自分でもなぜこんなセリフを言ったのかと赤面しそうになった。

「奥さん、絵がお好きですか」トモロはちょっと興味を示したかのような笑顔になった。

「あ、いえ、特にそういうことはないんですがね。何となくこれは女房の好きな絵だって、わかるんです」

「よかったら、どうぞお持ち帰りください」

「ええっ？　いや、それは、やっぱり、まずいです」

「喜んでいただければいいんです」

その瞬間、突き上げるような揺れがきた。

「地震⁉」

三人で顔を見合わせた。まだ微妙に揺れている。今のは縦揺れだ、もうすぐ横揺れが来るはずだ。次の揺れを予想して固まっていた身体が動き、大きくため息をついて、これで終わりかな、と言いかけたとたん、グラグラっと揺れた。イーゼルが倒れ、サクライはよろけてカメラを抱きかかえるようにして倒れた。揺れは数十秒ほども続いただろうか。初期微動継続時間がやけに長かったような気がした。

「かなり大きいし、おまけに遠い。これはひょっとしたらやばいかもしれん」

「ちょっと、救急道具持ってきますから」

「あ、すみません。僕のかすり傷はすぐ治るけど、こいつぶつけて壊したら泣くに泣けませんからね」

サクライはひじに擦り傷をしていた。まあ、大した傷ではない。子どもなら三日に一度はつけてくる程度のものである。

救急箱を持ってきたトモロはちょっと声が上ずっていた。

「テレビがつきません」

「え?」

「トウケイからの放送がストップしています」

ホンマは携帯から自宅に電話をした。出ない。二十回コールしたが誰も出ない。編集部に電話を入れてみた。やはり誰も出ない。

傷の手当てもそこそこに、三人で居間へ行き、テレビを回してみる。地元の放送局だけが定時番組を流している。全国放送は二つチャンネルがあるらしいのだが、どちらも映らない。

と、地元番組にテロップが出た。

トウケイ地方大地震発生、詳細不明

「やばいな、真剣にやばい」

トモロはパソコンの電源を入れインターネットに接続をした。

「気象庁につながりませんね。アクセスが殺到しているのかな。モトマツ地方気象台にアクセスしてみますね。あ、出てます」

モトマツ地方気象台トップページに大きな文字で凶報が躍っていた。

午前十時五十三分、トウケイ地方に地震が発生しました。現在気象庁と連絡が取れない状況にありますが、当気象台の観測では、規模はマグニチュード8・3、震源地はトウケイ都ナラマ区、震源の深さは二十キロと推定されます。なお、後日訂正が入る可能性があります。

ナラマ区だと。ホンマは血が引いていくのを覚えた。すぐ近くだ。距離にして南東に十キロほどか。サクライの家は自分のところから北東に十キロほど。震源との距離は似たようなものだろう。

「帰ろう」そう言うと、サクライが血走った眼でうなずいた。

「どうやって帰るんですか」トモロが落ち着いた声で訊いてきた。

「もちろん車で」

「お二人とも、お住まいは震源に近いんですか」

「ええ」

「マンションですか」

「ええ」

「マンションならば、よほどのことがない限り大丈夫でしょうが……ご家族がいらっしゃるんですね」

「私は妻が。サクライは独身ですが、近所にご両親が」

「マグニチュード8・3ですよ。アワジ大震災でも7・2です。おそらく震源近くは道路が寸断されていてとても入れませんよ」

「行けるところまで行きます」

「慌てない方がいいです。ちょっと買い物に行きましょう。近くにスーパーがあります」

「そんなことをしている暇は……」

「ホンマさんでしたね、リュックお持ちですか、あなた。どこまで車が使えるかわかりませんが、徒歩で荷物を運ばなければなりませんよ。靴は長時間歩けるものですか。ズック（運動靴）を買って、それからリュック、軍手、ナイフ、懐中電灯、タオル、下着、水と食料も要りますね。トランジスタラジオも要るでしょう。とにかく何が必要かちょっと考えて、それをここで買い揃えてから帰った方がいい。いったん帰り道につけば、もう手探り状態になります。車を降りてからではおそらく何も買えません。ここはまだ遠方ですから、必要なものを揃えられるはずです」

ホンマは思わずまともにトモロを見返した。浮世離れした職業のトモロの方が、自分よりはるかに実際的な知恵を持っているようだ。確かにトモロの言うとおりだろう。十分な装備もなしに帰ったところで足手まといになる可能性が高い。

トモロは二人をかなり大きなスーパーに案内し、先に挙げたもの以外にも缶詰、缶切り、100円ライター、ロープ、ガムテープ、ビニール袋、簡易コンロ、救急道具など様々なものを買い揃える助言をした。実際、トモロがいなければ、ホンマたち二人はただ慌てふためいて帰路につくだけで、車を降りて一時間も歩いたころには果てしない後悔を繰り返していたに違いない。

買い物を終えて出発間際、トモロはホンマに携帯の番号を教えてくれと言った。ホンマは少し驚いたが番号を教え、いろいろな助言の礼を言って、一つだけ気になっていたことを訊いた。

「三月のテレビ番組で、近い将来大異変が起こるとおっしゃってましたが、これがその第一号ですか」

「違うと思いますよ」トモロはあっさりと答えた。

「私が子どものころ、トウケイ地区では大地震六十九年周期説というのが言われてました。七十年八十年経っても何も起こらないのでいつの間にか言われなくなりましたけど。トウケイ地区に大地震が起きるというのは、まあ、ほとんど予想されていましたし、科学的見地から見ても何ら疑問のあるようなことではないでしょう」

「そうですか」

それまでトモロとあまり口をきいていなかったサクライが、トモロに握手を求めて礼を言った。

「いろいろありがとうございました。トモロさんの出演なさったあの番組、僕、もう一度ゆっくり見ることにします」

トモロはそれには答えなかったが、何かに耳を澄ますかのように目を細め、「ご家族はたぶんご無事だと思います」と言った。

ホンマはサクライと顔を見合わせ、もう一度礼を言って車に乗り込んだ。

高速道路はトウケイ都に入る手前で不通になり、一般国道に入ると渋滞につぐ渋滞。途中、カーラジオからの情報で車で行ける限界近いと思われたハチオジに着いたのが午後二時。新聞社系列の雑誌記者という利点を活かし、親会社の支局に頼み込んで情報を得ると同時に車を置かせてもらい、そこから歩いて自宅を目指した。震源地付近では高速道路は崩れ落ち、鉄道のレールは針金のように曲がり、鉄筋のマンションまでが倒れているという。さらに火災が頻発し、都心はほぼ壊滅状態だという話だったが、唯一希望の見える情報としては、地盤の悪い下町の方に被害が集中し、震源の北から西にかけては比較的被害が少ないと報じられていた。携帯には何度かけてもつながらない。出られる人間がいないのか、壊れてしまったのか、回線がパンクしているのか。会社にもつながらない。こちらは震源近くの南東側で、おまけにおんぼろビルである。

疲労のせいもあって、ホンマたちはほとんど口数がなくなっていた。大きい余震が二度あった。そのたびに立っていられずに道路に四つん這いになった。夕闇が迫り始めたころから道路わきの情景が明らかに異常なものとなり、あちこちで煙が上がっているのが見え、所々で瓦礫の中から人々のうめき声が聞こえた。助けて、という女性の声、子どもの声、男の声。二人は心を鬼にし、ことごとく無視して先を急いだ。懐中電灯を使わなければならなくなったころ、道がわかれた。ホンマは南に、サクライは東に。

ホンマが自宅まであと五キロほどのところまで来たとき、道の真ん中で焚き火をしているのが見え、その周りに何人かの人たちがいた。通り過ぎようとすると、二人ほどが前に立ちはだかった。

「どこへ行くんだい」

「家に帰ります」

「どこから来たんだ」

「シンシュウのモトマツに行ってました。やっとここまで来ました」

「車はどうしたんだい」

「ハチオジに置いてきました」

「ハチオジ！　そこから歩いてかい」

顔を見合わせるような素振りがあり、微妙にトーンが変わってなおも訊かれた。

「家はどちらだい」

「トコロダです」

「トコロダか。あっちはそんなにもやられてないって言ってたっけ、おい」

「あっちは火の手が上がってねえからな。でも家は大分倒れてるらしいし、傾いたマンションもあるって聞いたぜ」

「お聞きのとおりだ、兄さん。もう少しだ、気をつけて行きな。水でも飲んでいくかい」

「あ、大丈夫です。皆さんは何か警戒でもしてるんですか」

「火事場泥棒が出てやがるって話を聞いてね。ま、こうして集まって睨みきかしてりゃ、あまり妙なこともできないだろうってことだよ」

ホンマは軽く会釈をしてその場を去った。こういう自然発生的な集団はあちこちに生まれているに違いない。サクライが写真を撮りまくってなければいいが。被災者でないものが記念撮影をしているなどと思われると、半殺しの目に遭いかねない。

それからさらに一時間、ようやくホンマは自分の住居のあるマンション群の一角にたどり着いた。八時を回っているというのにどの棟からも灯りが見えない。街灯もついていない。停電しているのは間違いないだろう。わずかな星明かりと懐中電灯の光だけが頼りであった。人の声はほとんど聞こえない。犬の鳴き声だけが遠くでしている。暗闇で息をひそめているのか、どこかに避難しているのか。はっきり確認できるわけではないが、大きく傾いているというような棟はなさそうであった。

ホンマの住まいは三階だった。階段を上りかけ、壁面にひび割れが入っていることに気づいた。かなり大きい。幅三センチほどもある亀裂が走っている。背筋がぞくっとしてくるのを覚えた。急ぎ足で階段を上る。懐中電灯の光に、ドアに貼られている白い紙が映った。

第三中学校に避難します、フサヨ

ホンマは大きく息をついた。一気に緊張が解けて、足ががくがくと崩れてしまいそうになる。たいした休憩も取らずに六時間ほど歩いてきたのだ。ドアにもたれてしばらく息を整えていると、向かいのドアがギギと音を立てて半分ほど開いた。

「どちらさま？」

「あ、こんばんは、ホンマです」

「ああ、ホンマさんとこのご主人。奥さん、中学校の方に行かれました」

「そうみたいですね。お宅も、皆さん、ご無事でしたか」

「まあ、なんとか。まだ主人と連絡が取れなくて……」

「そうですか、ご心配ですね」

「マンションに亀裂が入ってるので、避難した方がいいという人と、これくらいなら大丈夫だろうという人で分かれちゃったので。奥さんは避難組です」

「そうですか、わかりました。これから行ってみます」

「お気をつけて」

「どうも」

中学校は校庭いっぱいにテントが張られ、大勢の人でごった返していた。自家発電でもしているのか、投光器に照らされ結構明るい。フサヨはいったいどこに避難しているのかと受付を探していると、声がした。

「あなた！」

振り向くと、今朝別れたときの服装のままのフサヨが、顔をくしゃくしゃにして飛びついてきた。

「怖かった、怖かったの」

周囲の人から拍手が湧き起こった。


第二次トウケイ大震災の被害は空前のものとなった。死者・行方不明二十万人強。自然災害ではおそらく世界でも過去最大であろう。人口密集地帯の直下型地震の被害のすさまじさをまざまざと見せつけるものであった。ナラマ区、フシマ区、イタハシ区では家屋の八十パーセントが倒壊、鉄筋のビルディングでさえ十パーセントほどが大被害を受けた。ホンマの勤める週刊ジャーナル社社屋も倒壊、三人の社員が死んだ。

知り合いの葬式やら後片づけやらが一段落した翌月の七日、ホンマの携帯にトモロから電話があった。正直、すっかり失念していたというか、ほとんど遠い記憶になってしまっていた。

「あ、その節はどうも、いろいろとお世話になりました」

「皆さん、ご無事でしたか」

「あ、おかげさまで」

「お住まいの方も？」

「それが……」無関係の他人に詳しい事情を言っても仕方がないが、マンションは修理しないと危険で住むことができない、しかし住人の間で意見がまとまっていないと手短に伝えた。

「実は、ホンマさんに勝手なお願いがあるんですが」

「はい、何でしょう」ホンマは少し身構えた。職業柄いろいろなことを頼まれる。厚かましいとしか言いようのない人間がいくらでもいるのだ。

「ご夫婦で私の家の留守番をしていただけないでしょうか」

「え？」全く想像していなかった頼み事であった。

「確かこの前のときのお話では、私に関しては長期取材を行って、連続的に取り上げたいということだったと思うのですが」

「え、ええ、それは、まあ」

「今お話を伺ったところでは、とりあえずのお住まいの確保がまだできていらっしゃらないようですし、少し遠いですけれど、まあ、長期の出張と思えば――。週に何日かそちらに戻るくらいのことはできるでしょうし」

週刊ジャーナルは二週間休刊して、来週から二週続けての震災大特集号で復刊する運びになっていた。今はその追い込みで手いっぱいだが、その先は全くわからない。震災前に組まれていた予定などもほとんど白紙になってしまっている。編集長のヤオカが、まだ例の光る男たちに興味を持っているのかどうかもわからない。

「留守番といっても、どれくらいの期間ですか」

「それが一年になるか二年になるか全くわからないのですが、妙な話ですみません。とにかく相当の長期間にわたってということです」

「海外にでも行かれるのですか」

「そういうわけではないのです。詳しくはお引き受けいただければお話しします。この前の取材に関係したような話でもあります」

正直、飛びつきたいような話ではあった。学校の体育館での寝泊まりは心身ともにきつく、危険を承知でマンションに戻ってみたい誘惑に駆られるときもあった。もちろん、マンションのローンの支払いはまだまだ残っており、新しい物件を買う余裕はとてもない。仮設住宅も順番待ちだし、それも相当不便なところにしか建てられないようだし、居心地もあまりよくないと聞く。

「あの、非常にありがたいお申し出なんですけれど、とりあえず私の一存では今返事できませんので、今日中にこちらから電話させていただきます。夜はご自宅の方にいらっしゃいますか」

「はい、おります。それでは、いいご返事を期待しています」

ヤオカにトモロの取材は続けるのですかと訊くと、逆にどうかしたかと訊かれた。ありのままに話すと首をひねっている。やはりダメかと思ったとき、横から援軍があった。オジマという、まだ若いが切れ者で通っている社員だ。

「トモロって、例の光る七人の一人でしょう」

「そうだが、何か？」

「今度の震災のボランティアに来てる人が二人、突然光り始めたって報告があります。まだ本人たちには会ってませんけど、間違いないみたいですよ」

「ふうん」

「二人とも女性らしいですけどね。光る人ってのが少しずつ増えてるのは間違いないんじゃないですか。継続的に取材続けるってのはいいんじゃないかなあ。光る人の日常に密着して取材できるチャンスでしょう。こんなうまい話ありませんよ」

オジマの援護射撃が効いたのか、ヤオカはひとまず三カ月の長期取材を許可してくれた。場合によっては延長もありだという。先のことは全くわからないが、少なくともしばしの間普通に畳の上で寝泊まりすることができそうだ。

早めに体育館に帰り、フサヨを見つけて話すと、案に相違してさほど喜ぶ顔を見せない。

「何だ、お前、嬉しくないのか」

「だって」

「だって、どうした？　こんな体育館住まいに比べたら天国だぞ」

「でも、そのトモロさんって、一人住まいなんでしょ」

「そうだな、独身だな」

「そんなところに一緒に住むのは、ちょっと……」

「何だ、お前、何心配してるんだよ」

「だって……あなたずっと家の中にいるわけじゃないんだし、ときどきはこっちに来なくちゃいけないんだから、私とその人と二人だけになってしまうことがあるわ……」

「そういうのは……うん、あの、どの部屋を貸してくれるかわからないけど、ちゃんと鍵をかけられるようにしてもらおう。だったらいいだろ」

「でも、そんなことしたら、何か疑ってるみたいで、気を悪くするんじゃない」

「だったら、どうしろっていうんだよ。鍵かけるのは良くない。かけないと怖い。どうしようもないじゃないか」

「だから、あまり、気が進まないの」

納得させるのは難しそうだと判断して、どうしたものかと思いながらホンマはトモロに電話を入れた。受ける受けないの返事はさておき、とりあえずありのままに説明してみようと思った。

トモロはホンマの話をじっと聞いていたが、女房がいい顔をしていないというところで、「うち、離れがあるんですけど」と言った。

「え？」

「どの部屋を使ってもらうかはそちらにお任せするつもりでしたが。一応の候補としては二階の二間、もしくは離れが二つありますので、そのどちらか、と思っていたんです。離れなら奥さんも気がねなさらずに済むんじゃないかな。もともと鍵ついてますし」

「あ、は、はあ」

「どうしても嫌だとおっしゃるのなら、私がどこかでかけてしまったときだけ奥さんを呼んでいただいて、私が帰ってきたら奥さんはそちらに引き揚げるというのでも構いませんけど」

　そう言って笑った。何か大きな包容力を感じさせる笑いだった。

「……ありがとうございます。それではお言葉に甘えさせていただきます」ホンマは見えない相手に頭を下げた。

2

　当時、世界は五つの大陸に分かれていた。エイシャン大陸、フリーク大陸、南北両アメール大陸、アストリア大陸である。エイシャン大陸は最も大きく、また最も古くから文明が発達した大陸で、西側と東側でほとんど正反対の性格を持つ文明を発展させていた。西側は科学技術文化、東側は精神文化である。やがて西側の諸国は戦争を繰り返しながら世界中に進出を始め、北アメール大陸、アストリア大陸の原住民をほとんど滅ぼしてしまった。北アメール大陸には、西エイシャンからの移住民が築き上げたアメール国があり、当時世界最強の国であった。南アメール大陸には西エイシャンからの移住民と原住民、およびその間に生まれた子孫が渾然となって住んでおり、「人種のるつぼ」と言われていた。貧富の差が世界で最も激しく、少数の西エイシャン系の住民が残りの大多数の貧民を政治的にも経済的にも支配していた。アストリア大陸は一番小さい大陸で、一つの国しかなく、また少数の原住民はほとんど死滅していたため人種問題がなく、また地理的に東エイシャンと近く、この時代は東エイシャンの国々、特にヒホンと密接なつながりがあった。フリーク大陸は最も文明化の遅れた地域で、数十年前まではほとんどが西エイシャン諸国の植民地であった。現在も最も貧しく、貧困と人口増の悪循環、そして広大な面積を占める砂漠の拡大による耕地減少、部族間対立からの戦争に悩む地域でもあった。

大崩壊前三年五月二十一日朝、アメール国ジェーンランド州、タルーマン氏の広大な農場でそれは始まった。

タルーマンが朝食を終え、畑のスプリンクラーを操作しようと外に出てみると声がかかった。

「ハーイ」

見慣れぬ顔がすぐ近くで手を振っている。武器は持っていないようだ。東エイシャン系の顔だなとタルーマンは思った。ヒナ人かヒホン人か、あるいはコアル人か。連中の顔はさっぱり区別がつかない。

「あんた、どこから来たね」

「ヒホンだ。今着いたところだ」

今着いたところって、一番近い空港まで三百キロは離れている。この男は何に乗ってここまで来たのだろう。車もバイクも見えないのだが。

タルーマンの不審に構うことなく、男は近寄ってきた。

「景気はどうだね」

「まあまあだが、いったいあんたは誰だ？」

「あ、これはすまなかった。私はトモロという。神の使いだ」

「はあ？」

何だ、少しおかしいのか。こういう手合いにはあまり関わりあいたくないとタルーマンは思った。

「私は忙しい。とっととどこかへ行ってくれ」

「それはいいが、あなたは何か望むことはないかね」

「あんたが神の使いっていうんなら、雨でも降らしてもらいたいもんだ。もう二月もほとんど降ってない。この調子じゃ作物もだいぶやられてしまいそうだ。さあ、とにかくうちの畑から出てってくれ」

「では降らせてあげよう」

トモロは指をパチンと鳴らした。そのとたん今まで空に雲一つなかったのに突然大粒の雨が降り始めたのである。

タルーマンは腰を抜かさんばかりに驚いた。

「か、か、神様！」

「違う、私は神ではない。神の使いだ」

そのとき家からタルーマン夫人が姿を見せた。

「あんた、雨だよ」

「ば、ば、ばあさん。か、か、神様だ。神様が雨を降らせてくださった」

「神ではない、神の使いだ」

「何か知らないけどさ、ずぶぬれだよ。早く入りなよ」

かくしてトモロはタルーマンの家に招かれたのだが、夫人は思わず目をしばたたせた。タルーマンの服からは水が滴り落ちているというのに、トモロはほとんど濡れていないのである。おまけに、何やらうっすらと光っているように見える。夫は冗談を言っているのではない！

「ミスタートモロは、これからどこへ行かれるのですか」

「ウォディントンだ」

「遠い。千キロはある。よし、あっしが車で連れて行ってあげまさあ」

「ありがとう。しかし神は私に言われた、歩けと。だから私は歩いていかなければならない」

「フーン。神様は車はお嫌いなのかね。ところで、何をなさりに行かれるんで」

「世界中の人々に神のメッセージを伝えに行く」

きっかり十分間土砂降りの雨を降らし、タルーマン夫人お手製のパイをごちそうになって、トモロはウォディントン目指して飄然と歩いていった。

この日の雨はアメール国の測候所でも観測されている。七時三十三分から四十三分まで雨量にして十七ミリの雨である。ただ、レーダーでは雲は当時全く観測されていなかった。そして、雨の降った場所と降らなかった場所の境界が極めて明確であった。その範囲はタルーマンの自宅から正確に半径十キロの円内であった。

タルーマンは友人知人に片端から電話をし、神の使いが現れたと言いふらした。しかしこの段階では誰一人彼の言葉を信じようとはしなかった。偶然雨が降っただけだというのである。金をせびられなかったかと心配してくれた友人もいた。

翌五月二十二日昼過ぎ、タルーマンの農場から七十キロほど北東のサルトレイクという人口八千人ほどの町の郊外の小さなレストラン「マンタ・フェ」に、見慣れぬ男が姿を見せた。

「マダム、すまないが、何か食べさしてもらえないだろうか」

「そりゃ、うちは商売だから、金さえいただけりゃ何でも食わしてやるよ。注文は？」

「金はない」

「それじゃ話にならないよ」

「昨日から何も食べていないんだ。お願いだ」

店の手伝いをしている姪のカステラが声をかけた。

「おばさん、いいじゃないの。悪い人じゃなさそうだし」

「ありがとう。神があなたを祝福なさいますように」

「あら、あなた、神父さま？」

「いや、神の使いだ」

これは気の利いたジョークだと思われたのか、来ていた客は一斉に笑った。

「おい、カステラ、俺もタダにしてくれよ。神の使いになるからさあ」常連の若い客がからかった。

「何言ってんのよ……でも、あなた、何か不思議ね……あなた、体が光ってるんじゃない？」

そのときであった、覆面をした三人組の男たちが銃を持って荒々しく入ってきたのは。男たちは銃を振りまわしながら叫んだ。

「手を上げろ、動くなよ。金を出すんだ、いいな」

店にはマダムとカステラとトモロ以外に八人の客がいた。女たちは悲鳴をあげ、男たちは凍りついた。しかしトモロは振り返ると、ゆっくり立ち上がった。

「動くな。わからねえのか」

「撃ってごらん。撃ったら死ぬよ、あんたが」トモロはゆっくりと何か妙な発音でそう言った。そして銃を構えている先頭の男に近寄ろうとした。

「動くな、ばかやろう」男は発砲した。

次の瞬間、腕から血を流してぶっ倒れたのは発砲した男であった。客たちも、また強盗たちも、何が起こったのか全く理解できなかった。撃たれたはずの男は言った。

「だから、言っただろう。まあ、良かった、腕で」

「こ、この野郎！」もう一人の男が、トモロめがけて続けざまに狙い撃った。今度は弾丸はその男の心臓を正確に貫いた。最初の発砲からこの間わずか数秒である。

その場の全員が眼前の事態をやっと理解しようとしていた。トモロは弾丸を跳ね返しているのである。この男は不死身の男なのだ！

最後の男は恐怖に駆られてか、口から泡を飛ばしていた。

「来るな、来るな」男はわめいてマダムに飛びかかり、その頭に拳銃を突きつけた。「近寄るな、近寄るとこいつを撃つぞ」

トモロは相変わらず妙な発音で言った。

「撃ってごらん。撃ったら死ぬよ、あんたが」

マダムは悲鳴を上げた。

「や、や、やめて」

「大丈夫」トモロはマダムに一つ笑顔を向け、男に手を伸ばした。「さ、銃を渡しなさい。そんな危ないおもちゃを持ってちゃいかん」

「く、くそったれ」絶叫とともに男は銃の引き金を引いた。思わず目をつぶった全員が恐る恐る目を開けたときに見たものは、頭部を飛ばされてぐちゃぐちゃになっている男の死体とぶるぶる震えているマダムの姿であった。

「か、神だ」客の一人が叫んで十字を切り、ひざまずいて祈り始めた。他の者が次々に見習おうとしたが、それをトモロが何となく場違いな間の抜けた声で打ち消した。

「私は神ではない、神の使いだ。神はおなかをすかせることはない。私は腹が減っているのだ」

トモロは食事を終えるとウォディントンの方角へと歩き去った。カステラはまだ声も出ないマダムに代わってトモロに感謝の言葉を述べ、今後も困るだろうからと、いくばくかの金を渡そうとした。すべての客が「私にも寄付をさせてくれ」と申し出た。しかしトモロは受け取ろうとはしなかった。

「金はこの地上のもの、神には無用だ。心配は要らない。どこにでもあなたのような親切な人が必ずいる」

ほどなくやってきた警察は困惑した。死体が二つ転がっていて、重傷者が一人うめいている。しかし十人もの目撃者が一致して、強盗たちは自分自身の発砲で死んだり傷ついたりしたと言っている。現場の状況もどうやらそれを裏付けているように見えるが、それこそ理解不可能である。「神が出現した」とか「神の御使いが現れた」とか皆が興奮して語っているが、さっぱり要領を得ない。

「とりあえず、そのトモロってやつをつかまえないことには話にならんな」

マスコミも加わって大々的にトモロ捜しが始まった。二時ごろに「マンタ・フェ」からさらに七キロほど北東の畑を歩いているトモロが発見された。歩きにくいはずの畑であるにもかかわらず、トモロの足取りは極めて速かった。そしてこれは後でわかったのだが、歩いた跡、足跡はもちろん、作物が踏まれたような跡すら一切なかった。パトカーでは畑に入れない。歩いて入ってもとても追いつけそうにない。どうやらトモロはウォディントン方向へ直進しているようだということで、二人の警官と地元のマスコミがその先の道路でトモロを待ち伏せた。

「ミスタートモロかね」

「イエス」トモロは歩調を緩めたが、足を止めずに答えた。

「ちょっと話を聞きたいんだが」

「私はウォディントンに行かなければならない。歩きながらだったらいいよ」

「さっきの事件だが、説明してくれないか」

「馬鹿ものが三人やってきた。私の警告を聞かずに発砲して死んだり傷ついたりした。それだけのことだ」

「それではわからん。撃たれたのはあんただろう。なぜ彼らが死ぬのだ」

「私は神の使いだ。だから神によって守られているのだ」

四十過ぎのキンケード警部は決して気が長い方ではなく、別に信心深くもなかったが、このときはどういうわけかこの返答をふざけているとも馬鹿にしているとも思わなかったらしい。

少し考えて訊ねた。

「君は何人（なにじん）かね」

「ヒホン人だ」

「いつアメールに来た？」

「昨日の朝だな」

「どこの空港だ」

「飛行機に乗ったのではない。神が私を直接アメールまで運んでくださったのだ」

理解しがたい言葉を言ってトモロは突然向きを変えた。そこは郊外の住宅地で、少し離れた家の庭先でこちらを見守っている母子がいた。母親は三十過ぎ。子どもは七、八歳だろうか、車椅子に乗っていた。

トモロは歩み寄りながら少年に声をかけた。

「ハーイ、元気ですか」

「うん、元気だよ」

「いい子だね。いつから歩けないのですか」

「五歳の時から、小児麻痺でね、ずっと。もう治らないって」

母親はトモロとその後ろに続いている警官やらマスコミの人間やらを見ながら、困ったような表情を浮かべていたが、子どもとトモロとの会話に口を出そうとはしなかった。警官たちは少し遠くから二人の様子を見ていた。マスコミはトモロのすぐ後ろでテレビカメラを回していた。

「立ってごらん」トモロは何でもないように、子どもに言った。

「無理だよ」

「大丈夫だ、さあ」

トモロに促されるように、少年は立ち上がった。呆然と見つめる母親。トモロは少し離れたところから少年を手招いた。

「さあ、ここまで歩いておいで。大丈夫だ、ゆっくりと、一歩ずつ。そう、そう」

「ママ、歩ける。僕、歩けるよ」

アナウンサーが絶叫を始めていた。

「車椅子の少年が歩き始めています！」

「さあ、もう少しだ。大丈夫、その調子。よし、できた」

少年はトモロの腕の中へ飛び込んだ。

若い警官ドナールはキンケードに震える声で言った。

「警部、これは奇蹟です。僕はあの子をよく知ってます。医者にも見放されているんです」

「さあ、こんどはお母さんのところへ戻ってごらん。簡単だろ」

少年はさっきよりもずっと楽に歩いた。そして母親に高らかに宣言した。

「ママ、僕、歩ける」

母親は少年を抱きしめて号泣した。

「よかった。エディ、よかった」

少年は照れくさそうに母親を押しやり、またトッコトッコとトモロのところへ歩いてきた。

「おじさん、ありがとう。おじさんは神様なの？」

「いいや、神様の使いだよ」

母親は涙を拭きながら二人のところにやってきて、またエディを抱き、トモロをまっすぐに見つめ言葉を絞り出した。

「本当にどうもありがとうございました。何とお礼を申し上げればよいか……」

「お茶でもいただけると、嬉しいのですが」

「あ、はい。どうぞ、お入りください」

「いや、外の方がいいなあ。あそこのおまわりさんたちと話さなくちゃいけないから。ガーデンパーティーにしましょう。エディ、おまわりさんたちを呼んでおいで」

「いいよ」

エディはまた、ゆっくりと今度は警官たちに向かって歩き始めた。キンケードはエディをひょいと抱き上げて、トモロのところまでやってきた。彼は明らかに感銘を受けているふうであったが、どのように話そうかとしばし迷っているようであった。

「ミスタートモロ、あなたは確かに不思議な力をお持ちのようだ。正直なところ、私はあなたの話を信じてもいいという気持ちになりかけている。しかし私の上司はとても納得してくれないだろう」

「心配はいらない。あなたがここで私をつかまえずとも、そのことで上司から責任を追及されるようなことはない」

「私としては、あなたが神の御使いであるという明白な証拠がほしい。幸い、テレビ局が来ている。カメラの前で疑う余地のない証拠を見せてくれれば、上司も納得してくれるかもしれない」

「わかった。証拠を見せよう」

警官たちはテレビ局に協力を要請した。トモロの言葉に従い、アナウンサーは二人の警官にくっついて歩き、カメラは二人に焦点を絞った。

「ミスタートモロは神の御使いである証拠を見せようと言われたそうです。さあ、いったいどのような証拠を私たちに見せてくれるのでしょうか」

と、いきなり目の前の二人の警官の上に激しい雨が降り注ぎ始めたのである。アナウンサーは驚いて飛び退き、後ろを見たが、もちろん雨など降ってはいない。自分も全く濡れてはいない。空は晴れている。しかし、前方二メートルほどにいる二人の警官には、その姿が曇って見えにくくなるほどの雨が降り注いでいる。蚊柱というものがあるが、まるで雨柱というようなものに襲われているといった感じである。

「これは、何と、雨が降り出しました！　キンケード警部とドナール巡査の上にだけ雨が降り注いでいます！　他には全く降っておりません。二人の上にだけ正確に狙いを定めるように雨が落ちています。二人が走り出しました。雨が追いかけています！　どこまでいっても雨が二人の上にだけ降り注いでいます。キンケード警部もドナール巡査もずぶぬれです」

「わかった、わかった。もう充分だ、止めてくれ！」

キンケードの叫びに応じたかのように、雨は突然ピタッと止んだ。二人は呆然とお互いの濡れ鼠姿を見つめあっていたが、キンケードがはじかれたように笑い出し、続いてドナールも見守っていた人々も笑い出した。

3

いきなりヤオカの怒鳴り声だった。

「トモロ氏はそっちにいるのか！」

まだ半分寝ぼけ眼で、状況を把握するのにホンマは二秒ほど要した。

「いえ、それがおとといの夜から姿が見えないんですが」

「アメールにいるぞ！」

「アメール？」

「お前はトモロ氏に張りついているんじゃなかったのか。何をしてるんだ！」

「あの、どういうことですか」

「テレビをさっさとつけろ。たぶん七時からのニュースでやる。今、アメールは大騒ぎだ」

七時のニュースでは、アメールからの速報として「アメール合衆国に神の御使い現る」というテロップとともに、車椅子の少年が歩き始めた情景、二人の警官の上にだけ雨が降っている情景が映し出されていた。そこに映っている「神の御使い」は間違いなくトモロであった。それを見てもまださっぱり状況がつかめないまま、また携帯が鳴った。

「見たか」

「見ました」

「トモロ氏だろうが」

「そうですね」

「どういうことだ」

「どういうことだと訊かれても答えようがないんですが。とにかくおとといの晩の九時ごろ散歩に行くと言って出て行って、それっきりです」

「おとといの九時だと……アメールの東部時間で朝の七時か。大体合うな」

「何がですか」

「未確認の情報だが、トモロ氏が最初にアメールに姿を見せたのが昨日の朝の七時半くらいらしい。とにかくすぐトウケイへ来い。ＪＨＣテレビのスタジオに入れ、昼までにだぞ」

「ええ？」

「お前がトモロ氏に張りついてるってことは、ＪＨＣのヤナギ部長に言ってあるんだよ。特番を組むから出てくれって依頼があった。昼までにだぞ、わかったな。放送が終わったらこっちに寄れ」

　言うだけ言って電話は切れた。さすがに目はすっかり覚めていた。フサヨが心配そうに見ている。

「トウケイ、行くんですか」

「どうやら、そうみたいだ」

「すぐ食べてください。用意出来てますから」

トーストにかじりつきながら、誰にともなく言った。

「何で、トモロさんがアメールにいるわけ」

「わかんない。空でも飛んでいったのかしら」

「本気で言ってる?」

「神様のなさることなんか人間にわかるわけないじゃん」

「お前、ほんとにあの人、神様の使いだと思うの?」

「だって、テレビにすごいの映ってたじゃない」

「うーん、わからんなあ……何が何やらさっぱりわからん」


テレビ局に入ったのは放送三十分前であった。ヤオガは特番と言っていたが、何のことはない。昼のワイドショーの一部に割り込んだだけである。例の光る七人のうちの一人、オオノが同じくゲストで呼ばれていた。レギュラーのコメンテーターとして男性タレントのナベマサ、女流漫画家のシロイシがいた。司会者を含めた五人がスタジオ内の視聴者と向かい合う形で座る、スタジオ公開生放送である。打ち合わせをしたのかどうか知らないが、ホンマは間に合わなかった。完全にぶっつけ本番である。

「えー、びっくりするようなニュースがアメールから飛び込んでまいりました。まずはこの映像をどうぞ」という司会者の言葉で本番は始まった。少年が車いすから立ち上がりよろよろとれない。

歩いているビデオである。少年が小児麻痺であるという知識があればともかく、そうでなければそれほどインパクトのある映像とも言えない。疑い深い人間なら「やらせ」かと思うかもし

「もう一つ、この映像をどうぞ」

　二人の警官が雨の柱のようなものに包まれ、逃げようとしてもどこまでも雨に追われているビデオである。これはさすがに強烈なインパクトがあり、スタジオ内でどよめきが上がった。

「えー、現在、アメール東部時間では午後十一時ですが、アメール中の放送局が、このニュースを取り上げております。曰く、神の御使いサルトレイクに現る、と。えー、まずホンマさんに伺います。これは間違いなく三月某番組に出演した例の光る七人のトモロさんですよね」

「はい」

「ホンマさんご夫婦は、今ずっとトモロさんと同じ家にお住まいだと伺いましたが」

「うそー」という声が上がった。ああいう声はたぶん番組側が視聴者にどんどん言ってくれと奨励しているのだろう。

「はい、トモロさんのご好意で、震災以来、離れの方に住まわせていただいております」

「最後にトモロさんを見られたのはいつですか」

「おとといの夜の九時ごろです。散歩に行くと言って家を出られました」

「それっきり帰ってこない？」

「ええ」

「おかしいと思わなかったのですか」

「実は前からトモロさんに言われておりまして、自分は突然いなくなることがあるかもしれないが、心配しないでくれと。それでそういうときのために、私たち夫婦に留守番を頼んでいるんだということでした」

「で、実は昨日の朝七時半ごろ、サルトレイクの南西約七十キロの農場で、トモロさんが雨を降らせたという未確認情報が入っております。未確認ですが、時間的にも距離的にも、それからその雨を降らせたという状況などから見ても、まずトモロさんに間違いないだろうと思われます。これが日本時間に直すと、おとといの夜九時半です。つまり、ホンマさんに散歩に出ると言って出かけられた三十分後です」

何とも言えないどよめきがあった。ここまでの映像などはスタジオ内の視聴者の大半がおそらくすでに知っていただろうが、今の情報は誰も知らなかったはずである。

「オオノさん、これはどういうことでしょう」

「散歩で、アメールまで行っちゃったんですな」

スタジオは爆笑となった。司会者まで笑っている。

「思わず笑ってしまいましたが。当番組の確認したところでは、トモロさんは他にも、レストランに現れた強盗を退治したそうです。そのときに拳銃を撃った強盗が弾を跳ね返されて二人死亡していると。そういう考えられないようなことが続出しているわけですが」

またどよめきが上がった。ホンマは初耳だったが、今の情報は他の視聴者はすでに知っていたのかどうか。

　オオノが落ち着いて語り始めた。

「三月にも別の番組で私どもは申しました。近い将来大異変があると。これはその大異変の第一歩であろうかと思います」

「それはつまりどういうことでしょうか」

「通常ならば絶対にあり得ないことが、連続して起こっているわけです。トモロ氏がヒホンからアメールまで飛んでしまったとしか考えられないこと。さっきの映像にもありましたが、二人の人間だけをめがけて雨が降っていること。これらはいずれも物理学的法則を無視した出来事です。つまり、神の直接的介入が始まっていると言えるでしょう」

「いくら神様でも、そんなことができるんでしょうか」シロイシが口をはさんだ。

「法則をつくった存在ならば、法則を無視することも可能でしょう」

「あの、ホンマさんはトモロさんとずっと一緒に暮らされていたんですよね。何か本当に神様の使いのような不思議な能力をお見せになったようなこととかありますか？」

「ホンマさん、どうです？」

「いや、正直なところ、私はこれまで彼が神の使いだなどと思ったことは一度もありません」

　ハハハという笑い声が散発的に上がった。

「さて、それでは、アメールと中継がつながっています。アメールのフジノさん」

「フジノです」

「まず全般的なそちらの様子を伝えてください」

「えー、一言でいえば、トモロ氏の人気は沸騰していると」

「沸騰ですか」

「ええ、何せ、スーパーマンのように不死身ですし、子どもには優しいですし、おまけにとびっきりのユーモアのセンスを持ち合わせているというんですから。まさにアメール人にとってはこたえられないナイスガイというところですね」

「今、トモロさんはどこにいるんでしょうか」

「セネシーという町で今日はお休みですね。こちらのテレビ局が昼過ぎからずっとトモロ氏に張りついていますから、トモロ氏は行く先々で歓迎攻めです。セネシーの町に六時ごろ着いた直後から、ぜひうちに泊まってくれという申し出が何件もあって、トモロ氏がその中から選んだようです」

「トモロさんが今回見せているような奇蹟については、どのように報じられているでしょうか」

「今のところは、それについての論評らしきものはありません。ただ事実をそのまま報道しているという感じです」

「そうですか、わかりました。また何かありましたら、よろしくお願いします」

　衛星回線が切られた。

「さて、もう一度整理してみます。おとといの午後九時、トモロさんはモトマツ市にいました。これはホンマさんが確認してらっしゃいます」

アメール東部の地図がテレビ画面に出された。司会者は地図の一点を細長い棒のようなもので指した。

「そして九時半、アメール東部時間で朝の七時半、トモロさんがアメールのこの地点に現れたことがほぼ間違いないようです。これはもちろん、超音速旅客機を使っても三十分で行ける距離ではありません。空でも飛んでいったのか、いわゆるテレポーテーションとでもいうのをやってのけたのか」

「そういうことを考えるのはほとんど無意味なんじゃないかな」オオノが言った。

「どういうことでしょう」

「神が彼をアメールに送り込んだというだけのことです。その手段についてはわれわれには理解不可能と。それでいいと思います」

「彼に双子の兄弟がいるとか」ナベマサが口をはさんだ。

何をつまらんことをとホンマは思ったが、神による奇蹟などというものを受け入れるよりも、普通の人間はそういうトリック的な手段を考えるのかもしれない。司会者は虚を突かれたような表情になった。

「前もって時間を打ち合わせておけば、できないこともないでしょう」

「そうだ」という声が視聴者から上がった。

「無意味」オオノは冷たく言い放った。

「なぜですか」

「彼の示している奇蹟がそれだけだというのなら、君の言葉にも検討の余地があるかもしれない。しかしそれだけではない。弾丸を跳ね返して強盗を撃退したという。小児麻痺の患者を治した映像もある。そして何より雨を自由自在に操っている。こういったことはすべて説明不可能だ」

「いや、それも何かのトリックがあるんじゃないですか。僕らはあくまで映像を見せられてるだけだし、トリック撮影だって可能だろうし」

「そうだそうだ」という声がまたも上がった。

「オオノ先生もバリアがおありなんだから、強盗の撃退はできますね」シロイシが尋ねた。

「自分に向かって発射された弾丸はおそらく跳ね返るかと思います。ただ、どうも向こうからの情報では、別の人に向けて発射されたものまで跳ね返されたということのようです。そうなるとちょっと私に同じことが可能かどうかは疑問です」

「ホンマさん、いかがでしょう」

「何がですか」

「トリックじゃないかという説については」

「現に二人の人間が死んでいるわけです。それから、何人もの報道陣の目の前であり得ないことが起きているわけです。室内ならともかく、野外でそういうことが起きている以上、トリックとみるのはさすがに無理なのではないかと思います」

何人もの視聴者がうなずいているのが見えた。

「やはり、トモロさんは彼の言うとおり、神様のお使いであると」

「うーん、それについてはまだ保留ということにさせてください」

「そうですか。ええ、ナベマサ君のように考えることも可能かもしれませんが、とりあえず先に進みます。えー、トモロさんが最初に出現した場所の農場の人は、トモロさんが雨を降らしたと言っているらしいんですが、これについてはどうでしょう」

「実際に降ったんでしょう？」オオノだった。

「はい、ジャスト十分、雨量にして十七ミリという土砂降りの雨が観測されています。しかも、レーダーによればそれまで全く雲は観測されていなかったらしいとのことです」

「なにか、雨を降らすのが得意技みたいですね」シロイシの言葉に笑い声が上がった。

「でも、ま、雨ってのは自然現象でしょう。偶然の一致ということも充分考えられるでしょう」

これはもちろんナベマサである。

「で、そこから二十八時間ほど、トモロさんの足取りがわかっておりません。こちらに入ってきた情報でそれらしきものはいくつかあるんですが、確実と言えるものはありません」

「何を基準に確実と言ってるんですか」

「それはつまり、ありえないような奇蹟を起こしていれば確実と判断しているわけですね」

「だったら、雨が降ったというのも確実でも何でもない。単にトモロという名の人間がいたというだけのことでしょ。同一人物かどうか全然わかんないじゃん」

「それはホンマさんが確認なさってますが」

「ホンマさんねえ」ナベマサはホンマの方を胡散臭そうに見た。「別にホンマさんを疑ってんじゃないですけどね。そもそもホンマさんはトモロさんとどういう関係なんです？」

「一緒にお住まいなんですよ」ホンマが答える前に司会者が答えた。

「だから、なぜトモロさんはホンマさんに同居を頼んだのかって聞いてるわけ。同居を頼むほどの親しい知り合いなんですか」

スタジオ内の視線がホンマに集中し、ホンマは口を開いた。

「大震災の日に、たまたまトモロさんのお宅に取材に伺っていた、それだけの関係です」

「たったそれだけの関係の人に、同居なんか頼むのかなあ。普通ならそんなこと絶対ないでしょ。それこそそっちの方が、よほどあり得ないと思うな、僕は。何か、隠されてる部分があるんじゃないかなあ」

「私が今度の騒動に一役買うべく、インチキ証人として金でも受け取っていると君は言いたいわけか」

「そこまで疑ってるわけじゃないですけどね。たとえば催眠術にかかりやすいのを見抜かれたとかね。それで暗示にかかっていて、実はトモロさんはおととい じゃなく一週間くらい前にアメールに出国してるんだとかね。ホンマさん自身も知らないうちに、何か利用されているという可能性は十分あるでしょ」

何人かの視聴者がうなずいている。何か言い返してやろうとホンマは思ったが、言葉が出てこない。確かにトモロ氏から自宅の留守番を依頼されたが、それは僥倖とでもいうべきもので、言われてみればなぜ大した知り合いでもない自分たちにという疑問は残る。彼の意図にこちらのうかがいしれない秘密が全くなかったという断言はできないのだ。

「仮に、ホンマさんの言うとおりだとしてもですよ。ホンマさんが確認してるのは、映像に映ってる人でしょ。これは日本時間で言うと今日の早朝のことでしょ。それだったらおといの夜家を出て、今朝アメールにいるってのは別に不思議でもなんでもない。だからその農場にいたトモロって名乗ってる人が別人だとしたら、それで謎の一つが解決したじゃないですか」

　拍手が起こった。

「なるほど」司会者が感心したような声を上げた。

「君はなかなか頭がいいね」オオノはやはり冷たく言った。「だが、少々素直さに欠ける」

「どういうことですか」

「アメールの報道機関が、農場に現れたトモロ氏と映像に映っているトモロ氏とが同一人物であるかどうかの確認もとっていないと思うのかね。雨を降らせてもらった農場主とやらは、今日は何度もビデオを見せられて、同一人物かどうかの確認をさせられているはずだよ、いやというほどね」

「……」

「私のこの光っているバリアのことは知っているね」

「知ってますよ」

「これが現代科学では全く理解できない光であることも知っているね」

「それがどうかしたんですか」

「何か異常な事態が始まっているわけだ。そしてそういう異常事態の中心人物の一人がまたも異常な出来事、というか、もうほとんど奇蹟に近いようなことをしつつあるという報道がなされた。とすれば、この出来事は現に進行中の異常事態の続きであると考えるのが最も論理的であり、最も素直な考え方だ」

「異常な事態を目撃したときは、とりあえずその異常な事態を科学的に解釈しようと努力すべきなんじゃないですか」

　ワイドショーでこのようなかなり激しい対立を見るのも珍しいのではないかとホンマが思ったとき、アシスタントが司会者に原稿を手渡した。新しい情報が入ったらしい。

「えー、たった今アメールから新たな情報が入りました。トモロさんが最初に出会った農場主はカール・タルーマンという方ですが、そのタルーマン氏が、トモロさんの目的地はウォディントンで、その目的は神からのメッセージを伝えることだと語ったそうです。オオノさん、これはどういうことなんでしょう」

「やはり、アメールは現在世界に対して最も影響力のある国ですから、そこの首都を選んだということじゃないんでしょうか」

「仮にトモロさんが本当に神のメッセンジャーであるとして、なぜ、神様ははじめからウォディントンに送らなかったんでしょう」

「いきなりウォディントンで神のメッセージを伝えようとしても、誰も相手にしないでしょう」

「ああ、そうか、途中でいろいろな奇蹟を起こして、人々の関心を引きつけておいてから、メッセージを伝えるという作戦ですね」

「作戦という言葉が適切かどうかは疑問がありますがね」

「場所がウォディントンということになると、アメール政府が気を尖らせるかもしれませんね。トモロさんを拘引するとかして妨害にでる可能性はないんでしょうか。言ってみれば不法入国ですから、逮捕しようと思えばできると思うんですが」

オオノは微妙な笑みを浮かべて、司会者に答えた。

「あなたも、まだわかってらっしゃらない」

「はあ？」

「彼は今、彼の意思によって動いているのではない。神の操り人形に過ぎない。彼の行動を妨害できるものはこの地上には存在しません」

「たとえば軍隊とかを動員してもですか」シロイシが口をはさんだ。

「はい」

ええっ、という声が上がった。そういう事態が生じればとんでもない見せものになるだろうが、そうはならないだろう。ホンマは口を出した。

「現実問題として、アメール政府はトモロさんを妨害することはしないでしょう」

「はい、ホンマさん、どうぞ」

「さっきのアメールからの報告では、トモロさんの人気は沸騰しているとありました。そんな人を逮捕なんかしたら、ケラーマン政権の支持率はがた落ちですよ。しばらくは静観するでしょう」

「なぜ、トモロさんだったんでしょう」これはシロイシの疑問だった。

「何がでしょうか」

「だから、一月の段階で光っていた七人の方が全員神様のメッセンジャーであるとして、今回アメール行きに選ばれたのはトモロさんですよね。それはなぜなんでしょうということです」

「一番若いからじゃないかな」

「——と、いいますと」司会者が受けた。

「だから、七人の中で彼だけが四十代で、他の連中は皆五十代以上です。やっぱり、ウォディントンまで、千キロくらいですかね。歩くのはきついですよ」皆どっと笑った。

「それこそ神の使いだったら、全く疲れないようにしてもらうことも可能でしょ」ナベマサが皮肉っぽく言った。

「そうそう」という声が聞こえる。

「可能かもしれませんがね」

「いい加減な話だな」

「身もふたもなく言ってしまえば、神の意図は人間には解らない。だからなぜ彼が選ばれたのかも解らない。あえて解釈してみればというだけのこと。ひょっとしたら一番若くてハンサムで、アメールの女性の心を捉えやすいからかもしれない」

くすくすと笑う声がした。

「それはちょっと」苦笑交じりのシロイシの言葉で番組は終わった。

4

トモロは、アメールの全国ネットのテレビ局に二十四時間態勢で追いかけられながら、ウォディントンへの行脚を続けた。行く先々の住民は争って歓迎した。トモロは判で押したように朝の八時に出発し、道路とか野原とか畑とかにこだわらず直進し、夕方の六時になると宿泊先を探した。途中、十時と三時に小休憩をし、昼は一時間休憩をとった。

トモロは、歩いている最中にはいかなる要望にも応じなかった。ただ、休憩のときには、気軽にインタビューに答えたり、近くの病人を治してやったりした。彼が出現して四日目には、テレビ局はトモロのスピードと進路から予想休憩地をはじき出し、それをテレビで伝えていた。アメール各地から、医者に見放されたような病人たちが続々とトモロの進路に集まり始めていた。

アメール政府は、「サルトレイクの奇蹟」の後三時間ほどで、トモロが三月にヒホンのテレビ番組に出演した「光る七人」の一人であると突き止めていた。「神のメッセージ」とやらの内容に多少神経を尖らせていたものの、今まさに英雄となりつつあるトモロにいちゃもんをつけるのは得策ではないと判断したのか、不法入国にはとりあえず目をつぶり静観していた。

ヒホン政府も沈黙を守っていた。というより、第二次トウケイ大震災の復興に大わらわであり、それどころではなかった。アメール政府からの働きかけも特になく、そもそも政府として関心を持つべきと思っている関係者すら少なかった。

一方、世界各地で「光る人」の数は増えてきていた。ヒホン国だけでも三十人ほど、全世界では五百人ほどの人間が「光る人」になっていた。彼らもまた不可侵の体となっていたが、ヒホンの最初の七人のように自らを「神のメッセンジャー」などと名乗りはしなかった。また、ヒホンの七人は既成の宗教には皆無関係であったが、新しく光った人々はおおむね何かの宗教の敬虔(けいけん)な信者であった。ただし、特定の宗教に偏っているわけではなく、クリス教徒もウラー教徒もフッディー教徒も、フリークの土俗宗教として知られ、西エイシャン系の学者に言わせれば多分にいかがわしい宗教であるドグモグ教徒までいた。

六日目の午後、銀行強盗をしてパトカーに追われている車がトモロに激突をした。車は吹っ飛び、強盗団四人は即死。トモロはかすり傷一つ負わなかったものの、巻き添えを食らった新聞記者が二人重傷を負った。前にも増したその衝撃的映像がテレビで放送され、トモロを追うマスコミ関係者の数はアメール国外からも一気に増えた。

ホンマはそういう後発組より一歩先んじていた。ＪＨＣの番組に出たその直後、ヤオカにどやされていたのである。トモロ氏に張りついているのがお前の仕事だろうが。モトマツでのんびりしているだけで給料をもらえると思うな。さっさとアメールに行って来い。

アメールへ入ってホンマは驚いた。誰もがトモロの示す「神の奇蹟」の話で持ちきりだったのである。後日の統計では、トモロがアメールにいた間、犯罪が激減していた。犯罪者までもがトモロの一挙一動に見入っていたのだろう。

そして翌日、ホンマの目の前で、件の衝突事故が起こった。暴走してくる車、あわてて逃げる人たち、平然と車に向かっていくトモロ、カーンという音、宙に飛ぶ車……。人々は事故の後始末を、ある意味淡々と行っていた。車を跳ね返すというありえない事実そのものについてはさほど興奮もせずに。それを見てホンマは、アメール人が「神の奇蹟」をすでに完全に受け入れていると知った。トモロが彼の言う「神のメッセンジャー」であるかどうかはともかく、その超自然的能力についてはもはや疑いようがなかった。


トモロの休憩時間にはアメール各地から集まった病人が列をなして治療を請うた。トモロはその大半を治したが、たまに治さないときがあった。ただの栄養失調と言われた者もいたが、こんな例もあった。三歳のときに高熱を発し、それ以来下半身が麻痺してしまい、以後五年間全く歩けない少女である。

「どのお医者様にも原因不明の奇病だと言われました。もうあなた様におすがりするしか」

「原因はご主人にあります」

「えっ⁉」

「ご主人は今の地位を獲得するにあたって、多くの人間を踏みつけにしてきたはずです。十三人の方がご主人を恨んで死んでいますね、他にも多くの人がご主人のせいで今なお苦しみをなめています」

「……」

「一言でいえば、娘さんは呪われているのです」

「なぜこの子が……どうして主人じゃなしにこの子が、そんな目に遭うのです？」

「弱いところが狙われるわけです。ご主人は、そしてあなたも精神的に非常にタフです。少々の呪いではびくともしない。この子は性格的にずっと優しい。だから真っ先にやられてしまった」

「どうすれば治るのですか」

「呪っている相手がご主人を許さない限り治りません」

「どうすればいいんです？」

「ご主人と相談して、自分たちで考えなさい」

「そんな。神の御使いなら、人を呪っているような者に天罰を下すことができるのではありませんか」

「呪うとは、すでに天罰を受けている行為なのです」

「え？」

「呪う者には決して幸いは訪れませんから。ただ、呪いをやめさせることもできません。根本的な原因はあなた方ご夫妻の生き方そのものにあるのです。それが改まらない限り、ここで私が一時的に治してあげても、またすぐに元に戻ります」

この母親は結局、聞くに堪えない暴言を撒き散らして帰っていった。

八日目の夜中、トモロの宿泊先に駆け込んできた若い夫婦がいた。子どもが異物を飲み込んでしまい、死にそうだというのである。主人はトモロへの取り次ぎをためらった。いったんベッドに入ったら翌朝まで起こすなと言われていたからである。しかし、マスコミの人間にも強く促され、トモロにお伺いをたてた。トモロはドア越しに一言、「行く必要はない」と言っただけであった。夫婦は自らトモロの部屋のドアを激しくノックして訴えた。マスコミもまたそれに加担した。部屋の中からは何の返事もなかった。待つこと虚しく、三十分ほどで子どもは死んだ。

翌朝、各局のアナウンサーは激しい口調でトモロを責めた。「なぜ助けなかったのか」と。

トモロは答えた。

「なぜ医者に行かないのだ。近所に医者はいくらでもいたはずだ」

「しかし、あなたを頼ってきたのではありませんか」

「なぜ私に頼る？　自分でできることは自分でしなければならない。医者で片づくことは医者に行けばよい。私は便利屋ではないぞ」

思わぬ反論にアナウンサーたちはややたじろいだ。

「子どもの死に責任があるのは、愚かな両親だ。しかしもっと罪深いのは君たちだ」

「どういうことですか」

「医者が子どもを救ってもニュースにはならない。しかし神の使いの私が夜中に起きて子どもを救えば、これは君たち好みのニュースになるわけだ。君たちの中で、一人でも医者に行けと言った者がいるか。君たちがマスコミ関係者であることを忘れ、普通の人間としての常識を思い出していれば、あの子は死なずに済んだ」

トモロはそう言い捨てて歩き始めた。アナウンサーたちは声もなかった。


ホンマは週刊誌用の記事だけではなく、系列の新聞社のための連載まで書き始めていた。今回の事態は突発的なものではなく、不可侵の光る人が出現したという異常事態に続くもので、その異常さの度合いは少しずつ大きくなっているのだから、今後さらに驚天動地の事態も起こりうる、というような内容であった。「異常事態宣言——神光臨」と題されたその連載はヒホンの読者にはかなり好評であったが、ヤオカにはまだまだ物足りないようであった。

アメール時間で午前八時と決めていた定時連絡のとき、ヤオカは言った。

「お前のあっちの連載、好評は好評なんだがね。ただ、よそと違うのは、視点がよそに比べてはっきりしている、まあ、それだけだわな。この数日、よそも追随してトモロ氏の今回のアメール遠征について大特集を組んでる。単に報道していただけが、各紙なりの視点を打ち出してきていると言ってもいい。一歩先行していたのが追いつかれたという感じだ。しかしだ、お前はずっとトモロ氏に張りついていたんだろ。お前ならではの、読者をうならせるような読み物をこっちのためにに用意してあるんだろうな」

「といいましてもねえ……」

「絶対他のやつには書くことのできない、トモロ氏の知人にしか書けない文章がほしいんだ、わかるな」

「実は、こちらへ来て驚いた一つは、トモロ氏は明らかに変わっているんです」

「そりゃ、ま、奇蹟を行ってるんだから、少しは変わってるだろ……」

「じゃなくて……私を一切特別扱いはしてくれないんですよ」

「なんだ、赤の他人のような顔してるってのか」

「まあ、そうですね」

「どういうことだ」

「神様のお使いである以上、えこひいきはしないということなんですかねえ」

ホンマは苦笑交じりに答えた。ホンマ自身、最初はやや戸惑ったというか、当てが外れたような気がしたからである。

「なんというか、プライベートというものがなくなってしまっている感じなんですよね。私と知り合いというのはあくまでプライベートな部分、その部分が私の目には全く見えないんですよ。だいたい彼は、一切ヒホン語をしゃべっていませんよ」

「お前、何か話しかけてみたのか、ヒホン語で」

「ええ、そしたら『Nice to meet you』って返事でした。すごく違和感を覚えたんですが、ああ、他の記者にも解るようにということかなと思ってはいたんです。でも、どうもそれだけじゃなくて……。今の彼は、明らかにモトマツにいた彼とは違う、そう思います」

「宿舎には入れないのか」

「入れません。昨日はちょっと特別なことがあったので宿舎にまでマスコミが入りましたけど、まあ例外でしょう」

「お前、頼んでみたのか」

「頼みましたよ。あっさり断られました」

「そうか……独占インタビューとはいかないわけだな」

「可能とすれば、モトマツに帰って来てからでしょうねえ」

「ふむ……で、今日の記事は、例の、子どもを見殺しにしたってやつか」

「もう一つ、グリーンフィールドという町でハイスクールの生徒が死んだというのがあります」

「なんだ？」

「トモロ氏が本当に弾丸を跳ね返せるのかどうか試してみようとしたらしいです。父親の猟銃を持ち出して自宅から狙い撃ちしたらしいんですね。母親が射殺体を発見して、はじめはどういうことなのかさっぱりわからなかったのですが、同級生の証言などから、どうもそうではないかということです」

「誰も銃声に気づかなかったのか」

「近所でも評判の悪ガキで、これまでにも動物を撃ち殺したりしていたようで、あまり誰も気に留めなかったみたいですね」

「子どもを見殺しにしたり、自業自得とはいえ、少年を殺したり……ちょっとまずいんじゃないのか」

「毎日、何十人もの人を救ってますのでねえ、相殺すればプラスの方が多いのかな。六分四分、いや七・三くらいで支持が多いというところですか。ただ、神のなさることだから誤りであるはずがないという消極的支持が一番多いという感じですね。最初のころの熱狂的支持には水が差されたと思います」

「罵（ののし）っている向きもあるわけだな」

「ええ、もう、はっきり。子どもを見捨てるような者が神の使いであるはずがない、彼の超自然的な力は悪魔に由来するものであろうと言っている神父がいました。結構著名な人物らしいですよ」

「クリス教の伝統的考えからすれば、トモロ氏は神の使いというよりは悪魔かもしれんなあ」

「そうですね。昔は、奇蹟を起こすような人間はことごとく魔女もしくは悪魔であると言って火あぶりにした、そういう歴史がありますからね。まあ、今回のは、いわゆる超能力などというものとは桁が違うということで、神の使いであると皆が信じたわけですが」

「積極的支持の意見は？」

「それはさっき書き上げた記事の最後に引用したんですが、ＲＥＣ放送の論者の言葉です。読みましょうか」

「読んでくれ」

「『これはミスタートモロの警告であろうと思います。この数日そうですが、ミスタートモロに病気を治してもらおうと待ち構えている人たちが、彼の行く先々で列をなし、その中にはただの栄養失調とか、ちょっと熱が出ただけとか、医者に行けばそれで済むような人たちも交じっているようです。おまけに、診てもらうのが当然のように思っているようで、時間がないために自分が診てもらえないと、金切り声をあげて怒っている。そんな人たちが目につきます。

ミスタートモロは、大いなる使命を帯びてこのアメールに来られたのです。ただ、神は、彼に千キロの道のりを歩いて行けと命ぜられた。それはおそらく、その間に神の恩寵をお示しになることも使命の一つなのであろうと推測されます。しかしここで私たちが肝に命じなければならないのは、それはあくまで神の恩寵なのであって、私どもの権利ではないということです』……」

「……ふうん、お前はどう思ってるんだ」

「私は、なんというか、人間と神の間には隔絶したものがあることを思い知らされているという感じです」

「なるほど」

「例えば、車をぶつけて即死した銀行強盗の四人組、あるいは最初のレストランの強盗、それから彼を狙い撃った少年、死んだ人間が既に七人いますが、彼は全く意に介していません。人間なら、気の毒であったとか、残念だったとか、自業自得とはいえ、なにほどか気にかけてやるような言動があってしかるべきと思うのですが、一切ないです」

「ふむ」

「そして、巻き込まれて重傷を負った二人は、実はしつこく彼に付きまとっていたんですが、彼の示している能力からすれば、あの二人も守ろうと思えば守れたはずなんですよね。ひょっとしたら、死んだ七人も、殺さないでおこうと思えばできたのかもしれません。しかし彼は、そういうことをする必要はないと思っているようなんです。それこそ死にたいものは勝手に死ね、怪我をしたいものは勝手にしろと、何かそういうすごく冷徹な面があるような気がします」

「ふうむ」

「ただ、だからといって、トモロ氏を批判すべきかといえば、それは少し違うような気がします」

「というと？」

「つまり、そういう批判は、人間の目から見た善悪の判断です。われわれにはそれしかできないといえばそれまでなんですが、それはいつの間にか神を人間レベルで解釈しようとしていることなのではなかろうかという気がします」

「ふむ」

「だから、彼が神の使いであるとすれば、私はそれは間違いないと思いますが、彼の行動は理解しようとすべきものではあっても、批判の余地のあるようなものではない。そういうことなのではないかと思っています」

「ふうん……お前、この件が終われば、本が一冊書けるな」

「さあ、どうでしょう。のんびり書いているような暇があればいいんですが」

「ばかやろう。記者が文章書かなくなったら、記者じゃねえよ。ま、大体わかった。書き上げた記事、すぐ送れ。変わったことがあったらまたすぐ連絡しろ」


何が神の使いだ。ジェーンは、今は主のいなくなった暗い部屋で思った。あの子は乱暴者だったかもしれない、嫌われていたかもしれない。葬式にもあまり多くの友達が来なかった。しかし、あの年代の男の子は多かれ少なかれ背伸びして不良っぽくなるものだ。あの子もそのうちそんな自分に飽きて、普通の男の子に戻るに違いなかった。そう信じていた。それなのに……。

あの子は頭もよかった。だから、発砲して弾が跳ね返ってくるまでの間に身をかがめたのだ。もしかして噂が本当だったときのために。……それでもあの子は殺された。皮肉にも、弾丸があり得ない角度で曲がったという結論が出て、それで犯人がわかったのだ。

トモロ――こいつが殺人者だ。明らかに犯人がわかっているのに、逮捕できないなんて。刑事は言った。奥さん、お子さんは自分の発射した弾丸が命中して死んでいるんですよ、彼を逮捕できる罪状などありません。隣のクソばばあが言ってやがった。畏れ多くも神の御使いに銃を向けるなんて、まあ、あの子にはそのうち天罰が下ると思ってたよ。

私は認めない。絶対に認めない。あんな男が神の御使いであるはずがない。子どもを殺すような神様がいてたまるか。神よ、真の神よ、どうか御姿を現したまえ……。

十三日目の朝、トモロはいつものように八時前に人々の前に姿を見せ、ウォディントン目指して歩き始めたが、途中すぐ向きを変えてテレビ局の予想進路から少し外れている大きな建物へと入っていった。そこは神経科の病院であった。

トモロは、慌てて出迎えにきた病院のスタッフに声をかけ、入院患者を見て回り、その中の四名を治療すると言い始めた。病院側の話では、四人とも統合失調症の患者で、おまけに重症、特に一人は意思疎通が完全に不可能で、治癒の見込みは全くないという。

広い空間がいるというので、二階にあるホールが治療の場所として充てられた。トモロはロープを持ってこさせ、五メートル四方ほどの正方形をつくらせ、さらに自ら白い紙を切って四手（しで）にし、ロープにくくりつけた。そして指を鳴らすと、ロープがふわりと三十センチほど浮かび上がった。何の支えもないのに宙に浮いているのである。見ているものから思わずどよめきが上がった。トモロはその中に患者の一人を座らせ、自分も向かい合って座った。トモロは両手を合わせると目をつぶり、何やら唱え始めた。

「祝詞（のりと）みたいだな」ホンマは呟いた。

「What is that?」と訊ねてきた隣の記者に、ホンマはアメール語に悪戦苦闘しながら、ヒホンの古い宗教であるジン教の司祭（神主）の唱える文句であると説明した。大勢の記者が彼の言葉に耳を傾け、メモをとった。

ロープの中では患者が体をくねらせ始めていた。苦悶（くもん）の表情を浮かべ、「やめろ、やめてくれ」と叫び、立ち上がろうとするが、何か強い力に抑えつけられているかのように、下半身は動かすことができない。そのうち、段々と体の揺れは大きくなり、声も野獣のようなうなり声になり、もう何を言っているのか解らなくなった。トモロの声も、患者に負けじと大きくなっている。突然、ぱたっと患者が上半身を折り曲げるように伏した。気絶したようであった。トモロは医者に、「目がさめれば治っているはずだ」と言って、家族を呼ぶように指示した。

最初の三人は同じであった。はじめは相当刺激的な見ものであったが、三人目となると見ているものは少々退屈であった。声がやや小さかったりとか、患者の動き方が微妙に異なるくらいで、ほとんど変わらなかったからである。ただ、その最中に一人目の患者が目を覚ました。非常に疲れているような感じではあったが、最初連れて来られた時と明らかに雰囲気が変わり、確かにどこにも精神的な病らしき様子はなかった。その患者は、三人目の施術が終わったとき、トモロに向かって何やら礼を言ったようで、それを見ていた病院の医師がぽかんと口をあけていた。

四人目に取り掛かる前、トモロは太いマジックペンのようなもので部屋の隅に星型の紋章を描いた。手描きであるにもかかわらず、印刷物であるかのような正確な図形であった。そして、その頂点を通る半径三メートルほどの円を、これもまるでコンパスを使っているかのように完璧な円として描いた。

トモロは、その場に詰めかけている百人ほどの人間から十人の人間を選んでその中に入るように言い、残りの者には部屋を出るようにと言った。「ええ？」とか「なぜ？」とか、あちこちで不満の声が聞こえた。ホンマも出るようにと言われた一人であった。なぜ自分を選んでくれないのか、知り合いにちょっとした便宜を図ってもいいではないかと思ったが、逆らうわけにもいかなかった。

「あなたは残ろうと思っていますね」

どきっとしてホンマが顔を上げると、隣の男の背が伸びていて、ホンマは思わず見上げる姿勢になった。背が伸びているのではない。男は何かにつり上げられるように宙に浮いて足をバタバタさせているのである。この男も不満の声を上げた一人であった。

「Ｎｏ！　Ｎｏ！」男は必死に叫んでいる。

「絶対にこの部屋にいてはいけません。死ぬかもしれませんよ」

男の体はまた少しずつ降りてきて、足がつくと男はがたがた震えながらうなずいた。この「神の使い」は、これまでもある意味容赦はなかった。選ばれた十人以外のものは諦めざるを得なかった。トモロは残った十人にも言った。

「絶対にこの円から外に出てはいけない。何を見ても、何が起きても。いいですね」

十人は表情を硬くしてうなずいた。

トモロは女性の患者を座らせ、紐で十文字に固く縛り上げた。患者は何かブツブツ言っているだけで抵抗はしない。そしてほかの患者のときと同じように、トモロも向かい合って座り、例の呪文を唱え始めた。ほとんど何も変わらないように見えた。

　トモロの声が徐々に高まり、患者は突然カッと目を見開いた。「シャーッ」という声を出している。それはとても人間の声とは思われなかった。患者の目が爛々（らんらん）と輝き始め、口が大きく裂け、髪の毛を振り乱し、およそこの世のものとは思えないような力で体に食い込んでいた紐が引きちぎられた。気のせいか、患者は一回り大きくなったように見える。彼女は立ち上がり、トモロにつかみかかろうとするような素振りを見せ、また苦しそうに後ずさりをした。それはまるで、トモロの目に見えない力が患者の力とぶつかり合っているかのようであった。

　部屋を追い出された連中はドアの近くにたむろしていたが、怪しい声が聞こえてきたとき、例の男が小さくドアを開けて覗き始めた。するとたちまち、何人もの人間がドアの隙間から覗き始め、そのうち前の連中は後ろの者に押され、ドアは半分くらい開いてしまって、数人が部屋の中に足を踏み入れていた。ホンマは、懲りないやつらだと思いながら、それでも自分も後ろの方から覗いていた。

　トモロは、呪文を唱えながら組み合わせた手の人差し指を患者に向け、膝立ちから立ち上がり、少しずつ患者を押し戻し始めた。トモロの額からは汗が滴り落ち、見ている人たちも手に汗を握っていた。患者は少しずつ後ずさりを始め、へなへなと崩れ落ちたかと思ったとき、異変が起こった。

　とっさに何が起こったのかは誰にもわからなかった。カメラは患者の体から何か煙のようなものが立ち上がるのを捉えている。次の瞬間、女性の悲鳴が聞こえ、何かがぶつかったような音がし、カメラは黒い塊のようなものを間近に捉えている。そしてその塊はドアから覗いていた連中のほうに飛んで行き、男性の叫び声がしたかと思うと、トモロが刀のようなものを振り下ろし、バサッという音とともに何かが落ちたのを大勢の者が見た。が、それはすぐに跡形もなく消えてしまった。別のカメラが、飛び上がって刀を振りかざしているトモロの姿を捉えている。そこにいた皆が我に返ったとき、一番前で覗いていた例の男は腕を血まみれにしてうめいていた。

「今のは何ですか。あの、何か患者から飛び出してきたように見えたものは……」

トモロに迫って聞き出そうとしたアナウンサーは途中で口をつぐんだ。トモロの眼光は異常に鋭く、とても正視できなかったのである。手に持っていた刀が少しずつ薄れ、そして消えていった。騒然としていた場が静寂にとってかわられ、トモロが口を開いた。

「最初の三人に憑いていたものは死者の霊だ。最後の一人に憑いていたものは……別の次元の生命体だ」

たったそれだけの説明を残し、半ば耳を疑い呆然としているマスコミ関係者を置き去りに、トモロは大股でホールを出て行った。

ホンマは自分の見たものをどう整理すればいいのか戸惑っていた。「別の次元の生命体」とはあの黒い煙のような塊だろう。はじめ例の紋章の方向に移動したが、まるで跳ね返されるようにUターンした。おそらくあの紋章は結界だったのだろう。だから入れなかったのだ。そしてこちらに飛んできて、男が悲鳴を上げ……気がつけばトモロがすぐ近くにいて……。

トモロが刀を振りかぶったとき、中から何か巨大なもの、まるで仁王のようなものが立ち上がったようにホンマには見えた。それは一瞬であったが、他にも見えた者がいるらしく、アメールの記者の一人がそれらしきことを興奮して口走っていた……。

アメール国では憑依などという現象はごく一部の迷信深い人間以外、言葉さえあまりなじみのないものであった。ましてトモロの話では、最後の一人に憑いていたものは霊ですらないという。異次元の生命体だという何やら怪しげなものが映し出されているこの映像は、立ち会った人々の証言とともにしばらく世界各地で何度も放送され続け、人々にすさまじい衝撃を与えた。

週刊ジャーナルではトモロのアメール上陸からウォディントンでの最終使命にいたるまでの一部始終を、別冊特集号として発行する運びとなった。ホンマは今や、新聞の連載と週刊ジャーナル本誌の記事に加えて別冊号の記事の大部分を任されていた。朝からトモロを追いかけ、休憩時間にはパソコン片手に原稿を書き、ホテルに入るとまた原稿、そして連日のように入ってくるヤオカからの注文に、ほとんど眠る暇もないほどの忙しさであった。

「トモロ氏の雰囲気が変わったってことはわかった。威厳が増してとても話しかけづらくなった。客観的な事柄としては光の輝きが明らかに増している、それもわかった。しかし、もうひとつ、何か歯切れが悪いな。お前、こっちはそっちよりも映像が手に入りにくいんだよ。文章だけを読む読者にもう少しこれまでとの明らかな違い、変貌を納得させられるように説明できないのか」

「と言われましてもねえ……実は私は不思議なものを見たんですが、あれが気のせいじゃなく本当だというのなら書きようもあるんですが」

「何だ、何を見た？」

「トモロ氏が刀を振りかぶったとき、仁王のような巨大なものが見えたんですよ」

「におう？」

「仁王というか、毘沙門天とでもいうか、金剛力士像とでもいうか、そういった感じのモノです。一瞬でしたから何とも言えないんですが」

「それはつまり、トモロ氏が仁王に見えたってことか」

「というか、トモロ氏の背後にというか、トモロ氏の内部から出現したというか、そんな感じでしたかねえ」

「本当か、それはすごいぞ。なぜ、それを書かない」

「目の錯覚かもしれませんし、それはさすがに無理ですよ、私がおかしくなったと思われかねません」

「ばかもん。異次元の生命体が人間にとりつくのなら、神様が人間に降りていても何の不思議があるもんか。構わんから書け。これまでは神様はトモロ氏に力を貸していただけだが、例の神経科の病院の事件以来、直接トモロ氏に乗り移ったと、こういうわけだ」

「うーん……まあ、ひょっとしたらそれが正しいのかもしれないんですけどね。でも証明でき読者が何となく納得できりゃいいの。今納得できりゃいいの。

「そんなもの、いつまで待っても証明なんかできるか。読者が何となく納得できりゃいいの。俺は今納得した。オーケー」

「ずいぶん乱暴ですね」

「売れりゃいいんだよ、売れりゃ。いいか、トモロ氏はな、人間にとりついた異次元の生命体をたたっ切った英雄なの。みんな少しでも英雄トモロ氏について知りたがっているの。今現在の状況について、何か納得のできる話があれば飛ぶように売れることは確実なの。お前、今の話、誰にもしてないだろな」

「え、ええ、まあ」

「よし、とにかくその線で書け。それで売れる。百万部は堅いぞ。一挙に週刊ジャーナルがトップに躍り出るんだ。特別ボーナス出すから。いいな、頼むぞ」

発行部数三十万、数ある週刊誌の中で五位から七位あたりを行ったり来たりしている週刊ジャーナルは、トモロ氏アメール上陸の第一報でホンマの「神の使いトモロ・ヒサシ氏の日常」という他誌では不可能な記事によって、第四位に浮上していた。

ボーナスはいいが、この調子ではヒホンに帰ってからもしばらくは普段の倍以上こき使わされそうな気がして、ホンマはため息をひとつつき、またパソコンに向かって原稿の修正を始めた。

5

アメールに姿を現して二十日目の朝、トモロは首都ウォディントンの南の端を流れるタマーク川のほとりにその姿を見せていた。ワリントン公園では、トモロの要請に応えて特別につくられた舞台に、アメールはもちろん全世界のマスコミ関係者が集結していた。その周りは群衆が取り囲み、広い公園がほとんど身動きもできないくらいの人数で溢れかえっていた。

トモロはタマーク川にかかるリットン橋には向かわず、川岸の小さな公園からそのまま川に入っていった。そして水の上を歩き始めたのである。いや、歩くという言葉は適切ではなかった。トモロはほとんど体を動かしていないにもかかわらず、水の上を、まるで分厚い氷の上をスーッと滑っているかのように進んでいくのである。対岸でそれを見つめる人々は、畏敬の念に打たれ、次々とひざまずき始めた。ウォディントンに上陸したトモロはそのままふわりと地上から浮き上がり、ひざまずいている人々の上をやはり滑るように進んでいった。呆然としている人々、そしてマスコミ関係者を飛び越して、トモロは特設会場に舞い降りた。

トモロは用意されていた椅子にゆったりと腰をおろし、語り始めた。

「私はこのテラミスの神スサオーである。今、このトモロという者の体を借りてお前たちに直接話している。まず最初に、この地上で行われた薄汚い犯罪について明らかにする。では証人を呼ぶ」

トモロ、いやスサオーは右手をひらりと振った。と、そこに、宙からわき出たかのように一人の老人が姿を現した。老人は驚いたようにあたりをきょろきょろと見回していた。明らかに自分がどうなったのか飲み込めないようである。スサオーはその力で彼をいずこからか呼び出したのだ。

「名前は?」

「えっ、い、いったい、ここは、どこだ。わしはなぜこんなところにいる」

「名前は?」スサオーの身体の光が、気のせいか少しオレンジ色がかったようであった。その声は身体の芯まで響いてくるようで、とても反問を許さないものだった。

「ア、アンドリュー。トマス・アンドリュー」

記者たちの間からどよめきが漏れた。トマス・アンドリューは今でこそマスコミに登場することもないが、四十五年前アメール国史上最年少の国務長官として話題になった人物である。

「四十三年前の六月三日、大統領執務室でお前は大統領にある報告をしたはずだ。覚えているな」

「な、なんのことだ。知らない」

「では、思い出させてやろう」

スサオーの目が光った。アンドリューは頭を押さえてうめき始めた。

「やめろ、やめてくれ」

「思い出したか」

アンドリューは蒼白（そうはく）となってうなずいた。

「では、それを今からここで話すのだ」

「で、できない。それは最高機密だ。しゃべれば、殺される」

「お前はいずれにせよ、落第である。他の者の手を借りずとも、お前自らが今日自分自身を裁くであろう。だが、その前にしゃべるのだ」

アンドリューは何者かに無理強いされているかのように口から泡をふきながらしゃべり始めた。

「テ、テラミスの人口爆発を抑えるための委員会の決定についてだった。テラミスの許容人口は二十億というデータが出されたのだ。そのときすでに全世界で三十億の人々がいて、世紀末には六十億を超えることが確実となっていた。遅かれ早かれ人類は共倒れになる。あの時点で今の環境危機はもうわかっていたのだ」

「それで？」

「人口を減らさなければならない。そういう結論に達したのだ」

「具体的には？」

「せ、戦争を起こすこと、全面戦争に至らない程度の局地戦を世界のあちこちで起こすこと。それが一番簡単に人口を減らす方策だった」

「それから？」

「……う、やめてくれ、言う、言う……細菌兵器を、細菌兵器を使って世界中に伝染病をばらまくこと。これははじめはたいした効果はないが、全世界に広がれば戦争よりはるかに多くの人間を減らすことができる」

「大統領はその決定を認めたのか」

「局地戦については条件付きで認めた。だが、細菌兵器については認めなかった」

「それで?」

「……」

「言え」

「委員会は大統領の暗殺を決定した」

静まり返ってアンドリューの言葉を聞いていた人々からどよめきが漏れた。現代史の謎の一つとされていたケルー大統領の暗殺事件の真相の一端が明らかになったのである。

「それで?」

「それで、とは?」

「その細菌兵器はどうなった」

「……それが、理解不可能なことに、消失した」

「詳しく言え」

「フランクール研究所からフリークのナロビに空輸されたはずの菌の株がすべて消え失せていた。搭載されたことは間違いない。しかし、目的地に着いたとき、すべて消えていたらしい。搭乗員全員を徹底的に調べたが、全員完全なシロだった。理解不可能な事件だったが、とにかく責任者を処罰し、再度空輸しようとしたら、今度はフランクール研究所が火災に遭って、もとの株が全てなくなってしまった。生き残った研究者たちにもう一度つくらせようとしたが、一人が交通事故で死亡、一人が強盗に襲われて死亡、一人はほとんどパニックになって自殺した」

「それだけのことで執念深いお前たちが思いとどまったのか」

「その後もプロジェクトP、細菌兵器計画のことだが、それに参加した職員たちが次々に死んでいった。一人一人の死因には不審なものはない。癌で死んだり、事故だったり。しかし、職員二十五名のうち十三人が二カ月の間に死んでしまった。確率的に絶対あり得ないのだ。プロジェクトPは神に呪われているという噂が立ち始め、生き残っている職員たちも辞職し始め、プロジェクトP自体が何か不可解な力で妨害されていると委員会は結論づけざるを得なくなった……」

「ふむ、そのとおりだ。わしがお前たちの行動に直接干渉するなど本来あってはならんのだからな」

「や、やはり、あ、あなた様が……」

「プロジェクトPを実行に移していたならば、どうなっていたと思う」

「そ、それは……」

「今このテラミスに生き残っている人間が三千万人くらいになっていただろうよ」

「おおお」という声が上がった。それほどすさまじい細菌兵器をアメール政府は実行に移そうとしていたというのか。

「一度自然界に放してやれば、株は変異を繰り返す。お前たちの手に負えない菌が出現し、中世のペスト騒動すら大したことではないと思えるくらいの大惨事が待っていたはずだ。そういう危険を全く予想できないほどお前たちは愚かだったのか」

「そ、それは……」

「極めて潜伏期間の長いもの、しかし感染すればほぼ確実に死に至らしめるもの、性行為によって感染し避妊具で防ぐことができるようなもの。そういう細菌を人工的につくり出すことができれば、不道徳な反体制のやつらや、避妊具も買えない発展途上国の住民中心に広まるだろう。そして前もってワクチンを大量につくっておき、それを脅迫材料に使ってツユシアとの冷戦の完全勝利を狙い、さらに友好国に売りさばいて大もうけすると、一石三鳥の皮算用だった。変異株が発生したとしても、それが自分たちの手におえないような悪質なものになる確率はわずか〇・七パーセント。仮にうまくいかないとしても、各国ですぐにワクチンがつくられてしまったりして、思ったほど被害が拡大しないという可能性がほとんど。そういう説明を受けたのではないかな」

スサオーは冷たい笑いを浮かべて淡々と語った。誰も知らないはずの極秘の事柄を暴かれているアンドリューは、口を震わせながら落ち着きなく視線をきょろきょろとさまよわせていた。

「……」

「潜伏期間がごく短く、毒性も感染力も増した変異株が出現する可能性が〇・七パーセントと出た。その〇・七という数字が、この場合、どれだけとんでもない恐るべき数字であるのか。リスクの計算の意味すらろくにわからん馬鹿ものどもが人類の命運を握っていたわけだ」

「……」

「さて、そういう最低最悪の決定をした委員会のメンバーはもうほとんど死んでしまっているが、一人まだ生き残っているな。その名前を言え」

「し、知らない。私はただのメッセンジャーだったのだ」

「言え」

「……わ、わ、私に通告してきたのは、ハンマ・イーストウッド」

アンドリューはがっくりと首を垂れた。ハンマ・イーストウッドは多国籍企業マーチャント・エンジェルズの前会長であった。

スサオーは群衆の方に顔を向け、静かな声で言った。

「お前たちに告げる。人間にはすべて神に通じる回路がある。だが愚かにも、その神へと通じる回路を錆びつかせてしまう者もいる、この者のように」

「お、お許しを。どうか、どうか、お許しを」

「今、この者の神へ通じる回路を開くことにする。そうすればこの者は自分で自分を裁くであろう」

スサオーが言い終わらないうちに、アンドリューの身体が光り始めていた。それは、例の「光る人」の光と同じであるかのように見えた。だが、その光の中のアンドリューは頭を押さえて苦しんでいた。その目は何を見ているのであろう。はるかかなたの虚空を見るようなまなざしをしながら、ときおり体中がぶるぶると震え、両手で目の前の何かを払いのけるような仕草を何度もした。彼の網膜には何が映っていたのだろうか。口からは声にならないうめき声をあげ、泡を吹き、目をつぶり、体をまるで子どもがいやいやをするように振った。呼吸が速くなり、頭を押さえ、毛髪を引き抜き始め、爪には血がにじみ始めた。口が歪み、顔が歪み、胸をかきむしり、そして遂にひときわ甲高い叫び声を上げたかと思うと、彼の身体は倒れ、そのまま動かなくなった。

「目障りだな。元の所に戻すとしよう」

そう言った瞬間アンドリューの死体はかき消えていた。公園を埋めた大群衆は身じろぎ一つしなかった。

「もう少し大物を呼び出すことにしよう」

またスサオーは軽く右手を振った。と、現れたのは、さっき名前の出た、多国籍企業マーチャント・エンジェルズの前会長、ハンマ・イーストウッドであった。

「今までテレビを見ていたはずだ。自分がどこに来たのかわかっているな」

「お前は何者だ。いかなる権利があってこのようなことをする。わしは平和に暮らしている一人の市民だ。自分の意思に反してこのようなところに呼びつけられるいわれなどないぞ」

目の前にいるのが「神」であることを認識しているのかどうか、イーストウッドは昂然（こうぜん）と言った。虚勢を張っているとも思えない様子である。

「お前一人の平和とやらのために、お前は何人の人間を殺してきたのだ。思い出すこともできないくらい数多くの人を殺してきているであろうが」

「何をたわけたことを。証拠もないのにいい加減なことを言うな。名誉棄損だ」

「お前に名誉などはない」スサオーは一言のもとに切り捨てた。

「人間に任せておいたのでは、お前のような極悪人をどうすることもできないから、神である私が直接介入に来たのだ。もっとも、お前一人のためにわざわざ来たというわけではないがな。このテラミスの大掃除にやってきたのだ。もちろん、お前のようなものは掃除される」

「黙れ、お前のようなものが神であるはずがない。わしこそ神の命ずるままに働いてきたのだ」

「ほう、お前の信ずる神とはいったい何ものか」

「このテラミス唯一最高の神バール様だ」

「それは間違いだな」

「な、な、何を言うか」

「バールは私の兄弟に当たる神だ。お前は直接バールからその名前を聞いたのか」

「な、何を畏れ多いことを。そのようなことができるか」

「そうであろうな。では教えてやろう。お前はイシヤ教徒であろう。残念ながら、多くの人々がよりどころとしている聖書には多くの誤りがあるのだ。新約の神と旧約の神は別だ。単なる間違いか故意かは知らぬが、聖書の編纂者によっていつの間にか同一の神になってしまった。真実を見抜く目があれば、旧約と新約の神が別であることくらいはすぐわかるはずだ。新約の神はバールだ。さっきも言ったように、私の兄弟に当たる神だ。旧約の神はバーホだ。禍つ神だ」

「ま、禍つ神だと。ば、ばかな」

「先の大掃除から二万年、お前はその間に何度も転生を繰り返し、その魂を成長させてきたはずだ。それがちょうど試験となるこの生において、禍つ神の教えを正しいと思い込むということは、お前の魂がまだ宇宙の法を理解しておらぬという証拠だ」

「な、何を証拠に、わが神を禍つ神だなどというか」

「旧約の申命記にあるであろう。他の神々を崇拝するものを殺せと、滅ぼせと言っているであろうが。真の神がそのようなことを言うと思うか」

「邪神を崇拝するものを殺すのは当然ではないか。お前もお前に従わないものを今殺したではないか」

「愚かなことを。エリーデという宗教学者が言っていたな、真に聖なるものは世界中にあまねくその姿を見せたはずだと。お前ほどの知性があればその言葉が正しいことは解るはずだ。バールもわしも世界のあちこちに姿を見せた。地域により人々は異なる名でわしを呼んだ。多くの者がわしの教えを書き留めた。世界中の多くの宗教が似たようなことを言っているのはある意味当たり前のことだ。もとが同じなのだからな。しかし、忠実に書き写す者もいれば、付け加えたり改ざんしたりする者もいる。こちらの限定的な言葉を普遍的なものと勘違いする者もいる。書く者の精神の発達度合いによって同じであったはずの言葉が微妙に変わってくる。

神の声を聞くような者たちは、それぞれ一応選ばれた者であるといえる。神に選ばれたという自負もあるだろうし、自分以外にはそういう者を認めたくない者もいるだろう。他の宗教、他の神を排撃する者も出てくる。そして他の神を奉ずるものを殺せとか殲滅せよとか、そういう言葉がこのテラミスの宗教に残されてしまっている。だが、わし、およびわしの同格の神たちは絶対にそのようなことは言わん。それは宇宙の法にもとるからだ。それを言うのは禍つ神、すなわち禍を呼ぶ神だ。宇宙の法にもとる教えを正しいと信じ込むことによって禍を呼んでしまうのだ。イシヤ人はその教えを強固に信じたあげく、国が滅んでしまい、流浪の民となってしまったであろうが。

　魂が充分に成熟しているならば、『他宗を信じる者を殺せ』という言葉が絶対的な過ちであると理解できるはずなのだ。たとえ自分の信じる宗教の経典にそう書かれていたとしても、その言葉に従うことは誤りであると自分で判断できるはずなのだ。

　私に従わないから命を落とすのではない。私を信じないから命を落とすのでもない。宇宙の法にもとる行為をなしたがゆえに命を落とすのだ。それもまた慈悲である。これ以上罪を重ねるのを防ぐために、その魂を一時肉体より解放するのだ。次の生でまた新たに魂を磨くがよい。もっとも、次の生はこのテラミスではないだろうがな……」

　イーストウッドは唇をかみしめ、ぶるぶる震えながら黙っていた。

「さて、宗教論争はもういいだろう。今度はお前が答える番だ。アメール政府をあやつり、このテラミスを好き勝手に動かしている影の委員会、お前はもう引退したな。で、お前の次の委な」

「何を言うか、このテラミス全体のことを真剣に考えている名誉ある最高の機関だ。侮辱する

員長は誰だ」

「テラミス全体のことを、な」スサオーは鼻先で笑った。「お前たちの利益に反しない限りという限定条件が付いているな」

「企業の経営者としては当然だろうが」

「名誉ある最高機関の人間のセリフか、それが。名誉ある人間とはな、ガマータとかクリスのことを言うのだ。彼らはいずれも自分の持っているものはすべて捨てた。利益などという概念自体が彼らには存在しなかっただろうよ」

イーストウッドはさすがに押し黙った。

「お前のような世界企業の責任者がその利益を守るために権力を動かせば、そのためにきわめて多くの人々が犠牲になる。当然わかっていたはずだ。そういうことを平気で行う人間のどこに名誉があるというのだ」

スサオーの全身の光が微妙にオレンジ色を帯びてきたように見えた。

「お前の言う腐った名誉とやらを引き継いだ人間、ついこの前もアメールをアルハーン紛争に介入させ、何十万もの人間を殺したバカ者どもの最高責任者の名を、ここでお前の口から明らかにしろ」

「い、言わぬぞ、言ってたまるか」

「言え」

「わ、わが主よ、われに力を」

イーストウッドは両手を天に掲げて叫んだ。その瞬間、大音響がとどろいた。人々は頭を押さえてうずくまり、恐る恐る顔を上げたときには、渋面をつくっているスサオーと黒焦げになった死体とがあった。

しばらく誰も言葉を発しなかった。イーストウッドはどうやら落雷によって死んだようである。しかし、それは自然現象なのか。神であるスサオーも予期していなかったように見える。神の力といえども全能ではないのだろうか。あるいは、これはさっき名前の出ていたバーホ神の手によるものなのだろうか。勇を鼓して一人の記者が立ち上がり、質問をした。

「伺いますが、今のはいったいどういうことなのでしょうか」

「バーホが介入したようだな」

「わからないことだらけなのですが。そもそも私どもは、神は唯一絶対の存在であると教会で教わってきたのですが」

アメール人と思われる記者は、当然クリス教徒なのであろう。クリス教徒からすれば、おそらく最大の疑問のはずである。スサオーはそれには応えず、群衆を広く見回して言った。

「お前たちに告げる。このテラミスはまもなく第四段階の星に移行する。それに伴い、お前たちもこのテラミスに残る者、別の星に転生してもう少し魂を磨く必要がある者とに選別される。選別試験を受ける資格のある者は、これまでに人間として十回以上の生を重ねてきた者、テラミスの六十八億人のうち、およそ二十億人ほどだ。選別基準は、この大宇宙の法をどこまで理解しているか、それだけだ。合格した者は光る。今私が肉体を借りているこの者のように」

どよめきが起こった。例の光は神からの合格証だというのだ。

「万一、合格者があまりにも少なく文明を持続させることが困難な場合、人類全体としてやり直しということになる。ちょうど二万年前がそうであった」

スサオーは言葉を切り、目をつぶって少し考えているような素振りを見せたが、しばらくしてまた話し始めた。

「伝えなければならないことはそれだけだが、このトモロという者がもう少し補足してやってくれと言っているので、いくつか付け加えておく。

まず、第一段階の星とは有機体が誕生していない星。第二段階の星とは、いわゆる生物が誕生している星。第三段階とは、知的生命体の誕生している星だ。

次に、大宇宙の法とは、一言でいえば慈しみ、別の言葉で言えば愛だ。

神々にも階梯・ランクがある。このテラミスに現れる神は、第三階梯から第十階梯までだ。今回の選別試験の審査は私が務めることになっているが、バーホはバーホで勝手に動くようだな。あやつも第三階梯だ、禍つ神としては最高ランクだ。

最高の禍つ神とは、見方をかえれば人間にとって最も意地が悪い神ということだ。人間の歩むべき道をあまりにも単線的にわかりやすくつくってしまうと、魂の成長過程そのものが単純になり過ぎてかえって成熟が遅くなる。禍つ神は人間にある種のトリックや罠を仕掛け、道を複雑なものにする。そのことによって、結果的にその魂の成熟を促す役目を持っているのだ。最後に一つだけ言っておくが、世界中のいかなる宗教の信者も改宗する必要はない。すべての神は、それが神であるならば大宇宙の法に則って生きているのだ。それぞれがそれぞれの信ずる神を通じて大宇宙の法に目覚めればよいのだ。それが大いなる神につながる道である。

さて、わしは、もう行かねばならぬ。お前たちの一人でも多くの者がこの試験に受かることを期待している」

「お待ちください」ホンマは思わず声を上げていた。「無神論者は、神を信じていなかった者は、皆落第してしまうのでしょうか」

ホンマの見たところ、ヒホン人は、特にインテリ層はその大半が無神論者であると思われた。ホンマ自身、つい一月前までは間違いなくそうであった。ヒホン人の大半がはじめから落第確定だと判れば、パニックどころの騒ぎではない。

スサオーはホンマを一瞥(いちべつ)し、また向き直ってホンマのヒホン語を他の記者に解るようにアメール語に訳した。ホンマには、ふとトモロが笑ってくれたような気がした。答えはアメール語であった。

「昨日までの無神論者には、格別の問題はない。真摯な無神論者は並の信者よりもはるかに神に近いのだ。問題は神を信じているかどうかではない。宇宙の法に則って生きているかどうか、自分と同じように他人を愛することができるかどうかなのだ。無神論者でありながらその心に愛を育んできた者は、狭き道を渡ってきたものよと神に嘉されるであろう。ただし、昨日までの話だ。何のために私が今この地上に姿を見せているかといえば、疑う余地のない証拠を見せるためである。今日のこの放送を見て、なおかつ神を信じない者は、もちろんただのバカ者か、著しく素直さに欠けた者である。そのような者が試験を通るはずもない。

私は、あと一度だけお前たちの前に姿を見せるであろう。その後は直接姿を見せることはない。この者の肉体に入り込むと、著しく能力を制限されてしまうからだ。では、さらばだ」

その言葉が終わると同時に、スサオーの姿は煙一つ残さず消えていた。

6

スサオーの記者会見は全世界に生中継で放送され、圧倒的な衝撃をもたらした。人々の頭上を飛び越して会場に現れたこと、トマス・アンドリューとハンマ・イーストウッドをいずこから呼び出したこと、そして煙のように宙に消えてしまったこと、それらすべてがスサオーが異論の余地なく「神」であると証明していた。神が、ほとんどの文明国の人間には、ただのおとぎ話となっていた神、神の存在を信じていたものですら、その光臨などはおよそ想像の埒外(らちがい)にあった神が、この地上に実際にその姿を見せたのである。世界中の人々が神について語り始めた。皮肉な意味ではあるが、世界は一つになりつつあった。有識者たちは逆に言葉を失っていた。

そして、あまり説明の多くなかったその「メッセージ」の内容の真意を巡って多くの人たちがてんでばらばらに語り、具体的にいったい何が起こるのかは結局判然としないままであった。

不合格とは？　試験の最中に死んでしまうのか、それとも普通に寿命をまっとうし、次の転生先がテラミス以外の星になるだけなのか。四十八億もの受験資格のない者とやらは、いったいどうなるのか。

また、イシヤ系財閥による陰の政府の噂はこれまでにもジャーナリズムで取り上げられていて、スサオーによってはっきり糾弾されたそのメンバーがいったい誰であるかにもマスコミの関心は集まった。ただ、スサオーが取り上げた一件は四十数年前のことで、当時のメンバーの大半はすでに死んでいるし、現在のメンバーに責任は問えないとする冷静な意見もあった。

アメール政府は狼狽していた。四十数年前の事件とはいえ、まさに全人類に対してのアメール政府の犯罪が発覚したのである。直ちに政権そのものを投げ出すべきだとする者、全世界に謝罪をすべきだとする者から、スサオーこそ邪神ではないかという者まで現れ、アメール政府部内は大揺れに揺れ、対応すらしばらく定まらなかった。

当時の宗教界の頂点に位置し、政界にも強い影響力を持っていたクリス教主イノチェント十世は、直ちに次のような声明文を出した。

「聖書にあるとおり、最後の審判のときがやってきました。神が再びこの世に姿を現された今、すべての人々はそのお言葉に従わねばなりません。神の御言葉のとおり、大宇宙の法を己が心とし、新たなる人類の世紀が開かれんことを願って、最後の審判を受けるのです」

イシヤ人の反応は真二つに割れた。スサオーの言葉を素直に受け入れた者と、強烈に反発した者とにである。イシヤ人にはイシヤ教からくる選民意識が根強くあった。異教徒を殺せとある申命記のバーホ神の言葉については、さすがにこの現代でそれを実行に移すべきだなどと考えている者はいなかったが、スサオーの記者会見でイシヤ教だけが排撃されたように感じた人は多かった。ただ「光る人」の数が最も多いのはヒホンであったが、その次がイシヤなのであった。その人たちは、あっさりと「スサオー神は改宗する必要はないとおっしゃいました。私たちだけが正しいという姿勢さえ改めればそれでいいのです」と語った。だが、イーストウッドの姿勢にあからさまに共感を示し、間もなくバーホ神が光臨され、われらだけを救ってくださると説く者も現れた。一月後にイシヤ教は分裂する。

多くの人々にとっては、まさに寝耳に水であった。トモロがアメールに上陸して様々な奇蹟を表していると報道されていても、それが自分に関係しているなどとは夢にも思っていなかったというのが大半であった。そしてどうやら「最後の審判」が始まるらしく、合格者しか生き残れないと言われても、結局何が起こるのかがさっぱりわからないのだ。一人一人、突然どこかに呼び出され、合格者は光って帰ってくるが不合格者はむごたらしい死体になって帰ってくるのだとか、合格者だけがUFOに乗せられて一時避難をし、その間にテラミスは彗星と衝突をして残っている者が全滅するのだとか、無責任な噂が飛び交った。あちこちでパニックが起き、暴動が起きた。だが、それらは自然に収まっていった。そういう行動をとる者がこの「試験」に受かるはずがないと、冷静に考えれば誰の目にも明らかだったからである。また、人は何度でも生まれ変わる、この生が終わってもまた次の生があると明らかにされ、人々はそこに何ほどかの救いを見出したようでもあった。

ホンマがモトマツに帰りついたのは、スサオーの衝撃の記者会見の翌々日の夕刻であった。スサオーがその体に乗り移っていただけに、トモロ宅には報道陣の車があるかと思っていたが、なかった。電気の点いている母屋の方に行くと、トモロとフサヨが親しそうに話している声が聞こえてきた。ガラガラっと大きめの音をたててドアを開けると、エプロン姿のフサヨが出てきて、驚いた声で「お帰りなさい、早かったのね」と言った。

「……ただいま」

トモロが出てきた。

「あ、ホンマさん、お帰りなさい。お疲れでしょう。まあ、上がって。ちょうど今、食事の用意をしていただいているところだから」

「……あ、いや、とりあえず荷物置いて着替えてきます」

離れに上がって、畳の上に腰を下ろすと、ここ二週間ほどの疲れがどっと湧いて出てくるような気がした。微妙な苛立ちがある。トモロに対して、そしてフサヨに対しても。なぜあの男は、何事もなかったかのような涼しい顔をして声をかけてくるのだ。なぜフサヨはあの男と親しそうにしゃべっているのだ。ほとんど言い掛かりだな、さすがに自分で苦笑しながらタバコをふかしているところにフサヨが来た。

「……どうしたの」

「別に」

「何、怒ってるの」

「怒ってなんかないよ」

「嘘、あなたすぐ顔に出るもん」

ホンマはすぐ前に腰を下したフサヨを思わず抱きしめた。フサヨは逃げなかった。髪の毛をなでながらフサヨの匂いをかいでいた。しばらくそのままでいて、手を下の方に降ろそうとすると「だめ」と言われた。

「ご飯、つくりかけなのよ。いくらなんでも、今はだめ」

「いいじゃないか」なおもまさぐろうとした。

「だめ、そんなことしたら二度とトモロさんの前に恥ずかしくて出られないじゃない」

トモロという名前を聞いてホンマはこわばった。フサヨはすっと手の下から抜け出した。

「着替えてすぐ来てね。お刺し身買ってあるし、ビール冷えてるし」

「ええ？」トモロは確か、酒を飲まなかったはずであった。

「トモロさんが、今日中にあなたが帰ってくるって教えてくれたの」

トモロ、あの男は神の使いだ。それは自分自身の目で確かめてきた。しかし自分たち夫婦にとって、いや、自分にとって、あの男はいったいなんなのだろう。

実は、昼過ぎから報道陣は殺到していたらしい。トモロは、田舎人の礼儀正しさというか、馬鹿正直にというか、家の中に皆を招いたという。たちまち入りきれなくなって、一社につき二人にして、三時から五時まで、記者会見というか、報道陣を前にのんびりと話していたらしい。フサヨは途中から接待係できりきり舞いしていたようだ。

「いや、今日は本当に奥さんのおかげで助かりました」

「こんなことしかできませんから」フサヨは恥ずかしそうに言った。

ホンマは、何となく湧き上がってくる苛立ちを打ち消すように訊いた。

「今は、スサオー神はいらっしゃらないんですか」

「ええ、今は完全に私です。こういう言い方はおかしいですけど」

「アメールでも途中まではトモロさんが主体だったんでしょう」

「そうです」

「神様が降りてるってのは、どんな感じなんです？」

「どう言えばいいんでしょうねえ。こればっかりは経験していただかないとわからないんでしょうけど。何というか、つまり、一時的に視野が広がるというんですか、自我が拡大するっていうんですか、そんな感じですね」

「神様がいてくださるっていうことは、わかってるわけですか」

「そうですね。自分には到底不可能なことであるはずなのに、できるという確信があるんですよ。自分なのに自分でないというか、何か不思議な感覚ですね。で、それはまあ、つまり神様が横にいてくださるからなんだろうと」

「恐怖とかはなかったのですか」

「それは全くなかったです。何というか、絶対的な強い父親に守られている幼児の感覚でしょうか」

「途中から主体が神様に代わったように見えたのですが」

「そうです。神経科の病院での事件のときですね」

「あの時、私、たぶんスサオー神を見たような気がしたんですが」

「そうなんですか。例の化け物がドアの方に向かって行ったときに『間に合わん』という声がして、その時入れ換わったんです」

「それはどんな感じなんですか」

「そうですねえ、例えて言えば、私の肉体という乗り物の助手席に移動したって感じでしょうか」

「助手席ですか、なるほど。でも、自分の中で助手席に回るってのは変な気分でしょうねえ」

「私の場合は全面的に信頼してますから平気でしたが、いわゆる憑依などでは、主導権を巡って激しい争いがあるらしいですね。まあ、あまりお勧めできる経験ではないかもしれません」

トモロは笑った。

「私が今日中に帰ってくるというのは、どうしてわかったんですか」

「ときどき、ふっと脈絡もなしに浮かんじゃうんですよ。ときには、こちらで知りたいと強く思うと答えが返ってくることもありますし、たぶん、スサオー神は離れていても一応私を視界の端には入れてくださってるんじゃないんでしょうか」

「もう一度、私たちの前に姿を見せると言われてましたね。ということは、もう一度トモロさんの身体を借りるということなんでしょうか」

「そうです。たぶん、二、三日中になると思います」

「えっ」私はフサヨと顔を見合わせた。

「また、どこかへ飛んで行ってしまわれる？」

「おそらく」

「いつ、どこへかということはわからないんですか」

「わかりません。近日中だというのは強い予感があって間違いないですが、それ以上のことはわかりません。申し訳ないですが、また何日か留守番をお願いすることになるかと思います」

「四月末にトモロさんが、私に留守番をと言われたときに、こういう事態になることがもうわかっていたわけですか」

「どういうんでしょうねえ。自分が何か役割を果たすことになっていて長期的に家を空けなければならないという予感はあったんです。いつになるかまではわかりませんでしたけど。それで、ホンマさんが取材に見えたときに『この人だ』と教えてくれるものがあったというか、そういう声が聞こえたというか、まあ、そういうことなんですね。ですから、あの、私は義侠心を起こしたとか、同情したとか、そういうんじゃなしに、たんに神様の命令でホンマさんに留守番をお願いしているようなものですから、どうぞあまりお気になさらないでください」

「それは違うと思います」フサヨが珍しく口を出した。

ホンマは驚き、トモロも興味深げに見つめた。

「あの、うまく言えないんですけど、でもやっぱり、先にトモロさんが主人に同情でも好感でも何でもいいんですけど、そういうのをお感じになって、それを神様は認めてくださっただけなんじゃないかと思います。本当にありがたいと思ってます。同じマンションにいた人たちは仮設住宅暮らしの人が大半で、とても不自由してらっしゃるみたいですから、こんないいところに住まわせていただいて天国のようです」

「本当にありがとうございます」ホンマも頭を下げた。

「いいえ、ほんとに、あの、こちらはありがたいんですから、大きな顔していてくださいね」

「ですが、さっきのお話ですと、スサオー神が降りられるのは近々のようですから、それが終わるともう私たちが留守番をする必要はなくなりますね」

「それがですね……」トモロは微妙に言い淀んだ。

ホンマは構わず続けた。

「トウケイの復興もだいぶ進んできましたし、仕事の合間を見つけて、どこかに住む家を見つけますので。マンションが売れないのが弱ってるんですが、まあ、今度の件で特別ボーナスも出そうだし、頭金ぐらいは何とかなりますから」

「いいえ、これはまだ漠たる予感にしかすぎないんですが、スサオー神が今度現れると、おそらく世の中の激変が一気に進むことになるかと思います。世の中が落ち着くのがいつになるかわかりませんが、そのときまではここにいてくださいませんか」

「だいたい、あなた、私もあなたももうすぐ死んじゃうかもしれないわよ」

ホンマは絶句した。確かにそう言われれば、そういう可能性は充分にあった。しかし、まだそれを心の底では本気にしていなかったのだ。

「だとしたら、よけいにだよ。縁起でもない話だけど、まさか葬式まで出していただくわけにはいかないよ」

「いいえ、本当にお気遣いなく。最終的にどうなるかわかりませんが、この大異変の最中にあなた方がここに住まわれるのも神の御意志ではなかろうかと、私は思っておりますので」

一年前のホンマなら、こういう言葉を吐く人間とは絶対に個人的関係を持たなかったであろうが、スサオー神の奇蹟をまざまざと見せつけられているだけに、何となく不得要領のまま押し切られた。

離れに引き揚げて、ホンマは何気ないふうを装って訊いた。

「昨日の夜中にトモロさんは帰ってきたわけか」

「そうなの。テレビ消して寝ようかと思ったら、あっちに電気点いてたから、あれっと思って。戸締りしてたはずだし。それで、もしかしたらトモロさんが帰ってきたのかもしれないと思って声かけたら、『あ、トモロです。お休みなさい』って。よっぽど疲れてたのね、すぐに電気消えたし」

ホンマは黙ってフサヨを抱き寄せた。冷静に考えれば、亭主の留守にその女房を寝とるような男を神様がメッセンジャーに選ぶわけもない。つまらない嫉妬をしている自分を意識しながら、そうだ、俺は普通の人間なのだと心のどこかで居直っていた。

次の日、ホンマはトウケイに向かった。車は使わなかった。新幹線の中で記事を書く必要があった。実際、自分でもよく体力が続くものだと感心していた。今日、明日と、おそらくほとんど休息なしにスサオー神光臨特別号を仕上げなければならない。

トウケイ駅には珍しく車が迎えに来ていた。ヤオカも、ホンマの時間が今一番貴重であるとわかってくれているらしい。それしかわかっていないのだろうが。

臨時の社屋に入り、すぐさま二時間ほどぶっ続けで打ち合わせがあり、一息入れていると、ムゲンという若いやつが話しかけてきた。確かキョウケイ大学の理学部を出たとかいう秀才だ。

「ホンマさん、でもあれ、どこまで本当なんです？」

ホンマは一瞬、質問の意味がわからなかった。

「手品とか、トリックとかの可能性はないんですか」

「あるわけないだろ」

「前にテレビでナベマサが言ってたけど、トモロ氏双子説、あれをさらにひねって、トモロ氏は最高の超能力者という説は成り立ちませんかね」

「成り立たない」

「そうかなあ。空中浮揚ができる超能力者がいるという話は聞いたことがあるし、トモロ氏がテレポーテーションができる超能力者なら可能じゃないかな。瞬時にアメールから帰ってくることもできるし、人間をどこかに送り込むことだってできるだろうし」

　ホンマは何か猛烈に腹が立ってきた。全世界に向けての生放送のあの衝撃的な映像を見ていながら、なおかつ、神が光臨したという明々白々な事実を認めようとしない人間が存在するのである。この男は天下の秀才なのかもしれないが、スサオー神から見ればまさに「ただのバカ者」なのであろう。

　ヤオカにうっ憤を少しぶちまけてみると、「お前は現場にいたからな」という答えが返ってきた。

「俺にしたって、お前と随時連絡を取り合っていたからこそ、スサオー神光臨を間違いのない事実と思うことができたが、そうでなければまだどこか疑いを残していたかもしれん。それぐらいとんでもないことなんだよ、今度のことは。新聞の方でも、お前の連載をめぐっては初めは結構反対があったというぞ。そのうち皆黙っちまったらしいがな」

「そんなものなんですか」

「それは、やっぱり海の向こうのことだからな。臨場感というか、現実感は乏しいわな」

　衝撃の記者会見から四日後、トモロ、いやスサオーはユーメリアとバスラーニの紛争地帯に姿を現した。そこ、ユーメラビナは五年ほど前までは一つの国家であった。それが民族および宗教的対立から五つの国に分裂し、その中の最強国であるユーメリアは、何度となく結ばれた停戦協定を破っては自国の領土を広げ、対立するバスラーニやヘルゴナの人々に対して組織的な虐殺や暴行まで行っていると言われていた。

スサオーが姿を見せたのは、ユーメリア軍の砲火にさらされようとしているバスラーニの小さな村ピオスであった。バスラーニ側にはろくな武器もなく、すでにユーメリアに占領された町や村からの避難民でごったがえしていた。目端の利く者はとうに逃げ去り、残っているのは疲れ切った避難民たちとわずかな民兵、そして動けない老人や妊婦たちがほとんどであった。この戦火の村にも、スサオーの姿を四日前のテレビで見ていた人がいた。「神が姿をお見せになったぞ」という声はたちまち村中に響き渡り、スサオーの周りは土下座して「どうかお助けを」と願う人々で埋まった。

「私についてくるがよい。恐れることは何もない」スサオーは一言そういうと、前線に向けて歩き始めた。

人々はスサオーについて歩き始めた。スサオーの足取りはゆっくりしたもので、途中噂は急速に広まり、あちこちから避難民たちが集まってスサオーに付き従い、群衆の群れはたちまち万を超えた。

スサオーは最前線に着くと、バスラーニ側の指揮官に言った。

「武器を捨てなさい」

「え、し、しかし、それは」

「心配することは何もない。ただ私についてくるだけでよい」

指揮官は四日前のテレビ放送は見ていなかった。しかし、スサオーと名乗る神が現れ、全世界の人々の前で疑う余地のない奇蹟を顕したとは聞いていた。指揮官はためらいつつも、部下の兵士たちに、武器を捨てて避難民たちよりも前に出てスサオーについて歩けと命じた。

対峙していたユーメリア軍の司令官は、双眼鏡を見るわが目を疑った。丸腰の人間たちがぞろぞろと大挙して歩いてくるのである。白旗を掲げている様子もない。司令官は首をひねったが、攻撃の用意を命じた。と、部下の一人が大声で喚いた。「あれはスサオーです！　この前アメールに現れた神のスサオーです！」

司令官は驚愕した。スサオーの噂は聞いていた。奇蹟を行う神だという。神に逆らって勝てるのだろうか。しかし、スサオーに対立する神もいるという話である。それに、いくらスサオーといえど、生身の身体では近代兵器に勝てないのではなかろうか。司令官が判断に迷っている間に、スサオーの一行はどんどん前進し、ついには肉眼ではっきりとらえられるところまで迫ってきていた。このまま放置しておいたのでは前線は破られる。

司令官は攻撃命令を出した。銃撃程度では神には効かないかもしれないと思い、地対地ミサイルを発射したのである。スサオーに付き従う人々は敵陣に発せられた光を見て、思わず頭を覆ったり逃げ出そうとしたりした。だが、予想された衝撃はなかった。それどころかユーメリア軍の方で何事か異変が起きている様子である。スサオーは平然と前進を続けている。人々は慌ててスサオーの後を追った。

ユーメリア軍は大混乱に陥っていた。発射されたミサイルはすべて発射した場所に跳ね返ってきたのである。第一線の部隊は瞬時にして壊滅した。後続の部隊には何が起きているのかさっぱりわからなかった。やがて、ゆっくりと、しかし着実に迫ってくる群衆に対し、恐怖に駆られて発砲を始めた兵士が次々と死んでいくのを見て、ユーメリアの兵士たちは思い出した。アメールでトモロを狙った強盗の弾はすべて跳ね返されたのだ。わずかに生き残った兵士たちは武器を捨てわれ先に敗走を始めた。

スサオー神が現れて、第一線部隊が壊滅させられたという知らせは、ユーメリア政府に恐慌をもたらした。ユーメリア政府は、直ちにスサオーの進路に当たっている部隊の司令官にスサオーと交渉するよう命じた。

スサオー神のユーメリア出現の報をホンマが聞いたのは、仮眠室で死んだように眠っていたときであった。四時間ほど前にやっと最終稿が完成し、印刷に回したところであった。ヤオカともども完全徹夜となり、二人ともゴーゴーといびきをかいて寝ていたところを起こされた。

「ユーメリアに現れただと」

状況の把握はヤオカの方が早かった。疲労の蓄積が少ないということなのだろう。

「戦乱を収めに行ったということか」

「そういう論調が多いです」

「行くか」ホンマを見て言った。

「行け、とは言わないんですか」

「さすがにな、過労死されて化けて出られるのも嫌だからな」

「行きますよ、地獄の果てでも。こうなりゃ、とことん付き合ってやる」

「あ、それからホンマさん、奥さんからお電話。目が覚めたら必ず電話してくれって。トモロさんからの言づてだそうです」

　ホンマはヤオカと顔を見合わせた。

「何でしょうね」

「初めてお前をトモロ氏に張りつけていたことが役に立つかもしれんな」

「すでに充分役に立ってるでしょうが」

「今までのは、トモロ氏に張りついてることとほとんど関係ねえだろ」

　フサヨに電話を入れてみると、少々意外な言づてであった。トモロ氏が姿を消す前の日に、ぽつんと言ったという。今回は、ホンマさんは来る必要はまったくないと思います、と。どういうことかわからなかったが、ヤオカに報告すると、「そうか、なら、行くな」と、あっさり言った。

「いいんですか」

「いいんですかも何も、神様が来るなとおっしゃってるんだ。こっちで解説でもしてろ」

「何の解説ですか」

「心配しなくてもな、俺がＪＨＣに電話一本入れたら、向こうさんがタクシー飛ばしてお前をＶＩＰ扱いで迎えに来てくれる」

「しばらく休めとは言ってくれないんですか」

「ぜいたく言うな。ユーメリアに行かなくて済むだけでもありがたいと思え。しかし、なぜなんだろうな、案外早く片づくってことかな」

翌日、スサオーの行く手にユーメリア軍の司令官が十名ほどの部下を引き連れて待ち構えていた。スサオーはまるで雑草がそこに生えているかのごとく、まったく無視してその横を通り過ぎようとした。司令官はいらだつように「お話があります」と叫んだ。スサオーは一瞥を向けた。

「ユーメリア政府は和平に応じる用意があります」

「昨年の十月十五日、ユーメリア軍兵士により、ピオレンツェの町で組織的な暴行事件が行われた。男たちは皆殺しになり、女たちは暴行されてから殺された。その責任者はお前だな」

司令官はうっとうめいて身体をこわばらせた。

「お前は落第である」

司令官は突然銃を引き抜くとスサオー目がけて撃った。即死であった。司令官が殺されたと勘違いした何人かの部下が発砲した。だが、発砲した者はその場で死んだ。

ユーメリア軍は後退し、戦線を立て直し、リモートコントロールできる無人戦車を用意して、スサオーではなくその後ろの群衆を目がけて砲撃した。しかし、弾はやはり宙の一点で跳ね返り、戦車を吹き飛ばした。全世界の人々がこのありうべからざる光景を見ていた。

アメールのときとは異なり、今回はごく一部を除いたほとんどのヒホンの放送局が、ほぼ二十四時間態勢でスサオー神の動向を追いかける特別番組を組んだ。映像の方は衛星中継一本しかなく、どの番組を見ても同じであったが、選挙のときの特番のように各社それぞれに工夫を凝らして視聴者を引きつけようとしていた。

スサオー神が降りているトモロと最も身近にいる人間であり、しかもアメールでのスサオー神の行動をその目で見てきたホンマは、ＪＨＣの切り札的存在のゲストであった。前回と同じくオオノとシロイシとナベマサがゲストに呼ばれていた。ナベマサが呼ばれているのは不思議だとホンマは思ったが、さすがに口には出さなかった。今回は視聴者はスタジオにはいなかった。

無人戦車が破壊されて以来、ユーメリア政府は軍事的抵抗は諦めたようで、映像はスサオーと付き従う避難民が歩く様子ばかりが続き、ＪＨＣでは宙の一点で砲弾が跳ね返るさまをスローモーションで映したもの、そしてそのコンピューター解析を中心に話を進めていた。

「ということで、まさにあり得ないと言いますか、神の奇蹟をわれわれはこの目でまたも確かめたわけですが、どう、ナベマサ君、まだトモロ氏双子説を主張する？」

「もう言わないでくださいよ。僕が馬鹿だったと思ってるんだから」

ナベマサは、そこはさすがに「好感の持てるタレント」ランキング上位に位置している俳優らしく、さわやかに答えていた。

「ということは、ナベマサ君もトモロ氏に現在スサオー神が光臨していることは認めるわけだ」

「はい」

「どうでしょうね、シロイシさん、これでユーメリアには平和がやってくるんでしょうかね」

「そう願いたいですね」

そんなのんびりしたというか、平和的思考に慣れっこになっているヒホン人の思うように事が進むわけはないぞと思っていると、顔に出たのか、目ざとく司会者が指名した。

「ホンマさん、何か？」

「たぶん、そんな生易しい事態ではないと思うのですが」

「どういうことでしょう」

「私がアメールでスサオー神をずっと見ていて思ったことは、神は人間とは隔絶した存在であるということです。何というか、悪人を殺すのをまったくためらわないというか、それこそわれわれがアリをひねりつぶすように平気なのではないかと思えるんです。現にユーメリア軍の戦死者はもう万ではきかないはずです」

「ふうむ、オオノさん、どうでしょう」

「生易しい事態ではないという認識には賛成しますが、一つだけ確認したいことは、少なくとも今回まだスサオー神が直接手を下して殺した人はいません。すべて自分の攻撃が跳ね返って死んだのです」

「確かに、そうですよね」

「まあ、今のところというだけのことで、今後もスサオー神は直接手を下さないとまでは思えませんが」

「そうなんですか」

「スサオー神は第三階梯の神だと言われました」

「そうでしたですね」

「テラミスには第十階梯の神までいらっしゃるとも言われました」

「ええ」

「ということは、これは私の推測ですが、第十階梯の神はまだ人間に結構近い存在、われわれが見てもその行動の原理とか原則とかが理解しやすい存在で、第三階梯の神ともなれば、われわれにはほんの少ししか理解できない存在だということかと思います」

「それがさっきのお話とどうつながってくるのでしょう」

「つまり、人間から見れば想像を絶するようなことを平気でなさる可能性があるということです」

「それはつまり……あ、ひょっとして」

シロイシの言いかけの言葉にオオノがうなずいた。ホンマも何となく彼女の言いたいことがわかった。

「どういうことですか」司会者が先を促した。

「つまり、スサオー神の言われる試験がもう始まっているとするのなら、今度の件はつまりユーメラビナの人々に対しての試験なのだという可能性があるということです」

「そうか、そうだよな。世界中の人々が一斉に、ある日突然試験不合格って言われてパタパタ死んでしまうなんてことじゃなくて、こうやっていろいろ事件が起こって、それでどんどんと殺していくということなのかな」ナベマサが大声で言った。

「なるほど、これはしかし、容易ならぬことになるのかもしれないという皆さんのご意見ですね。——はい、オオノさん」

「一つだけ訂正。今回が試験であるとするならば、対象は旧ユーメラビナ地域の全員ではなく、ユーメリア国民でしょう」

「それはどういうことでしょう」

「つまり、明らかに今回スサオー神はバスラーニ側に肩入れしているように見えます。死者もユーメリア側にしか出ていません。ユーメラビナ地方の紛争は、確かに最も非があるのはユーメリアかもしれませんが、こういう政治的対立において、どちらかが百パーセント悪いなどということは、現実にはまずないわけです。それをあえてユーメリアが百パーセント悪いように振る舞っている、その意図をやはり考えざるを得ません」

「なるほど」

「オオノ先生はどういう意図があるとお考えなのですか」

「ヒントはすべてウォディントンでの記者会見での言葉にあると思います。あのとき、バーホ神は禍つ神で、その役割は人間に罠やトリックを仕掛ける、とおっしゃってました」

「そうでしたね」

「私は、人間に仕掛けられている最大の罠が『正義と悪』という考え方なのではないかと思っています」

「ええ？」とナベマサが不思議そうな顔をし、「はい」とシロイシが真剣な顔をしてうなずいた。

「その罠に引っ掛かると、多分、今回の試験に合格はしません。で、ユーメリアが『悪』であるかのようにふるまうことによって、罠を掛けている、私はそう思います」

「なるほど」ホンマは少し感心した。自分の思いもつかなかった視点であった。

「罠を掛けるのはバーホ神じゃなかったのですか」ナベマサだった。

「バーホ神の教えには、敵味方を峻別(しゅんべつ)したり、あるいは自分は正義で敵は悪と思いこんだりする考え方がある。それが罠なんだけれど、その影響が強いとスサオー神の行動がどちらかの味方に見えてしまうってことだよ」

「確かに、ガマータの教えにも貢氏の教えにも、敵味方の峻別などというものはありませんね。東エイシャン系の宗教は皆そうなのかしら」

「言われてみれば、オオノさんのおっしゃるとおりかと。ユーメリアの紛争は一見宗教対立の様相もありますから、ユーメリアが悪と断罪されるとクリス教徒からの反発があるでしょう」

ホンマはジャーナリストらしく言った。

「で、反発する者は不合格ということになるわけですか」

「スサオー神はユーメリアが悪いと決め付けたわけではない。しかし、先にユーメリア国民だけを試験しますとそういうふうに見えてしまうということですね。当然、スサオー神にはそれがわかっているはずです」

「もう一つあるかもしれませんね」シロイシが言い出した。

「何でしょう」

「この前の記者会見で『異教徒を殺せ』というのは誤りだとはっきり断言なさってました。ウラー教にもそういう教えがあります」

オオノがうなずいた。

「ウラー教の方が激しいくらいですね」

「ウラー教徒は信仰の固い人が多いですから、その教えが誤りだとはっきり断言されてショックは大きいかと思います。しかし、ここでスサオー神がウラー教国のバスラーニに肩入れするように行動することで、バランスをとるというか、ウラー教徒を慰めるというか……」

「迷わせる、というのが正しいんじゃないかな」オオノが笑いながら言った。

「スサオー神は敵なのか味方なのか、ということですか」

司会者の問いに、「そういうふうに考える人は、たぶん不合格になるんだろうなということです」と、オオノは澄まして言った。ホンマとシロイシは苦笑した。

「すげえ」

「ナベマサ君」

「いいえ、正直すごいなって、そこまで深く読むことができるんだって感心しました」

「ちょっと整理します。えー、ということは、今回の件は、一番単純な見方が、旧ユーメラビナ地域に平和をもたらすためにスサオー神が現れたと。もう少し深く考えると、ユーメリアにとんでもない事態が起こる可能性がある、と。さらに深く考えると、ユーメリアにとんでもない事態が起きた場合、それはスサオー神が……」

スタッフが司会者に一枚の紙を手渡した。画面に映るのを厭わないのだから緊急事態なのだろう。

「えー、今新しい情報が入ってきました。ユーメリア政府は無条件降伏を決めた模様です。もう一度繰り返します。ユーメリア政府は無条件降伏を決めた模様です。……えー、大きく局面が動きましたが、ホンマさん、ご感想は？」

「ユーメリアとしては、とるべき手段がもうないということですよね」

「抵抗をしなくなったということは、ひょっとしたらこれ以上の血が流れなくても済むということにはならないのでしょうか」

シロイシがホンマの方を向いて言った。一応、自分に向けての質問であると解して、ホンマは答えた。

「相手が人間ならねえ、責任者の処罰ぐらいで済むんでしょうけれど。相手は神様ですのでねえ、どういう反応をするのか、ちょっと見当がつきませんねえ」

「僕、一つ思うんですけど」

「ナベマサ君」

「確か、ツユシアがユーメリアに武器援助してましたよね。あれはどうなるんでしょう」

「オオノさん、どうでしょう」

「いいところに目をつけたと思います。スサオー神がツユシアをどう扱うかによって、今回の件の性格がある程度読みとれるのではなかろうかと思います」

「といいますと？」

「つまり、ユーメリアが関係者の処罰程度で済むのならば、ツユシアには何もないでしょう。しかし、ユーメリアにとんでもない罰といいますか、そういうものが与えられるのならば、それが本当に罰であるのなら、ツユシアはもちろん、援助はしなかったものの大した非難もしてこなかった西エイシャンのクリス教国にもそれ相応の罰が与えられるはずでしょう」

「そうならなかったときは……」

「罰のように見えるが、実は試験なのだということでしょうね」

「でもさ、この番組見てる人は、なんか、カンニングというか、答えをオオノ先生から教えてもらえて、すっごく得な気がする」

ナベマサがひょうきんな声を出した。残りの四人は吹き出した。

「いや、本当にそうですよねえ。もうひとつついでに、オオノ先生に合格の秘訣をここで教えていただきましょうか」司会者が笑いながら言った。

「合格の秘訣かどうかは知りませんが」オオノは頭をかきかき言った。「昔から神に通じる道は三つあると言われています」

「三つですか」

「一つは修行、一つは祈り、一つは自分のなすべきことを毎日誠実に果たすこと、超作といいますけどね。まあ、でも、今から始めてもさすがに泥縄で間に合わないでしょうねえ」

また皆が笑った。

ホンマはオオノに対しての印象が微妙に変わるのを覚えていた。オオノ一人がすでに合格証をもらっている。残りの者は自分が合格するのか不合格なのか判らない。しかし実は、それが最大の関心事なのだと言っていい。ユーメリアの事態を話しながらも、自分たちも視聴者も心のどこかで自分の合否を気にかけている。オオノは、本当にごく自然に今回の合否の判定基準についても触れていた。普通なら試験などというものはないような顔をして皆がユーメリアの件だけを話すのだろう。それをさりげなく試験の合否まで絡めて、それも自分が合格者だというような嫌味をまったく見せずに話したオオノは、やはり傑出した人物なのだろう。最後のナベマサの「すごくお得」という言葉は、本人の実感そのままに違いない。

オオノもトモロも、わざとらしさがなかった。振る舞いがごく自然なのである。合格がすでに決まっている彼らは、自分は受かるのだろうかという苦しみからは無縁であった。だが逆に、彼らに向けられている羨望や嫉妬の念は、普通の人間ならばまいってしまうぐらいのものすごいものなのではなかろうか。自分は客観的にみてそれほど嫉妬心が強い人間であるとは思わない。他人をうらやんだりやっかんだりした記憶はほとんどない。その自分が今回の件ではずっと微妙な心情を二人に持っていた。口に出さないだけで、大半の人間がきっと「光る人」に対して複雑なものを心に持っているのは間違いない。自分がこの早い段階で合格判定をもらったりしていたら、周囲の人間の反応からとても超然とはできないに違いない。自分が現段階で合格判定をもらっていないのは、極めて正しい……。

マスコミを通じて届けられた無条件降伏の申し出に、スサオーは何の回答も与えなかった。ユーメリア国大統領ミロヴェッチは、自らスサオーと対面すべく、主要閣僚を引き連れてバスラーニに向かい、スサオーの進路に白旗を掲げて待った。

スサオーの一行が現れると、ミロヴェッチは道路にひざまずいてスサオーを迎えた。閣僚たちもその後ろで同じくひざまずいていた。スサオーは、ミロヴェッチの前まで来ると足を止めた。

「何の用か」

「大いなる神がお姿を現された今、われわれはあなた様の言葉に従います」

「お前たちに話す言葉は何もない」

ミロヴェッチは愕然として顔を上げた。

「お前たちは停戦協定を五度まで破った。そのような者の語る言葉を誰が信じることができるというのか」

「そ、それは、必ずしも私どもが破ったとばかりは……」

「私はすべてを知っているものだ。お前たちは落第である。お前たちばかりではない。お前たちを支持してきた者もすべて落第である」

その言葉はミロヴェッチだけではなく、全世界の人々に衝撃をもたらした。「落第」と言われた者はこれまでことごとく死んでいる。ユーメリア人は皆殺しになるというのだろうか。

スサオーは、呆然としているミロヴェッチを置き去りにして立ち去った。ミロヴェッチは立ち上がろうとして後ろを振り向き、息をのんだ。四人の閣僚たちがひざまずいたまま動こうとしない。ミロヴェッチは外務大臣の背中に手をやった。外務大臣は横に転がった。その息はすでに絶えていた。四人とも同様であった。ミロヴェッチは両手で顔を押さえ、何か声にならない叫び声を上げた。そして顔を押さえたまま、その声は突然止まり、崩れるように倒れ、二度と起き上がることはなかった。見守っていた者たちはなすすべを知らなかった。バスラーニ人たちでさえ、スサオーのあまりの厳しさに立ちすくんでいた。

ユーメリア全土はパニックに陥った。何が起きるのかはわからなかったが、人々はこの神に呪われたユーメリアの土地から離れるべく、大移動を始めようとした。しかしすぐに人々は気づいた。交通機関がまったく役に立たないのである。車が動かない。どこにも異常が見つからないのにエンジンがかからないのだ。列車も航空機も動かない。その日のミロヴェッチとスサオーの会見以来、内陸国のユーメリアでは徒歩以外に移動手段がなくなってしまっていたのだ。自転車さえ使えなくなっていた。タイヤの空気が抜けているのである。入れても入れてもすぐに抜けるのであった。パニックはますます深まるばかりとなり、ユーメリア政府はその機能を停止した。

スサオー一行は、誰もいなくなった道をユーメリア目指して進んだ。付き従っていた避難民たちはもとの自分の故郷にたどりつくと、スサオーに感謝の祈りをして別れていった。紛争以前のユーメリアとの国境線から一キロほど手前の平原でスサオーは立ち止まった。ついてきている人々はマスコミ関係者を除くと百人ほどに減っていた。

スサオーは空中から金属の棒を二本取り出すと、ついてきていた二人の少年に言った。

「お前は向こうの川まで、お前はあちらの山の方に向かって千歩、この棒でまっすぐ地面に線を引きなさい」

二人の少年は言われたとおりにした。その線は白くくっきりと浮かび上がり、どうやら発光しているようであった。少年たちが戻ってくると、スサオーは人々に言った。

「お前たちが付いてくるのはここまでだ。この線を越えてはいけない。越えれば死ぬ」

もう少しで故郷に戻れると思っていた人々からは不満の声や落胆のため息が漏れたが、すぐに収まった。神の言葉が絶対であることは皆承知していたからである。

次いでスサオーは、千人を超えるマスコミ関係者に告げた。

「ここから先、私についてくることができる者は十人だけである。他の者はこの線を越えてはならない。越えれば死ぬ」

スサオーは世界各国のマスコミ関係者から十人を選んだ。テレビ局のカメラマンとアナウンサーばかりであった。選に洩れた者からはため息が聞かれたが、どうしようもなかった。白線なかった。

を越えれば死ぬとスサオーが言った以上、勝手についていけば百パーセント確実に死ぬに違い

「では行くとしよう」

スサオーが選ばれた十人に声をかけたとき、「お待ちください」と、一人の記者が白線を越えてスサオーの前にひれ伏した。ツユシア国の新聞記者イワノヴィッチであった。ツユシア国からの三十人ほどのマスコミ関係者は誰一人として十人の中には選ばれていなかった。東西両エイシャンにまたがる大国ツユシアは近年までアメールと冷戦状態にあり、現在もどちらかといえば国際的には孤立していた。ツユシアによるユーメリアへの軍事援助に以前から危惧の念を持ち、今回のスサオーの行動はひょっとすればツユシアにも飛び火しかねないという焦燥感が、恐怖心を超えてイワノヴィッチを突き動かした。

「お願いです。私も連れていってください。私は、今回のあなた様のユーメリアへの怒りをツユシア国の人々に正確に伝えることがこの生における自分の使命であると今わかりました。この使命が終われば、私の命はどうなっても構いません。どうか連れていってください」

スサオーはしばらく黙ってイワノヴィッチを見下ろしていたが、静かに言った。

「祈るがよい」

イワノヴィッチはスサオーを見上げ、目を二、三度ぱちくりしたが、やがてそのままの姿勢で祈り始めた。祈りが終わるとスサオーは尋ねた。

「誰のために祈っていた」

イワノヴィッチは唇を震わせ、しばしためらっていたが、はっきりと答えた。

「哀れな、ユーメリアの人々のためにです」

「お前は祝福された。ついてくるがよい」

その瞬間、息を潜めて見守っていたマスコミ関係者からどよめきが上がった。イワノヴィッチは「光る人」となっていたのである。

スサオーは、選ばれた記者たちに車に乗るように言った。十一人は三台の車に分乗してスサオーの後を追った。スサオーは飛ぶように歩いた。車でやっと追いつけるほどのスピードであった。途中、記者たちは地鳴りの音を聞いた。一時間も進んだころ、大音響とともにはるか東方で火山が噴火しているのが見えた。それをテレビで見ていた火山学者たちは、頭を抱えた。ユーメリア国には火山脈はなかったからである。最も近い火山でさえ国境から六百キロも離れていた。道には人々が逃げ惑っていた。どういうわけか、近づいてくる者はなく、一度も止まることなく車は進んだ。三時間ほども進んだころ、何気なく後方を見たカメラマンが驚きの声を上げた。今やってきた方角でも火山が噴火しており、真っ赤な溶岩が流れ出していたのである。火山弾も落ち始めていた、人々の群れに容赦なく。だが、不思議に三台の車には何の被害もなかった。

スサオー一行はユーメリアの首都リオグランデに着いた。アナウンサーはもう途中からほとんど言葉を発さなくなっていた。カメラマンだけがその恐るべき光景を全世界に伝えていた。スサオーはユーメリア政庁の百メートルほど手前で足を止め、記者たちに車から降りるように伝え、政庁を映し出すようにカメラマンに命じた。横に長いユニークな建物である政庁には大勢の人々が避難しているようであった。

地鳴りが起こり始めた。そして、政庁がその真ん中から徐々に突き上げられるように折れ曲がり始めた。と思うと、すさまじい大音響とともに火柱が噴き上がったのである。政庁もその周りのビルディングも粉みじんに消し飛び、スサオー一行の周囲は火のついた火山弾が飛び散り、足元には溶岩が流れてきていた。新しい火山の誕生であった。気がつけば、アナウンサーたちはいつの間にかスサオーとともに宙に浮いているのであった。

「お前たちの仕事はここまでだ。戻るがよい」

その声とともに、十人の報道関係者はそれぞれのテレビ局に戻されていた。

一人燃え上がる大地の上に残されたのはイワノヴィッチであった。スサオーはイワノヴィッチに小さなマイクのようなものを放り投げて言った。

「お前の使命を果たすがよい」

そしてスサオーははるか宙に浮かび上がり消えた（ほぼ同時に、トモロはモトマツの自宅に戻っていた）。

イワノヴィッチは呆然としていたが、気を取り直すとマイクを握り、放送を始めた。自分の声はこの小さな器械によってツユシア国民をはじめとする全世界の人々に必ず届けられるに違いない。事実、不思議なことにその声は全世界のラジオ局の定時番組・特別番組を押しのけて中継されたのである。各放送局は驚いたが、直ちに自前の番組の放送を中止し、ツユシア語から各国語への通訳をつけてイワノヴィッチの放送を伝え始めた。それから三日三晩、世界中のラジオ放送がユーメリアの惨劇を生で伝えることとなる。

以下、イワノヴィッチの放送の一部である。

「……先ほどまで私の目の前には、ユーメリア政庁のビルディングがありました。その隣にもビルディングがありました。私が立っているところは近代都市リオグランデの中心部であったはずです。それが今、何もありません。ここが近代都市であったことを証明するものは何一つ残っていません。すべて溶岩の海の中にのみ込まれてしまっています。ユーメリア政庁のビルディングがあったところには火山が誕生し、今なおどんどん成長しつつあります。もう百メートルほどの高さになっているのでしょうか……不思議なことに、私は熱くも何ともありません。しかし、普通の人間はここに一秒たりともとどまっていることはできないでしょう……。

……この光景をなんと言えばいいのでしょうか。地獄と呼べばいいのでしょうか。いや、地獄ですらこんなにものすごいことはないと思います。私は今、溶岩の海の中を歩いています。深さが三十センチほどもあります。真っ赤に煮えたぎる溶岩です。家が燃えています、木が燃えています。そして、あ、今私が踏んだものは……死体です。半分溶けかかっている死体です。溶岩の海の中で、もう顔もそれとわかりません。逃げ遅れたのでしょうか。あ、ここにもあります。その向こうにもあるようです。この近辺では相当数の人々が溶岩にのみ込まれたようです……」

このころから周辺各国ではヘリコプターをユーメリア上空に飛ばし始め、テレビでも上空からの映像が映し出されていた。三機のヘリコプターが火山弾の直撃を受けて墜落した。

「……もう二十時間ほど、私はこの地獄の中を歩き続けています。不思議なことに少しも眠くありません。おなかも空いていません。それにしても、生き残っている人はいるのでしょうか。これまでに何千という死体を見ました。ほとんど溶けてしまって人間か何かわからなくなってしまったものから黒焦げになった死体まで。しかし、まだ生き残っている人間には一人も出会っておりません。あっ、声が聞こえます。かすかに声が聞こえたような気がします。行ってみます。この家だと思います。レンガづくりの家です。少し高台になっていて、その分溶岩の通り道からは少し外れていたのかもしれません。中に入ってみます。鍵は……かかっていません。入れました。聞こえます。確かに人が生きています。しかし中は、何というか、蒸し焼きにされたような感じです。いろいろなものが焦げています。二階から声が聞こえます。上がってみます。いました、生きている人がいました。女の人です、倒れていますがうめいています。もしもし、もしもし、しっかり、しっかりして。水？　水はどこにあるのでしょうか。下に降りて探してみます……水道は、だめです、出るわけがありません。あっ、水がありました。お鍋に水が入っています。いや、これは熱湯です、これではだめだ。この部屋の温度はいったい何度なのでしょう。温度計がありました。六〇度、摂氏六〇度です。冷蔵庫があります。冷蔵庫の中はまだひんやりとしています。氷が溶けずに残っています。これをコップに入れて持って行きましょう……もしもし、しっかり、しっかり……死にました。死んでしまいました。せっかく生きている人に出会えたと思ったら、すぐに死んでしまいました。摂氏六〇度の室内で今まで生きていたのが不思議なことなのかもしれません……。

……さっき確かに人影を見ました。溶岩は低いところを流れていきますから、山の方にはまだ生き残っている人がいるのかもしれません。しかしそれでも、ところどころで木が燃えています。さっきの家から持ってきた温度計は四五度を示しています。あっ、泣き声が聞こえます。赤ん坊の泣き声です……いました、いました、赤ん坊が泣いています。抱きしめている、おそらく母親でしょうが……もう死んでいます。ここまで逃げてきて火山弾に撃たれたのでしょうか。この赤ん坊は……救えるかどうかわかりませんが、私が連れて行こうと思います。しかしミルクもありません。水もありません。どこに行ったらあるのでしょう。せめてこの近くに焼け残った家でもあれば、あるいは川があれば……。

……赤ん坊は死にました。大人たちには罪があったかもしれません。しかし、あの赤ん坊に何の罪があったのでしょうか。私にはわかりません。神は次の生があるとおっしゃっています。しかしそれにしても、あの赤ん坊のこの世における人生に何の意味があったのでしょうか。それも神の思し召しなのでしょうが、しかし私にはわかりません……ユーメリア全土で死んでいった赤ん坊や子どもたちは何百万人にものぼるでしょう。神の御怒りはすさまじい。恐ろしい……」

このころ、上空からは相当数の生存者と十人ほどの「光る人」の存在をはっきりととらえていた。また、前に二人の少年が線を引いた国境地帯では、ちょうどその線まで溶岩が流れてきてそこで固まっていた。

「……人がいます。大勢の人がいます。この山中に大勢の人々が避難をしているようです。声をかけてみます……どこに行かれるのですか」

「あと百キロほどでバンガルーに抜けられる。国境を越えれば助かるだろう」

「指導者の方はいらっしゃるのですか」

「キリコフじいさんだ。向こうにいるよ。あんたみたいに光ってるからすぐわかるよ」

「キリコフさんに会ってみましょう。あっ、いました。光ってる方がいました。もしもし、お話を聞かせていただけますか」

「わしは以前から政府のやり口には反対じゃった。クリスもウラーもない。一つの国だったときは、お互いに相手を受け入れて、平和に暮らしていたのじゃ」

「ここまで人々を連れて逃げてくることができたというのは、何か神のご加護でもあったのでしょうか」

「わからん。あったのかもしれんが、目に見えるようなかたちでは、ない。神がバスラーニに姿を現されたと聞いたときに、わしはこのユーメリアに神の怒りがもたらされると思ったのじゃ。異教徒だといって人々を殺して喝采を叫んでいるような者どもを、神がお許しになるはずがない。家族に避難の用意をさせて、いつでも逃げられるようにしておいたのじゃ。そしてあちこちに上がった火柱を見て山に逃げようと決断した。火柱は山からは上がっていなかったからな。じゃから、おそらく町が燃え上がっているのだろうとわしは思った。溶岩も上には上がってこないじゃろうと。わしはどういうわけか、一月ほど前にこんな身体になってしもうて、この国では少し有名になっておった。じゃから、こうしてたくさんの人がついてきたのじゃろう」

「皆さんは、どんなふうに思ってらっしゃるのでしょう」

「神に許しを請うておるよ。自分たちが間違っていたとな」

「うまく逃げられるとお思いですか」

「わからん。許しを請うといっても、それはしょせん自分が助かりたいためじゃ。神はすべてを見通しておられる」

イワノヴィッチとキリコフの会話を聞いている避難民たちは、「お許しを」「お許しを」と、半分泣いているような声で何度も何度も繰り返していた。

「……私はもうこれで、ほぼ七十時間ほどこのユーメリアのあちこちを歩き回ったことになります。気のせいか、さすがに少し疲れてきたようです。ここがどこなのか、さっぱりわかりません。向こうに川が見えます。大きな川です。ダニュー川でしょうか。身体を少し休めようと思います……」

その川は、イワノヴィッチの言葉通り、ユーメリア西部を流れるダニュー川であった。川を下っていくと、そのままバンガルーとの国境になる。イワノヴィッチの姿は上空から捉えられていた。

「……とても休まるような状況ではありません。こちら側の水面の半ばほどは死体で覆われています。上流から次々と死体が流れてきます。水は赤く濁っています。溶岩の色でしょうか、血の色でしょうか。温度計を捨てましたのでこの水の温度はわかりません。煮えたぎってはおりませんが、冷たくはないです。私は少し喉の渇きを覚えているのですが、さすがにこの血のような水を飲む気にはなりません。また流れてきました。顔の半分ほどが骨になっています。これがツユシアの私の故郷でしたら叫び声を上げてしまうところですが、もう私は感覚が麻痺してしまっていて、骸骨を見ても何も感じません。疲れました。私は疲れました……私の足に髪の毛が絡みついています。髪の毛だけです。皮膚が少し残っていますが、顔はついていません。長いので、女性の髪の毛だと思います。どうしたら髪の毛だけになってしまうのでしょう。私には今そういうことを考える力がありません。また流れてきました。顔がありません。何かでえぐり取られたようです。両手に子犬か何かを抱きしめています。ペットだったのでしょうか。ペットが先に死んでいたのでしょうか。それともペットと一緒に逃げようとしたのでしょうか。わかりません。疲れました。眠い、眠い……私は私の使命を果たしたのでしょうか。神のお怒りを正確に皆さまにお伝えすることができたのでしょうか。私は、これ以上、放送を、続けることが、できません。皆さん、お許し、ください、さようなら……神よ……」

イワノヴィッチはそのまま流され、バンガルーから救援隊が向かったが、数時間後、下流で死体となって発見された。その死に顔は安らかであった。

7

トモロに会うためにホンマがモトマツ市に戻ったのは、イワノヴィッチの放送が終わった翌日であったが、フサヨの泣きはらした顔を見ることになってしまった。

「どうしたんだ、その顔」

「だって」そう言って、またフサヨはぽろぽろと涙をこぼした。「ひどいんだもの。あんなことってあるの。みんな死んじゃったのよ。みんな、本当に、死んじゃったのよ」

フサヨは泣きながらホンマの胸を叩いた。

フサヨを抱きとめながら、ホンマは自分の周囲の人間で他に泣いていた者がいるかと、ふと思った。イワノヴィッチの放送にはホンマも粛然たるものを覚えたし、ヤオカも暗然とした顔つきになり、週刊ジャーナル社にはこの三日間笑い声というものが聞かれなかったような気はする。だが、泣いていた者がいただろうか。そういえば、女子社員の一人がトイレから出てきたときに目が赤かった、あれは泣いていたのかもしれない。しかしやはり、数千キロ離れたユーメリアの出来事は、普通のヒホン人には対岸の火事のようなものとしか心理的には受け止められないのかもしれない。

ようやくフサヨがおさまってきたのを見て、ホンマは訊いた。

「トモロさんの方に、他の社の連中来てる?」

「知らない」

「どうしたんだ。お前、トモロさんのファンだろ」

「怖い。私、怖い。よっぽど昨日トウケイに帰ろうかと思った」

「スサオー神は怖いかもしれないけれど、でもトモロさんとは別だよ」

「でも、怖いの」

フサヨがまた震えるのを感じて、よほど怖いのだろうと察してふと気がついた。

「お前、トモロさんが帰って来てから、母屋に行ってる？」

フサヨは激しく首を振った。寝泊まりの代償が炊事と掃除という約束だったから、これは契約違反である。まずいな、とひとつため息をつきながら、フサヨはいったい何を食べていたのだろうと思った。離れには水道はあるが、台所はない。

「お前、何食べてたんだ」

「コンビニで、サンドイッチなんか買ってた」

「それで今日は何か食べたのか」

フサヨはまた首を振った。

「わかった。俺、今からちょっと買い物してくるから、待ってろ」

フサヨはようやく頷（うなず）いた。

出る前にホンマは母屋の方へ声をかけた。トモロが姿を見せた。

「あっ、どうもすみません。ここ数日、女房、ちょっと調子が悪いみたいで、掃除も何もしてないそうで、本当にすみません」

「いいんですよ」トモロは何もかも察しているように言った。「無理もないです」

ホンマは黙ってまた頭を下げた。

「奥さんは、とてもいい方ですね」

ホンマはまた頭を下げて、そのまま立ち去ろうとしたが、トモロに呼び止められた。

「トウケイのヒキさんから連絡がありましてね、どうも私、近日中に政府に呼ばれて、しばらくトウケイで寝泊まりすることになりそうなんです。今後ともよろしくお願いします」

トモロに逆に頭を下げられ、ホンマは「はあ」と答えながら、フサヨにとってはそれがいいだろうと思っていた。

ホンマと差し向かいで食事をして、ようやく落ち着いたか、お茶を飲みながらフサヨはぽつんと言った。

「私、友達なくしちゃったかも」

「うん?」

「だいぶ前に来たことあるでしょ。アメールのビスティさん」

フサヨには、アメールの大学のヒホン語学科で学び、ヒホンに留学経験のあるキャサリン・ビスティという友達がいた。それがたまたまフサヨの通っていた大学で、とても親しくなったのだという。結婚後しばらくして訪ねてきて、泊まっていったこともあった。それ以降は文通とメールのやり取りだけになっていたが、フサヨの数少ない友人の一人であった。

「どうかしたのか」

「彼女のご主人、ユーメリアに仕事で行ってたんですって」そう言ってフサヨはまた目に涙を浮かべた。

「ううむ……」

「私たちがトモロさんのお宅に寝泊まりしてることも言ってあるし、きっとすごく怒ってると思う」

スサオーに対しての怒りの念を、トモロに、ましてフサヨに向けることは筋違いであった。しかしそんなことを指摘してもどうにもならなかった。

「……いろいろなことがこれから起きるんだろうな」

「うん」

二人は黙りこんで、ズズズとお茶をすすった。


キャサリンはグリーンフィールドの教会にいた。ユーメリアの惨劇が報じられると、直接関係のない人も教会に度々顔を見せるようになった。マッテゾン神父は誰からも評判のいい穏やかな老司祭であった。彼の説明を皆が求めた。

マッテゾン神父がユーメリアで亡くなった人のために祈りをささげていた。キャサリンの顔を見ると、居合わせた人々がお悔やみを言った。祈りが終わると神父に声をかける人がいた。

「けど、神父様。わしは納得できねえ。神様があんなむごたらしいことをなさるなんて。ほとんどみんな殺されてしまったじゃねえか、むちゃくちゃだ……」

その疑問はキャサリンの疑問でもあった。いや、そんな生易しいものではない。キャサリンにとっての疑問は、スサオーの神性そのものであった。スサオーは本当に神なのか。

「神の御技は人間には理解しがたいことが多々あります。今はただ、お亡くなりになった方々が最後に安らかであられたことを祈るのみです」

「何を寝ぼけたことを言ってるのよ」入り口の方から鋭い声が飛んだ。ジェーンであった。

「あんな奴が神であってたまるものか。あいつは悪魔なのよ。うちの息子を殺し、そして今度はユーメリアの人間を皆殺しにしたのよ」

「ジェーンさん、ここは教会です。言葉を慎んでください」

「教会ってのは神様のものでしょ。あいつは神じゃないわよ。いい、そのうちにバーホ神が光臨される、本当の神様がね。そうしたらあんなスサオーなんか、たちどころに退治してくださるに決まってる」

ジェーンはキャサリンの隣にやってきて声をかけた。

「キャサリン、悲しいでしょうね。でも、悲しんでばかりじゃ駄目、戦わないと。スサオーと戦うのよ」

「スサオーと戦う?」

「そう、あいつが神でないことを皆に教えるの。あいつが神だなんて思ったら、本当に地獄に落ちるわよ。最後の審判が始まってるのは間違いない。でもあいつは神じゃない」

ユーメリアの壊滅は全世界を文字通りひっくり返していた。地下に全く火山脈のない国家に二十三の火山を噴火させ、二千万の人間を皆殺しにしたのである（助かった者は約二十八万人であった）。このおそるべき御業を見て、神を信じない者がさすがにいるはずもなかった。

世界中の政治家たち、特に政権の座についている者たちは震え上がった。ユーメリアのやり口は少々悪辣（あくらつ）であったかもしれないが、彼らから見ればさほど珍しくもなかったからである。国家というものは多かれ少なかれ犯罪的な所業を行うものだと皆思っていたし、政治家が清廉潔白とはほど遠い地点にいる人種であるという認識も多くの人間が共有していた。スサオーはそういう一般常識にはっきりノーを宣告したのであった。

世界中で「光る人」が各団体の指導者に祭り上げられるようになった。そのときすでに一万人ほどの人間が光っていた。

アメール政府部内には「光る人」が一人だけいた。ケラーマン大統領はその「光る人」ハーメイを大統領特別補佐官に抜擢し、過去のアメール政府の犯罪行為を全世界に向けて謝罪させることにした。

七月十八日、ケラーマンとハーメイの記者会見の席上で異変が起こった。

それは二人が席に着き、ハーメイがまさに話し出そうとしたときであった。取材に来ていた新聞記者ケスナーの身体が赤く光り始めたのである。ケスナーははじめ頭を押さえうめいていたが、立ち上がるとハーメイに向かって言った。

「下がれ、ここはお前のような邪神に導かれし者の来るところではない」

詰めかけていた記者たちはあっけにとられたが、口は出さなかった。彼の赤い光は何かしら超自然的なものを感じさせたからである。

ケスナーはハーメイに向けて右手の人差し指を突き出した。すると赤い光がその指先から放たれ、不可侵のはずの「光る人」ハーメイが崩れ落ちたのである。会見場が騒然とするなかを、ケスナーはハーメイに代わって壇上に立ち、全世界に向けて話し始めた。その身体は炎のように真っ赤に光り輝き、その輝きは周囲一メートルにも及んだ。

「私はこのテラミスの唯一絶対の神バーホである。今、この者の身体を借りてお前たちに直接話しかけている。その昔私がクリスに語ったように、最後の審判のときが訪れたのだ。私を信じる者は救われるであろう。邪神を奉じる者は一人たりとも助かることはないであろう」

記者たちは驚愕した。驚愕しながらも勇気のある者が尋ねた。

「前にスサオー神が御光臨になられたのですが」

「騙されてはならぬ。スサオーこそ邪神である。あやつこそはるかなる昔ヒホンに現れた禍つ神スサノオであり、二千七百年前には暴虐のアルタリア帝国の神イシュマルとしてあがめられたものだ。スサオーの話を真に受ける者は未来永劫（みらいえいごう）にわたって地獄に落ちるであろう。われこそが唯一絶対の神である」

「イシヤの民をお導きになり、二千年前にクリスに御光臨されたのはあなた様でございますか」

「聖書に記されているとおりである。私は言ったはずだ。私の言葉に何ものも付け加えてはならない、私の言葉を取り除いてはならないとな」

多くの記者が十字を切ってひざまずいた。バーホ神の言葉は、クリス教徒が幼いころから心に刻み込まされてきた教えと一致していたからである。マーミャ人の記者が尋ねた。

「ガマータの教えはいかがなのでございましょうか」

「ガマータなど何ものではないわ。邪教だ」

「ウラーの教えはいかがなのでございましょうか」

「邪教だ」

「貢氏の教えはいかがなのでございましょうか」

「邪教だ！　すべての民に告げる。私はその昔イシヤ人をわが民とし、二千年前にはクリスをそなたたちのもとに遣わして、そなたたちの罪を救ってやった神である。悔い改めよ、悔い改めて私を信じるのだ。私を信じた者は救われるであろう」

「しかしユーメリアのことは……」

「私はこの全宇宙を創造した唯一絶対の神である。私が目を離した隙に、スサオーめが火事場泥棒を働いただけのことだ。私が来たからにはあやつなどは何もできぬ」

「し、しかし」

「よく考えるがよい。真の神があのようなむごたらしくも残虐なことをなすと思うか。しかも、スサオーめはこたびの審判で一部の者しかこのテラミスに生き残れないなどとほざいているではないか。そのようなたわけたこと、この私が絶対に許さん。よいか、悔い改め私を信じる者は皆助かるであろう。私を信じない者だけが死んでいくのだ」

「どうすればよろしいのでございますか。心で信じればそれでいいのでございますか」

「心は外に現れなければ無意味である。教会に行き洗礼を受けるのだ。そうすれば神の祝福が授かるであろう」

「ということは、クリス教に改宗しなければならないということですか」

「イシヤ教でも構わぬ。その二つの教え以外はすべて邪教である。邪教を奉ずる者に神の祝福が与えられることはない」

「し、しかし、それならばなぜあなた様はかの地だけに姿をお見せになったのです。それは不公平というものでは……」

　バーホ神は指先を質問した者に向けた。赤い光がその記者を貫き、記者は崩れ落ちた。

「私の言葉を疑ってはならない」

　バーホ神は横でがたがた震えているケラーマンの方を振り向いた。

「私はひとまずこの者を去る。しかしこの者には絶えずこの私がつき、見守っているであろう。おまえはこの者を国務長官に任命し、以後何事もこの者と計らっていくのだ。わかったな」

　ケラーマンは震えながら頷いた。

「すべての民に告げる。赤く光るものは私に嘉された者である。何事も赤く光る者と相談するのだ。そうすれば道に迷うことはない」

「赤く光る者が救われるのでございますか」

「私を信ずればそれだけで救われるのだ。赤く光る者は迷える子羊を導く羊飼いの役目を果たす者だ」

ケスナーは突然おこりにかかったように震え始め、泡を吹いてその場に倒れたが、すぐに起き上がった。その赤い光の輝きは十センチほどに減っていた。バーホが離れたのであろう。

「神は私とともにいます。さあ、神の王国を実現する日がやってきました。邪神を打ち倒し、神の王国を目指しましょう」

何人もの記者がこぶしを上げて「神の王国」と唱和した。その中に二人、赤く光る者が誕生していた。

この記者会見は世界中を混迷に導いた。神が二人現れたのである。しかもお互いに相手を「禍つ神」と言い「邪神」と罵っているのだ。世界中で、スサオーとバーホのいずれが正しいかをめぐって激しい議論が湧き起こった。論壇で、仕事場で、教会で、学校で、家族どうしで。

アメール国では半数以上の人々がバーホを支持した。何といってもクリス教徒にとっては聖書の神こそが自分たちの神なのであった。その日のうちにアメール国だけで三百人以上の「赤く光る者」が誕生していた。しかし、少数の者はスサオーを支持し、残りの者は性急な判断を避けた。総じて南北両アメール大陸ではバーホ神を支持するものが多かった。

意外なことに、イシヤ国でもバーホ神支持は半ばほどにとどまっていた。二割ほどの人間がはっきり申命記は誤りだと公言し、スサオーこそ真の神であると支持していた。

フリーク大陸では五分五分であったが、貧困の大陸フリークではそもそも神の出現すら知らない者がまだ多数いた。

西エイシャンではバーホ神に意外な敵が現れていた。クリス教主イノチェント十世である。イノチェント十世は前にスサオーを神とはっきり認めていたが、バーホ神が出現しクリス教とイシヤ教を特別扱いしたにもかかわらず、スサオー神こそ真の神であると断言し、信者に説いた。クリス教もいくつかの宗派に分かれ、クリス教主を仰ぐものは全クメール教徒二十億のうちの十二億人ほどであったが、その明確な姿勢は、ともすればバーホ神を心情的に支持したくなる多くのクリス教徒に迷いを与えた。

イノチェント十世の説教である。

「スサオー神とバーホ神の本質的な違いは一つです。一つだけです。スサオー神は大宇宙の法を理解せよとおっしゃり、バーホ神は自分を信じろとおっしゃるのです。信じさえすれば誰でも救われる？　実は人はすべて救われているのです。スサオー神はおっしゃいました。人間は何度でも転生すると。機会は幾度も与えられます、つまり私たちは皆すでに救われているのです。しかし今回の試験、最後の審判に合格するかどうかというのは全然別のことです。悪人、卑劣漢、そういう人たちが今回の試験に受かることはありません。次の機会は与えられるでしょう、人は皆救われているのですから。しかし、洗礼を受ければそれだけで合格する、最後の審判がそのような生易しい試験であるはずがありません。自分の心を磨かない限りこの試験に受かることはないのです。

スサオー神は大いなる神について話されました。大いなる神が大宇宙を創られたのであり、大いなる神の御心は大宇宙の法なのです。大宇宙の法を理解する道は遠く険しいものです。しかしいま、私たち人間はようやくそこにたどり着こうとしているのです。私どもには、神により、理性が、判断力が与えられました。今こそ、この大いなる試験の時にこそ、私どもは自分の内なる神の声に耳を傾けなければなりません。盲目的にただ信じるのが正しいのか、宇宙の法を理解しそれがそのまま信じることにつながっていくのが正しいのか、明白なことです。

バーホ神はクリス教とイシヤ教以外は皆邪教であると言われました。しかしそのような姿勢こそが、かつて私たちクリス教徒に多くの罪を犯させたものであります。その昔の十字軍、アメールインデアンの虐殺、南アメール原住民の強制改宗とそれに伴う虐殺など、枚挙にいとまありません。それらはすべて私どもクリス教徒の驕りゆえに生じたものであります。私どもは長い過去の多くの過ちを反省し、悔い改め、つい四十年前にここベチカンにおいて公会議を開き、ウラーの神もガマータの仏もすべて大いなる神の顕れであるという結論に達したばかりなのであります。私どもの知恵はようやくそこまで成熟してきたのです。ちょうどこの時期に最後の審判が行われるというのも、もちろんこれは偶然なのではありません。神は私どもが成熟するまでお待ちになられていたのであります……」

イノチェント十世の姿勢は明確なものであったが、各国のクリス教会内部では、むしろバーホ神を支持する者の方が多かった。クリス教主は制度上神の代理人という絶対の地位を持ち、その在位中の罷免はありえない。南アメール諸国を初めとする十六カ国のクリス教本部は、ついに自分たちで新たな教主ペオ十八世を選び、正統クリス教はここに分裂した。国ごとにはっきり色分けされるというよりも、教会ごとに新旧どちらのクリス教主につくかがまちまちであった。

世界最大の人口を持ち、ウラー、フッディーなどの多くの宗教が入り乱れている中央エイシャンから東エイシャンにかけては、スサオー神支持が多かった。ウラー教徒はその教義の一部を明白にスサオーから否定されていたが、ウラー教国バスラーニを救ってもらったからなのか、スサオーを多くの人々が支持した。アレリアの「光る人」フースィーが、その著作の中で、ウラー教の教義にはクリス教の旧約聖書の一部がそのまま入っており、それがつまりウラー教徒に仕組まれたバーホの罠だと述べ、その見解が多くの人々に受け入れられた。はるか昔、クリス教徒と恒常的に戦争をしていたような時代ではなく、一般のウラー教徒にとっては、現在もクリス教徒に対して殲滅戦を行っているウラー教原理主義テロリストは「バーホの罠」に嵌(はま)っているのだと言われると、ストンと納得してしまう部分があったのである。東エイシャンでは、救われるためにクリス教徒に改宗する者が多数に上り、各地の教会では洗礼を授ける神父の数が足りないという騒ぎまで起こっていた。しかしそれでも、全体としてみればスサオー神を支持する者が半ばを超えていた。

世界の国の中でただ一国、スサオーとバーホのどちらが正しいかという議論すらほとんど起こらずに、全国民が一致してスサオーを支持した国があった。人口一億のヒホンである。少なくとも公の出版物その他でバーホ神が正しいと思うと公言した人間が、一億人中ついにただの一人も現れなかった。ヒホンでは、もともとクリス教の信者は一パーセントにも満たなかったが、そのクリス教の信者たちも皆イノチェント十世の声明を歓迎し、スサオーを支持した。

近代文明の最も発達した国の一つであるヒホンの人々の多くは、この大異変が始まるまでは宗教には無縁だと思っていた。正月には神社にお参りをし、死ぬとフッディーの僧侶に葬式を出してもらうのだが、それらは単なる習慣であり、本気で神や仏を信じている人間は、特に高学歴者にはほとんどいなかった。しかし、ヒホンにはスメラミという二千六百年の昔にさかのぼる神の直系の子孫だという不可思議な人間が国の象徴として存在し、また百年ほど前までは、ヒホン人は山や滝、あるいは大木からキツネに至るまで神が宿ると思い、素朴な信仰を捧げていた民でもあった。八百万の神々といい、ヒホンのどんな小さな集落にも必ず一つや二つの神社があった。

ヒホンの人々にとっては、スサオーの光臨したトモロがヒホン人であること、ヒホンに「光る人」が最も多く現れていること、それに、トモロがアメールで行った悪霊祓いの姿は、近年でも建物を建てるときなどにその土地の神に許しを請う地鎮祭などでおなじみの、ある意味ではヒホン人の原風景とでもいうべきものに近かったこと等々、スサオー神を支持するのが当然であるともいえたが、一億の人々が皆同じ意見であるというのは、ちょっと他の国々では考えられず、集団主義国ヒホンの異質さとして、多少面白おかしく世界に紹介された。

ヒホンの国会議員のうち、四人がすでに「光る人」となっていた。そのうちの一人は総理大臣のムラフチであった。ムラフチは最初に光った七人を顧問という形で政権に組み入れ、合わせて十一人で「光る委員会」を結成した。この委員会が大異変の時期の終わりまでの実質的な指導者層といえた。「光る委員会」の最初の取り決めは、最後の審判が終わるまでは大規模な建設土木工事を一切ストップするというものであった。天変地異の起こる確率が極めて高いと思われるときに、物を建てるなどというのは愚の骨頂であるという理由であったが、それにしても関係業界の反対を、無視どころか、一切の根回しなしに決定してしまったところがヒホンの政治史では初めてのことかもしれなかった。

「光る委員会」のスポークスマンはトモロの役目となった。最初の記者会見で、マスコミからの質問にトモロは答えた。

「バーホ神が現れて『我こそが唯一の神』と言われていますが、『光る委員会』としてはどのようにお考えでしょうか」

「ある程度予想されていたことですね」

「それはまたどうしてでしょうか」

「スサオー神のワリントン公園での記者会見でバーホ神は介入しています。その時点でいずれバーホ神が姿を見せるのではなかろうかというのは予想されたことです」

「スサオー神は『バーホの罠』という言葉をお使いになっていたようですが、今回もそれに類する事柄である、ということでしょうか」

「私どもとしては、そのように判断しております。スサオー神だけしかお姿を見せないということになれば、みなスサオー神の言うことを信じるに決まっているわけです。バーホ神が現れて違うことを言う、それで初めて人々は迷うことになります。どちらが正しいかという問題に答えることが今回の試験の第一問であるということでしょうか」

「なるほど。あくまで第一問にすぎないということですね。ヒホンでは、私どものみたところ、第一問には皆合格しているようですが、それについてはどうお考えでしょう」

「まあ、全員正解なのか、全員不正解なのか、そこはまだ解答が示されておりませんので」

記者たちは笑った。

「『光る人』であるハーメイ補佐官がバーホ神によって殺されましたが、あれはどういうことなのでしょう」

「相手がただの『赤く光る人』なら大丈夫だったのでしょうが、バーホ神が降臨してましたのでね。それはやっぱり神様相手じゃバリアも効かないでしょう」

そんな調子で記者会見は続けられ、記者たちの質問が途切れがちになりそろそろ終わりかと思われたとき、ホンマは立ち上がって尋ねた。

「トモロさん個人に対しての質問ですが、よろしいでしょうか」

「はい、どうぞ」

「トモロさんは先のユーメリアの壊滅に、言ってみれば立ち会われたわけですが、そのときとアメールでのスサオー神の記者会見のときとで、トモロさんにとって何か違いというようなものはおありだったのでしょうか」

「ございました」トモロは即答した。

「それはどのような？」

「アメールのときは、何と言いますか、自分がスサオー神の一部になっているというか、自分も当事者であるような感じがしていたのですが、ユーメリアのときは完全に傍観者でした。私自身の意識としては、圧倒される光景をただ見つめているだけという感じでしたので、おそらく皆さん方とほとんど変わらなかったのではないかと思います。ま、私の肉体をスサオー神がお使いになられていましたので、一般の方々には私とスサオー神がある程度重なって見えるのはやむを得ないのでしょうが、私の個人的意識としては、あれはまったくスサオー神の巨大なる御力によるもので、私はただ呆然と見ていただけ、ということです」

「どうして、アメールの時との違いが生じたとお考えですか」

「……おそらく、私には、というか、普通の人間には耐えられない経験なのではなかろうかということで、私を遮断というか、一時的に切り離してくださったのではなかろうかと思います」

記者席から微妙などよめきが漏れた。トモロのユーメリアでの経験については、これまで誰もが何となく質問をはばかっていたのである。

「それで、ユーメリアでのご経験を経て、何かお感じになったこと、われわれヒホン人はこれからいよいよ試験を受けることになるわけですが、われわれに対して、その件で何か参考になるようなことはございませんか」

「……試験に直接関係があるのかどうかはわかりませんが、一つ思い至ったことはあります」

「それは何でしょうか」

「神が現実に存在するにもかかわらず、近代文明の発達につれて、なぜ私たちは神を信じなくなってきたのか。あるいは来世があるにもかかわらず、なぜ私たちはそんなものはないと思い込んできたのかということです」

「なぜなのでしょう」

「私は、あのユーメリアの惨劇の最中には本当に目をつぶってしまいたい、見たくない、と何度も思いました。でも今、冷静に考えてみれば、あれは虐殺ではなくやはり試験の一種なのです。死んでいった方々は悲惨な目に遭ったようではありますが、別の世界において再び生があると神ははっきりおっしゃいました。で、もし来世があるということが一般常識になっていたりしたら、逆にとんでもないバカ者が人殺しをすることを何とも思わなくなる危険があると思いました。殺すのではなくあの世に送ってやるのだとか何とか言って。でも、そういうことは神だから許されるというか、神の領域というか、人間が触れてはならない領域なんですよね。ですから、とんでもない誤解をする大量殺人者の出現を抑えるためだったのかもしれないと、まあ、そんなことを思いました」

　記者たちはシーンとしていた。神の出現・最後の審判というとんでもない事態を迎えながら、妙に思索的というか、内省的というか、不思議な記者会見であった。

　社に戻ると、ヤオカに声をかけられた。

「どうして、あそこであんな質問をしたんだ。それこそモトマツで個人的に聞いても答えてくれそうなことなんじゃないか」

とがめるような口調でもなかった。

「はあ、何と言うか、やっぱりあそこで聞くのがフェアじゃないかなと思いまして」

「記者は特ダネをとるのが商売だがねえ」

やはりとがめる口調ではなかった。

「うーん、つまり、私はトモロ氏と個人的つながりがあって、もうそれだけで充分有利になってるわけで、たとえばトモロ氏の日常の何気ないさまを私は知ってます、そういうことを記事に散りばめることができるというだけで、もういいんじゃないかなと。記者として聞くようなことは、特に今回のような全国民の運命にかかわるような事態の場合には、できるだけ多くの人に聞いてもらうべきだと思いましたので、ああいう場で聞く方がいいだろうと」

「ふむ、何と言うか、週刊ジャーナルの記者としては査定マイナス三十点というところだが、一人の人間としてはプラス十点なのかねえ」

ヤオカは少し皮肉っぽい顔をした。

「ま、かく言う俺も、一月前ならバカ者と貴様を怒鳴りつけているところだが、それもありかと思うようになっているところが、何となく不思議な気分さ」

「はあ」

「このとんでもない事態で、目先の損得にあまり目がいかなくなってることは確かだな。何か遠いものをふっと考えてしまうというかな」

「はい」

「しかしだ」ヤオカはにたりと笑った。「本来週刊ジャーナルの独占インタビューになりそうな記事をばらまいてしまったんだからな。その分の穴埋めは当然するんだよなあ」

「ええっ、勘弁してくださいよ」

「甘い！　とりあえずだ、来週号からすでに光っている人へのインタビュー記事を連載することにしたから、それ、お前やれ。神から見ればどういう人が合格になっているのか、いま国民が一番知りたいことだ。二ページ、人選は任せる。いい記事書いてこいよ」

「来週号って、今日と明日しか時間ないじゃないですか」

「二日もありゃ充分だ。ほい、さっさと仕事に行け」

コーヒー一杯飲む暇も与えられず、ホンマは社を追い出された。


バーホ神が出現してもなおスサオー神こそが真の神だと言い続ける頑迷なマッテゾン神父に愛想を尽かした多くの人々が、新しい教会を建てた。神父はいなかったが、シスターがいた。もちろん「赤く光る人」ジェーンである。キャサリンも新しい教会に手伝いに出ていた。他にも数人の人が椅子を運んだり、外を片づけたりしていた。

「シスター、法王様は相変わらずスサオー神びいきだけんど……」

「あの人はもう法王じゃない。法王はペオ十八世様よ」

「そか、そか。そんで前の法王さまだけんど、なんかあの人の言うことにも一理あるような気もするんだけんど……」

「あの人は白く光ってるからね。もう完全にスサオーの配下なのよ。魂までやられてしまってるわけ。いい？　単純なことなの。真の神は問答無用で人々を虐殺なんかしません」

ジェーンとトッテン爺さんの会話を聞くともなしに聞きながら、キャサリンはふとヒホンのフサヨを思い出していた。報道によれば、ヒホン人は一人残らずスサオーを信じているとか。あのおとなしいフサヨがどうしてあんな残虐な神を信じられるのだろう。それともヒホン人はその昔戦争で見せたような獣性を皆が内に秘めてでもいるのだろうか。

「白く光ったり赤く光ったり、いろいろだあ。白と赤はどっちが強いんだんべ」

「決まってるじゃない。白なんて降伏の色よ。初めから降伏色に光ってるのよ、勝つわけないでしょ」

ジェーンの言葉に居合わせた人々はみな笑った。キャサリンも笑いながら、一抹の違和感を覚えていた。バーホ神も問答無用で一人の記者を殺した……。

昨日届いたフサヨからのメール

キャサリン様。あなたの疑問に対して私はうまく答えることができません。スサオー神のユーメリアでの行動は私にも納得のいくものではありません。ですが、バーホ神の方が正しいとは到底私には思えないのです。ヒホン人は「和」を尊びますので、あなたの言われるとおり本心を隠して他人の言うことに同調する場合も多々あります。ですが、今回の件に関しては、本心ではバーホ神が正しいと思っていそうな人に私は出会ったことがありません。ヒホン人にとっては、それはあまりにも自明なことなのです。これは、あるいは民族的資質、もしくはこれまでの長い歴史で培われてきた民族的感性というものの違いなのかもしれません。

ご主人のことについては心よりお悔やみ申し上げます。でも、今は異常な事態で、私も、そして失礼ですがキャサリン、あなたもいずれご主人を追いかけてこの地上を去り、別の世界に転生する可能性が大きいのではと思っています。それがご主人の場合は少しばかり早く、そして衝撃的な形でやってきた、そういうことなのだろうと理解しております。いえ、あなたはひょっとしたらこのテラミスに残られるのかもしれませんが。

私が、スサオー神が降りられたトモロ氏のもとに居住している事実はあなたにとってはたまらなく不愉快であろうかと思います。それについても、私からは何も弁解ができません。ただ、私はあなたとの想い出をとても大切に生きてきましたし、私の方からあなたとの友情を破棄するつもりはありません。私に残された日々がどれだけあるのかわかりませんが、私は私なりに精いっぱい生きていくつもりです。あなたもきっとそうだと思います。

……もっともっといろいろなことを書きたいのですが、書いても書いても私とあなたとの間に出来てしまった溝は今はなかなか埋められないような気がしています。時が解決するという言葉がヒホンにはありますが、私たちにはそれほど多くの時も残されていないでしょう。

あなたが今はどう思っているにせよ、私は今度生まれてくるときは、あなたと近い場所に生まれてみたいなと思います。この生の記憶がなくなっていても、いや、なくなれば、きっとあなたとはまた友情を結ぶことができると思っています。

思えば大学時代、あまり友達のいなかった私にとってあなたがたった一人の心の許せる友人でした。あなたの存在で私がどれだけ救われたか、それについてはいくら感謝してもしたりないぐらいです。あなたにもう一度お礼を言って、このメールを終えることにします。本当にありがとう。

どうかお元気で、さようなら。


殺人的な忙しさの合間を縫って、ホンマはモトマツとトウケイを往復した。トモロがモトマツにいたときは取材という大義名分があったが、トモロが光る委員会の一員となってトウケイに常駐するようになった今、モトマツに行くのは私用以外の何ものでもない。しかしホンマは、時間をひねり出してモトマツに行った。往復の列車の中で眠り、原稿を書き、モトマツでもほとんどの時間は原稿を書いていた。それでも、モトマツでフサヨの顔を見ていることが、ホンマにとって最も心安らぐ大切な時間であった。

フサヨはもう落ち着いたようで、数日前から近所の農家の手伝いに出るようになっていた。二人はトモロの遠い親戚ということになっているらしかった。

「おいしいでしょう、そのキュウリ。トウケイのスーパーのキュウリと全然違うわ」

「本当だなあ、キュウリに甘みがあるんだもんなあ。で、お前、アルバイト料どれだけもらってるんだ」

「ええ、そんなの、決めてないわよ」

「いい加減だなあ」

「いいじゃん、別に。どうせ暇なんだから。作物好きなだけ持ってっていいって言われてるし」

「まあ、この先世の中どうなるかわからないしなあ。現物給与のほうがいいか」

「そういうふうに考えないの。私は暇だから、お手伝いしてるの。そのお礼にお野菜をいただいてるの。それでいいでしょ」

「はいはい」

「臨時ニュースを申し上げます」

テレビの画面がいきなり切り替わった。

「アメール政府はヒホン政府に対し、光る委員会スポークスマンのトモロ氏を、トマス・アンドリュー氏殺害の容疑者として引き渡すよう要求してきた模様です」

「何だ？」

「間もなく臨時記者会見が始まります」

また画面が切り替わった。先日ホンマが質問をした会見場であった。

「あなた、こっち来ててよかったの？」

「何か、俺、今自分の仕事が何なのかときどきわからなくなってくるよ。雑誌記者なのか新聞記者なのか、テレビの解説者なのか」

「いいじゃん、売れっ子で」

「仕事がないよりましか。ま、これ見たらまた向こうに戻るから」

「はーい」

トモロが会見場に姿を現した。

「ええ、今から三時間ほど前でしょうか、八月一日午前六時、アメール政府から、私、トモロ・ヒサシをですね、トマス・アンドリュー殺害容疑者として引き渡すよう要請がありました。ヒホン政府はただちにこれを拒否いたしました。それでついさっき、午前八時四十五分、アメール政府はヒホン・アメール安全保障条約の破棄を通告してまいりました。一週間以内に駐留アメール軍は本国に引き揚げると、そういうことであります」

さっそく記者の一人が手を挙げた。

「今回のアメール政府の申し入れについて、その背景なり何なりをもう少し詳しくご説明願えないでしょうか」

「アメール政府は、もう完全にバーホ神の配下といいますか、バーホ神の思うままに動いているようです。で、バーホ神から見れば、ヒホンこそがスサオー神支持者のたまり場とでもいうんでしょうかね、一番目障りな国でしょう。いずれ安保条約の破棄を通告してくることは予想していましたが、ま、そのための理由づけというか、こじつけに、トマス・アンドリュー殺害容疑というものを引っ張り出したと、そういうことではないかと思います」

「もっと深い理由があるとは考えられないでしょうか」

「といいますと？」

「安保条約の破棄だけなら何も理由は要らないわけですから、こじつけにせよ何にせよ、到底受け入れることのできない要請をしてきてそれを突っぱねさせたということは、それに対しての何かしらのリアクションを考えてのことではないかと思うのですが」

「なるほど、確かにそういうことも考えられないわけではありませんが、今のところはそれについては何とも申し上げようがないですね」

「トモロさんご自身にはちょっと伺いにくいのですが……ええ、アメール政府の要求に応じるという選択肢はなかったのでしょうか」

「ございません。今回の件はたとえは悪いですが、まあ、からまれたといいますか、因縁をつけられたようなもので、この件に応じればまた別の因縁をつけてきます。最終的にバーホ神が何をもくろんでいるのかわかりませんが、そのもくろみが達せられるまでは、こちらがどのように応じようが向こうのすることは変わらないのです」

「バーホ神のもくろみとは何でしょうか」

「わかりません。人間のすることならともかく、神様のなさることですから全く見当もつきません」


「なんか、ばかみたい」

「何が？」

「トモロさん、引き渡せだって。あれは神様がなさったことだってわかりきってることじゃない」

「お前、トモロさん、怖いんじゃないのか」

「それはやっぱり怖い。でもスサオー神の方が正しいってことは、間違いないもの」

「どうしてわかるの」

わざと意地悪く問いかけたホンマに、フサヨは真正面を向いて答えた。

「直感」

「それは、わかるっていうことなのか」

「あのね、あなたのたった一つの欠点教えてあげよか」

「一つじゃないと思うけど、どうぞ」

「あなたね、ときどきなんていうか、わざとへそを曲げるっていうのか、素直じゃなくなることがあるの」

黙ってしまったホンマにフサヨはにっこり笑って続けた。

「もう一つ言ってあげよか。私があなたと結婚したのも直感。あ、この人と結婚するんだって、ふっと思っちゃったの……こんなこと言うつもりはなかったけど、私もいつ死ぬかわかんないから、言えるときに言っておくわ」

「お前の直感はあまり頼りにならないようだということはわかった」

「やっぱり、素直じゃない」

「こいつ」ホンマは飛びかかり、そして二人はもつれ合って、結局、出発は一時間ほど遅れた。

アメール政府部内では、「赤く光る人」がケラーマンに重大な決意を迫っていた。邪神に魅入られた島、悪魔の巣窟であるヒホンを核攻撃で一挙に滅ぼしてしまえというのである。さすがにケラーマンは抵抗した。いくらなんでも、一容疑者を引き渡さないことが核攻撃を正当化する理由にはなるはずもなかった。トモロの引き渡し要求さえ世界各国からの嘲笑を浴びていたのである。

今や実質的にアメール政府を動かしていたケスナーは、強硬に言いつのった。

「これは最後の審判なのだ。神の命(めい)により、わがアメール国が神に代わってヒホンに天罰を与えるのだ」

「しかし、それならば、神が直接なさればよろしいのでは」

「神の御言葉に逆らうのか」

「し、しかし、もし跳ね返されたりしたら、どうなるのです」

「心配ない。ならば一度、ツユシアを使って試してみるがいい」

ヒホンとツユシアの間には、どちらの領土であるかをめぐって係争中の島々があった。実際に占拠しているのはツユシアであったが、アメール政府では客観的に見て明らかにヒホンの領土と判断していた。その島々のうちの一つの小さな無人島に、大陸間弾道弾を撃ち込む許可をアメール政府はツユシア政府から取り付けた。核弾頭を積まないそのミサイルは何の問題もなく着弾し、島の大地をいくばくか削り取った。そのことがただちにヒホンへの核攻撃が跳ね返されないという保証にはならなかったが、もはやケラーマンにはケスナーの要求をはねつけることはできなかった。

九月二日、アメール政府は全世界に声明を発した。

「神の命ずるところにより、悪魔の巣窟と化したヒホンに対し核攻撃を行う。バーホ神を信ずる者は三日以内にヒホンを去るように」

世界中からアメール政府に抗議が殺到した。バーホ神を信じる者が多い国ですら、とてもこの決定にはついていけなかった。しかし、アメールを実力で抑えられる国はなく、そして「神の命ずるところ」という理由には交渉とか妥協とかの余地が全くなかった。

最も冷静なのは、攻撃予告を受けたヒホン政府であったかもしれない。ムラフチ首相は記者会見で一言、「哀れなものじゃ」という謎めいた言葉を残しただけでさっさと退席し、質問は例によってトモロがさばいた。

「さっきの総理の言葉はどういう意味なのでしょうか」

「それはさすがに私にはわかりかねますが」トモロは苦笑した。

「ヒホン国の歴史始まって以来の未曽有の危機だと思うのですが、ちょっとさっきの総理の態度は解しかねるのですが」

「私どもは、人間の手による物理的な攻撃については何も心配しておりません」

記者たちはざわめいた。

「核攻撃などはないという意味でしょうか」

「それは私どもにはわかりません。私どもが承知しておりますのは、最後の審判が始まった現在、通常の科学的予測は不可能であるということ。そして私どもが最も考慮しなければならないことは、天変地異その他未曽有の危機的状況が訪れるであろうということ、そしてそうなった場合に政府機関というものが存続できるのかどうか、必ずしも現政権の必要はないわけですが、ヒホン国民をまとめていくための機関をどのように残していくのかということ、そして国民の少なくとも過半数、下手をすれば大多数がいなくなった後の社会というものについてのおぼろげながらの設計図を描くこと。そういうことではないかと思っております」

「アメールの核攻撃が、ヒホン人にとっての最後の審判というか、試験であるという可能性もあるかと思うのですが」

「そういう可能性もゼロではないかもしれません。しかしもしそうであるならば、それについてわれわれが対処できることは何一つありません」

記者席はまたざわめいた。

「それはあまりに無責任なのではないでしょうか」

「政治的、外交的な事案でヒホン国民に未曽有の危機が迫り、それについて対処しないというのであるならば、政府として極めて無責任であり論外です。しかし、神がなされることについて対処しようがないというのは当たり前のことです。私どもはできることとできないことを見定めて、できることを残された時間内に必死にやっていく覚悟です」

トモロの記者会見は、これまではおおむねいい雰囲気というか、かつてのような政府の失政を暴き叩こうという姿勢がほとんど見られない和やかなものであったが、さすがにこのトモロの返答は記者たちを納得させてはいないようであった。ホンマの見たところ、最初にムラフチの態度についての質問から始まってしまったため、最も肝心な部分からそれてしまい、隔靴搔痒の感になってしまっていると思われた。

ホンマは口を出した。

「神のなされることについて政府は対処しないということは、神のなされることについては神に任すということなんですね」

「そのとおりです」トモロは笑顔を向けた。

「核攻撃があるのかないのか、これはバーホ神がお決めになることです。万一核攻撃があった場合、それに対しての対処はスサオー神がお決めになることです」

「スサオー神が核攻撃を跳ね返してくださるということですか」

ケラーマンの記者会見を見たすべてのヒホン人がそれを思ったはずであった。しかし、核攻撃を跳ね返されるかもしれないというとんでもない危険を知りながらそれを強行してくるからには、アメール政府にはそれなりの確信があるのではないかとも考えられた。おそらくここにいる全員のみならず、ヒホン人すべてが、スサオー神自らの、核攻撃は跳ね返すという言明をほしがっているに違いなかった。

「わかりません。しかし、その可能性があることは当然ケラーマン大統領は承知しているはずかと思います」

記者席は沈黙に陥った。トモロは、「わからない」と、ある意味突き放している。しかし「ケラーマンにもわからないだろう」という含みを残しているような言葉でもある。一昔前の記者会見ならばまだまだ質問が続いたに違いないが、最後の審判が始まって以来、記者たちもいつの間にか質問のための質問はしなくなっていた。沈黙が続く間に、ムラフチ総理の「哀れなものじゃ」という言葉がホンマの脳裏によみがえってきた。おそらく自分では全くそのようなつもりはなかったにもかかわらず、ケスナーの言いなりに、一億もの民を皆殺しにしようというこれまでの人類史上最も重い決断、そしてまかり間違えばアメールを壊滅させてしまう決断をせざるを得なかったケラーマンは、確かに「哀れな大統領」であるのかもしれなかった。

トモロの記者会見は一部曖昧な部分を残すものであったが、ヒホン政府の、アメール国からの核攻撃による被害などはあるはずがないという確信だけは充分に伝わった。果たして核攻撃があった場合、それが跳ね返ってしまうのかどうか。世界各国の論者の意見は、ユーメリア軍の攻撃がすべて跳ね返された以上、アメール軍の攻撃についても同じだという説、バーホ神の赤い光が「光る人」のバリアをも貫いたからには、バーホ神の手が加わった核攻撃はそのままヒホンを滅ぼしてしまうだろうという説の二つにわかれた。科学的判断が不可能な事柄であるだけに、どちらの説にも決め手はなく、結局どちらの神を信じているのかだけが明らかになる堂々めぐりの議論となった。

また、どちらの神が正しいのかはともかく、蒼白な顔つきで声を震わせながら核攻撃を言明したケラーマンより、敵を思いやるような一言を残したムラフチの方が人間として一枚上であることだけは明らかになったという皮肉な論調が西エイシャンの新聞に掲載され、そのせいだけでもないであろうが、バーホ神を信じる者の間でもケラーマンの人気はガタ落ちとなった。

ヒホン在住の外国人の多くは国外に退去した。しかしスサオーを信じる少数の者は残った。ヒホン人は十万人ほどが国外に難を避けたが、九九・九パーセントの人々はそのまま残った。

ヒホンにユーメリアに勝るとも劣らない惨禍がもたらされるのか、それともスサオーの奇蹟により核爆弾は跳ね返され、アメールに想像を絶した被害がもたらされるのか、全世界の人々は息をひそめてアメールの次の行動を待った。

九月五日が過ぎ、六日が過ぎ、七日が過ぎても何事も起こらなかった。ヒホン国の国際空港には依然国外に脱出を図る人々が列をなしていて、アメール政府は脱出すべきものが全員脱出してから攻撃をするのかとも推測された。しかし一週間が過ぎ、十日が過ぎ、ほとんど脱出する者がいなくなっても核攻撃は行われなかった。

九月十六日、大型台風がヒホン列島を襲った。四つの島を次々に縦断していった台風はヒホン全土に被害をもたらしたが、ヒホンの二つの国際空港がどちらも封鎖されている時間に、ケスナーに降臨したバーホ神は記者会見の席上で驚くべき発言をした。

「諸君はなぜアメールが核攻撃をしないのかいぶかしく思っているだろう。だが、あれはただのブラフだ。私はそもそも核兵器の使用は好まない。ではなぜそのようなブラフをかけたかといえば、ヒホンから私に忠実な民を移動させるためである。今やヒホンに残っている者どもは、一人残らず邪神をあがめ、このテラミスの唯一の神である私に背く者である。私はヒホンに大いなる禍を与える。その禍は今ヒホンを襲っている台風によってもたらされるであろう。それは恐ろしき病であり、二年も経たぬうちにヒホンから人間の姿は消えるであろう。私は全世界の民に警告する。今このときより、ヒホンは隔離されなければならない。死にたい者はヒホンに行くがよい。だが、ヒホンを出ることは許されない。ヒホンを出た者を受け入れることは許されない。今この瞬間ヒホンにいる者はすべて私によってもたらされた災いの種を宿しているからである。それはうつる。繰り返す。今このときよりヒホンを出国した者を受け入れてはならない」

全世界は再び驚愕した。それは、神によってなされたヒホン国の明確な滅亡の予告であった。バーホ神の声明以前にヒホンを出国していた者は安全であるはずにもかかわらず、上陸を拒否された者もいた。全国民を滅ぼすほどの伝染病だというので、各国政府はヒホンに同情しながらも、少しでも疑わしいものは排除したのである。ヒホン政府は直ちに国民の出国を禁止した。

それからすぐ、ヒホンでは季節外れのインフルエンザがはやり始めた。症状として午前午後に関係なく三八度八分前後で熱が安定し、熱の割には意識がはっきりしているという特徴があった。ちょっと変わったインフルエンザであったが、人々はさほど問題にはしなかった。襲ってくるであろう恐るべき伝染病に比べれば、インフルエンザなど大したものではないと。しかし患者数がうなぎ上りに増え、やがて死者が出始め、そして激増を始めると、人々ははたと気づいた。これこそ「バーホの禍」なのではないかと。ヒホンの病理学者たちはインフルエンザのウイルスによく似た病原体を抽出、それを「バーホウイルス」と名付けた。感染した者は、判で押したようにちょうど一週間後に死んだ。十一月の終わりには死者は早くも五万人を超えていた。

「光る委員会」委員長のヒキは、ムラフチ総理に非常事態宣言の発令を求めた。そして、もう政治家の出る幕はない、あなたの役目はこれから毎日ヒホン全国を飛び回って人々の葬儀に参列することだと説いた。ムラフチは了承し、すべての政党からなる挙国一致内閣をつくり、実務を官房長官のウエモトに委ね、翌日から名もない人々の葬儀への出席を主な仕事とするようになった（後世、彼は「葬式宰相」と呼ばれる）。ムラフチは国民に次のように呼びかけた。

「えー、国民のみなさん、いよいよ大変なことになりました。バーホの禍が現実のものとなってまいりました。まず、どれぐらいの方々が生き残るのか、『光る委員会』の考えでは、おおよそ一割から二割ほどであろうと推測しております。つまり、今後の二年間で八千万から九千万人の方が亡くなられるだろうという未曽有の事態になるわけです。

政治というものは、未来を目指して行うものであります。しかるに今、ほとんどの国民の方には未来が閉ざされてしまったのであります。はっきり申しまして、もう政治家の出番じゃない、葬儀屋と僧侶の出番ですな。ま、しかし、とりあえず、今私どもがしなければならないことは、生き残っている方々の、今後多くの人々がお亡くなりになりますが、生き残っている方々の、日々の生活というものを保証すること、それが第一であります。それから、だれが生き残ることになるのかわかりませんが、生き残った者たちの新しい時代の社会がいかなるものであるべきかを考えること、その二点であろうと思っております。

日々の生活の保証の方は、行政が責任を持ってやります。次の時代を考えることは、『光る委員会』の方々に中心になっていただきます。国民の皆さんには、どうか、冷静に、いつもどおりの日常生活を送っていただきたい。公務員の諸君は役所に、お勤めの皆さんは会社に、学生諸君は学校に行って、各自のなすべきことを果たしていただきたい。なお、私はそのようなことはないと思うのですが、万一取り乱したり、やけになったりして暴れまわるような不心得な人間が出てこないとも限りませんので、非常事態宣言を出すことにします。ただ、実際の運用につきましては、暴動などが起こらない限り、国民の皆さんの行動に制限を加えるようなことは極力避けるつもりであります。どうか今の事態を認識し、平常心でもって行動されますことをお願いいたします。なお、これはセキネ博士がおっしゃり『光る委員会』のメンバー全員が同意したことでありますが、おそらくヒホンには今後大きな天変地異はないであろうと思われます。つまり、ヒホン地区の最後の審判は『バーホの禍』によって行われるので、他の禍を重ねるような無駄なことはなさらないであろうということであります。そう考えますと、私どもは他の国民より幸福であるのかもしれません……」

ヒホンの一部の金持ちたちは、現世の終わりを楽しもうと享楽の日々を過ごした。だがそれらはごく少数で、ほとんどのヒホン人はこれまでと変わらぬ日常を送った。心配されたような暴動も起こらなかった。それは他の諸国民から見れば信じられない光景であった。

「ま、核攻撃じゃなくてよかったわよね。放射能をまき散らすのはいくらなんでもどうかと私も思ったから」

「そんな問題じゃないでしょう」キャサリンはジェーンにかみついた。「ヒホン人を皆殺しなんて、スサオー神と何が違うの。バーホ神は慈悲深い神様じゃなかったの」

「もちろん、神を信じる者には慈悲深いわ。でも悪魔の手先は容赦しません」

「ヒホン人すべてが悪魔の手先だなんて。そんなむちゃくちゃなことがどうして言えるのよ」

「ヒホン人はすべてスサオーを信じている。それはつまり、悪魔の手先ってことでしょ」

「循環論法だんべ」トッテン爺さんがへらへら笑いながら言った。

「何が循環論法よ」

「スサオー神が悪魔だってことが証明されてないんじゃから、あんたの言うことは成立せんとわしゃあ思うがのう」

「ユーメリアの虐殺、それだけで、スサオーが悪魔だってことの証明になります」

「だったら、ヒホン人皆殺しのバーホ神も悪魔だんべ」

「ヒホン人は悪魔の手先なの」そう喚いてさすがにジェーンは押し黙った。

「循環論法よね」

ここで負けるわけにはいかない。自分はバーホに選ばれた「赤く光る人」なのだから。ジェーンはトッテンとキャサリンを睨み、言った。

「いい、これはね、最後の審判なの。このテラミスの歴史の終わりに神と悪魔が対決し、神が勝利を収めるの。キャサリン、あなたはスサオーを許せないんでしょ。あんなやつは神でも何でもないと判断したんでしょ。バーホ神とスサオーの対決は、日和見を許すような生易しいものじゃないのよ。バーホ神の、正義の側につくのか、スサオーの、悪魔の側につくのか、はっきりさせなさい」

「キャサリンはヒホンびいきだからねえ。わざわざヒホンに留学したぐらいだし」

ローザが言いだし、周りの人々がうんうんと頷いた。

「それは、関係ないぎゃ」

「関係あるわよ。ヒホンびいきだから、目が曇ってしまってるの。もう一度顔を洗って出直してきたら」ジェーンの嘲りに皆笑いだし、キャサリンは唇を震わせながら踵を返した。

ともに新教会を後にしたトッテン爺さんに、キャサリンは尋ねた。

「トッテンさんは、どちらが真の神だと思ってるの」

「わしゃ、判らん」

「……そう」

「判らん時は、判るまでじっくり考えればいいんだべ。慌てることたあなかんべよ」

「……そう、そうよね」

八月の初めから三カ月、テレビに、新聞に、雑誌にと、大車輪の如く働いたホンマは、一週間の休暇をもらってモトマツで羽を伸ばしていた。トモロの方はずっとトウケイの官舎暮らしで、母屋の方に住んでもらって構わないと言われていたが、フサヨは台所と風呂場を借りるだけで、ずっと離れでつつましく暮らしていた。

「なんか、ここは別天地だなあ」

「そう？　結構こちらもいろいろ起こってるみたいよ」

「たとえば？」

「小学校の子どもが一人バーホウイルスにやられたって」

「ふうん。でもなあ、子どもが一人死ぬくらいのことは、いつでも普通にあることだからなあ。トウケイにいると、次から次へと信じられないようなニュースが飛び込んでくるから、ああ、俺は歴史の大転換期に立ち会っているんだなあっていう実感が湧くけど、ここに来ると、何かトウケイのことは全部夢なんじゃないかって気がしてくるなあ。テレビつけてないと、ほんとに世の中の大激変が何も伝わってこないだろ。お前、最近のニュース知ってるのか」

「少しは知ってる。たくさんは知らない」

「お前のニュースの仕入れ元は何だ。新聞か、テレビか、ひょっとしてインターネット？」

「ホッタのおじいちゃん」

「はあ？」

「畑仕事の休憩のときにね、いろんなことしゃべってくれるの。バーホウイルスで一人やられたっていうのもそのおじいちゃんに聞いたの」

「……ヒンディーの超大型台風の話、知ってる？」

「ううん」

「ヒナの大洪水の話は？」

「それはおじいちゃんにちょっと聞いた」

「ヒンディーの台風は最大風速百二十メートル、巨大な竜巻のような雲が三百キロ離れた所からも見えたっていう。地上のものすべて吹っ飛んだって。死者はまだ正確にはわからないが、八百万以上。ヒナの大洪水は、ひょっとしたら地形に変動が起きて新たな湖が誕生したんじゃないかという話まであって、こちらは一千万以上が死んだってさ」

「ふうん」

「なんだ、あまり興味なさそうだな」

「というか、テレビ見てると、悲しくなるから、もう見ないの。どうせもうすぐヒホンでも次々と死んでいくんだから」

フサヨは何か遠い目をして言った。どうも俺よりフサヨの方がよほど覚悟が出来ているようだとホンマは思った。

「そうか、そうだな」

「あのね」明るい声でフサヨは言った。「畑、もらっちゃった」

「ふん？」

「だから、畑を一反もらっちゃったの」

「ええ？　土地をもらったってこと？」

「うん、ホッタのおじいちゃんがね、お礼だって」

「ちょ、ちょっと待てよ。いくらなんでも、そりゃ無茶苦茶じゃないのか」

「私もそう思ったんだけど、おじいちゃん、どうせ後継ぐやついないから、構わない、気持ちだけだって」

「うーん、何か変なことでもたくらんでるとか、そんなことはないんだろうな」

「心配ないわよ、神様の保証つき」

「え?」

「おじいちゃん、光ってるのよ」

「え! すごい人なんじゃないか」

「普通のおじいちゃんよ。もちろんいい人だけど」

「そうか、身近にもう光ってる人がいるんだ」

「モトマツ市で三十六人目だって」

「人口二十万ほどだから、ほぼ五千人に一人か。へえ。で、そのおじいちゃんの家、遠いのか」

「今日はビニールハウスにいるわよ、多分」

「お礼を言わなくっちゃいけないなあ。今から行こうか」

「お礼なんか言うより、お手伝いする方が喜ぶわ。あなたが帰ってくるからしばらく休むと言ったら、ちょっとがっかりしてたみたいだから」

「そうか、なら、二人で手伝いに行こうか」

「うん」

ホッタ老人は気さくな人で、フサヨがホンマと連れ立ってやってきたのをとても喜んでくれた。土地のお礼を言うと、「たいしたことじゃない」と軽く手を振って、

「あんた、都会の人だからわからんじゃろが、一反なんてのは、せいぜい自分ところの役に立つだけで、それだけで農家として食っていくのは全然無理じゃよ」と付け加えた。

「いえ、もう、充分です。本当に何とお礼を言えばいいのか……」

「まあ、世の中どうなるかさっぱりわからんから、食い物だけでも確保できりゃよしということでの。わしがずっと生きてりゃ、野菜ぐらい分けてやるが、年じゃからいつまで生きていられるかわからんし。ああ、それでの、農協の方に奥さんの話はもうしてあるから、米はこっちの野菜と誰でも交換してくれるはずじゃ」

「何から何まですみません」フサヨが礼を言った。

「なあに、なにか突然孫娘が出来たみたいでの、人生に張りが出来てうれしいわい」

「孫って、おじいちゃん、おいくつですか」

「七十九。あんたいくつか知らんが、まあ、孫みたいなもんじゃろ。あんた、なかなか覚えが早いし、素直じゃし、本当に世の中が収まったらお二人で農業せんか。なんなら夫婦そろって養子にしてやってもいいぞ」

ホンマはさすがに苦笑してフサヨを見たが、フサヨはけらけらと笑い転げていた。

結局その日、ホンマは慣れない農作業ではあまり役に立たず、途中からビニールハウスの修繕を始め、帰り道ホームセンターによって材料を仕入れ、休暇のほとんどをホッタ老人のビニールハウスに雪が積もりにくくなる改良に費やした。ホッタ老人は大いに喜び、秘蔵だという酒を分けてくれた。

アメール国の中部から西部には比較的スサオー神を支持する者が多かった。なかでもフォルニア州知事ターレスは、ケラーマンがヒホンへの核攻撃を言明したとき、狂気の沙汰と激烈な言葉を使って非難を表明していた。十二月三日、フォルニア州はアメール国からの離脱を表明し、スサオー神を信じる者の無条件の受け入れと、バーホ神を信じる者の退去の自由を発表した。テコサス、ヨータ、ワハイの三州が続いた。全アメール五十州のうち四州とはいえ、アメール政府に与えた衝撃は大きかった。フォルニアの離脱宣言にはアメール西部軍司令官が同調しており、フォルニアには核兵器の貯蔵庫もあったからである。強硬策を取ることは自殺行為といえた。バーホ神を信じるアメール政府首脳は、最後の審判が終われば自動的にフォルニアの反乱分子はいなくなるとして対抗手段はとらず、それ以上の紛糾はひとまず避けられた。

ヒホンの学者の研究により、バーホウイルスはインフルエンザウイルスと同じように飛沫感染をし、その伝染力は極めて強いとわかった。しかし、大気中のものは通常の消毒で殺菌可能であるとも判明した。潜伏期間は三日前後と推定された。ヒホン政府は、その研究データに基づき、閉ざされていた貿易をヒホン最南端の無人島で人間が接触せずに済むような方法で再開したいと世界各国に申し入れた。ヒホンは資源のきわめて乏しい国であったのである。

最初に応じたのは、ヒホンのはるか南に位置する資源大国アストリアであった。アストリア政府首相ヨーマンは次のように語った。

「国内にさまざまな意見があることは承知している。私個人はスサオー神こそ真の神であると認めるものだが、それを国民に強制することはできない。だが、一つ明白なことは、われわれは今こそ神の教えに忠実に生きなければならないということである。苦境に立たされているものに手を差し伸べよと神は仰せにならなかったか。今ヒホン国民は未曽有の危機にさらされている。バーホ神は言われた。ヒホンから出る者を受け入れてはならないと。われわれは受け入れはしない。ヒホンから申し出のあった方法で貿易をして、わが国民に危険があるか。わが国民とヒホン国民が直接接触することはない。必ず一週間以上の時日をあけてから相手国が上陸をするのである。危険などない。学者もそう認めている。私は覚えている、英雄的な記者イワノヴィッチがユーメリア国民のために祈り、光り輝いたことを。私は今、ヒホンに手を差し伸べることこそが神に嘉される道であり、この時代を生き延びることにつながるのだと確信している」

交易地に指定された島までは、アストリアから九日間かかる。万一乗組員が感染すれば、そのままヒホンに送り返してしまうというので、アストリア国民はひとまず納得した。ヒホン交易の貨物船の乗組員には通常の五倍の賃金がヒホン政府から支払われ、希望者には欠かなかった。

結局、その年のうちに六十四カ国がヒホンと貿易を再開した。スサオー神とバーホ神のいずれが正しいのか判らない現在、ヒホンとの貿易に応じないとスサオー神から落第と判定されかねず、バーホ神も貿易を禁じるとは言っていない以上、その方が得であるという二股こう薬的な判断も多分にあったであろうと思われる。

8

翌年一月、バーホウイルスによるヒホンの死者は三十万人を超え、さらに加速度的に増えつつあった。

中央エイシャン各国では、もともと砂漠が多かったのだが、年が明けてから全く雨が降らなくなり、三月に入ると熱波が襲った。日陰でも摂氏四五度を超えるのである。乾ききった大地に人々はバタバタと倒れていった。

七月、ヒホンの死者はついに一千万人を超えた。国土の隅々までウイルスが蔓延しているのは確実で、もう病人が出ても、誰も隔離しようとも、近づくのをやめようとも思わなくなっていた。研究者たちは必死にワクチンの製造に取り組んでいたが、見通しは全くついていなかった。

人々はそれでも黙々と日々の営みを続けていた。「光る人」の数も十万人を超えていた。「光る人」の死亡例はあるにはあったが、今のところ極めて少なかった。一つだけ飛びぬけて明るいニュースがあった。「光る委員会」のセキネ博士を中心とするメンバーが、真空から宇宙エネルギーを取り出す装置の実用化に成功したのである。ヒホンは、これでエネルギーに関してはほぼ心配がなくなった。ヒホン政府はこの発明のノウハウを無償で諸外国に提供する用意があると声明を出した。

キャサリンは、今は訪れる人の少なくなった古い教会で神に祈りをささげていた。ジェーンの新しい教会にはあれ以来行く気がしなくなった。マッテゾン神父は、スサオーを神と認めよなどとは言わない。キャサリンが祈る姿を黙って見ているだけであった。

目の前の祭壇に、十字架上で磔（はりつけ）になったクリスの像がある。

「神よ……私の、神よ」

キャサリンには、スサオーもバーホも同じに見えた。どちらも大量殺りくをあえてする非情の神である。クリスの神、すなわち自分の神は、どちらでもないはずだ。祈れば何かわかるのかもしれないと思い、ずっと祈り続けてきた。しかしいまだにわからない。

自分にできるのは、せめて毎日を神の御心の通り生きること。自分の信じる神、慈悲深く愛を分け隔てなく与える神に少しでも自分を似せるように……。

笑顔で人に接し、子どもに忍耐強くあり、近所の老人たち子どもたちに声をかけ、教会に来て祈り、たまに草を刈り、古い家具を修繕する……。

そう思って毎日を、胸を張って生きようとする。しかしともすれば、自分は根本的に何か間違えているのではないか、夫の仇を討つべく旗幟を鮮明にして積極的に活動すべきなのではないかという疑いが、心の底からふつふつと湧きおこってくる。

フサヨ……あなたには迷いがないのよね。ヒホンの人たちには自明だという。自分たちが間違ってるかもしれないとどうして考えないの、それがものすごく傲慢なことだと、どうして解らないの。私は、私には、スサオー神もバーホ神も選べない……。

神よ、私の神よ、お応えください。私は、どうすればよろしいのでしょう……。

八月に週刊ジャーナル社のカナという女子事務員が「光る人」となった。それまでは、それほど目立たないおとなしい娘であった。しかし、光ってみると、その明るさ、気立てのよさ、何気ない上品さ、そして責任感など、なるほどと思わざるを得ないところがあった。俺は光るのだろうか、ホンマはふと思った。高校、大学、会社、試験と名のつくものにはことごとく受かってきた。大学はこの国でも有数の大学だ。しかし、この究極の、神によってなされるトータルとしての人間そのものの試験に俺は受かるのだろうか。同僚のうち、二人がすでにバーホウイルスにやられていた。一人はユーメリアの惨劇まで神を信じなかったやつだが、一人は少なくとも他人の目にはさほど欠点のある人間とも見えなかった。深く知っていたわけではない。しかし、社会人として他人から見える限りでは、人間の出来は俺とあまり変わらなかったのではなかろうか。

いったい誰が生き残るのか。そもそも、神とはいえ、一億人もの人間の一人一人をその内面に至るまで正確に把握しているのだろうか。ミスが全くないと言い切れるのだろうか。それとも、よほど優れた人格の者はともかく、残りは適当に、それこそクジ引きのような感じででたらめに選んでしまうのではなかろうか。それに、これは誰も口にしないが、あのバーホ神の方が正しいとしたら、ヒホン人は全滅する……その方がまだすっきりするかもしれない。

トウケイの仮住まいで、一人酒を飲みながら、ホンマは痛切にフサヨの肌を恋しく思った。モトマツにいればこんなことは考えない。フサヨの微妙な天然ボケを冷やかしながら、軽口を叩きあい、そして一緒に寝れば、次の日はすきっとした気分で仕事に向かう気になる。一人でいると思考の袋小路に嵌ってしまい、いやでも自分の運命を考えざるを得なくなる。何よりも、神に自分が人間として落第であるという烙印を押されるのは、いや、押されるかもしれないと考えるだけでも耐え難かった。正直、女の肌なら誰でもよかった。この思考の泥沼から救い出してくれるものなら。夜の街に出て女を拾いに行こうかとちらっと考えたが、それこそ落第がほぼ確実になるような気がし、そしてそういう計算をして一人部屋の中でいじけている自分が、生き残るには全く値しないつまらない人間のように思えた。夜の闇が、原初の人間を捉えたに違いない深さと恐ろしさでホンマの精神を覆いつくそうとしていた。

三日後、ホンマは二週間ぶりに休暇をもらい、モトマツに帰った。彼を出迎えたのは、恥ずかしそうに「光っている」フサヨであった。

九月、ヒナにマグニチュード10・3という信じられないような巨大地震が起こった。ヒナの首都ペイキョウを襲ったこの地震で、ヒナ政府はその主要メンバーが死亡、ヒナ国は分裂状態に陥った。地震の被害は定かではないが、大崩壊前十三億と言われていたその人口は、先の大洪水と合わせ、十億近くまで減ったのではないかと噂された。

大災害は、クリス教国では今のところ起こっていなかった。やはりバーホ神が正しいのではないかという疑いが、強固な信仰で知られるウラー教徒にすら起こり始めていた。クリス教でもイノチェント派からペオ派に改宗する者が日を追って増えた。ヒホンから送られてくる、「光る人」はバーホウイルスにほとんどやられていないというニュースだけが、スサオーを信じる者の支えであった。

ヒホン人で改宗する者はいなかった。ヒホン人はバーホ神によってすでに死刑を宣告されていた。仮にバーホ神が正しいとしても、いまさら改宗したところでどうなるものでもないと皆思っていた。家族、親戚、友人、同僚などの死亡に立ち会っていない者は一人もいなかった。読経の声がヒホン中にあふれ、ついに政府は葬儀を簡素にすべしという命令を出し、各地区ごとで合同の葬儀が行われるようになった。金持ちも貧乏人も同じ扱いであった。反対の声はほとんどなかった。人々は午前中葬儀に出て、午後働くのが日課となった。

ムラフチ首相は連日人々の葬儀に参列していた。ヒホン中の市町村を駆け巡り、見知らぬ人の遺影に手を合わせ、「どうぞ、あの世から、このヒホンの人々をお守りくださいますように」と祈りを捧げ、参列者に「一期一会といいます。まだ、私たちは生き残っていますが、それこそ明日死ぬかもしれません。いつ死んでもいいように、この世に心を残さぬように、悔いのない今日を過ごしましょう」と、涙を浮かべながら語りかける一国の総理の姿は、ともすれば絶望に陥りがちな人々を踏みとどまらせ、大崩壊後のヒホンの明日を信じる勇気を与えた。

ホンマは朝から酒を飲んでいた。三日間の休みのはずが十日になっていたが、そんなことはどうでもよくなっていた。しょせん、自分はフサヨにも劣る落第人間だったのだ。

フサヨの光る姿を見たとき、自分の中で何か凶暴なものが姿を見せたのがわかった。それは、昼間はまだかろうじて抑制されていたものの、夜になって爆発した。嫌がるフサヨを無理やり押さえつけ、恥ずかしい格好でほとんど犯すように交わった。何度も何度も狂ったように。疲れ果てて眠り、目が覚めると酒を飲み、また交わった、ことさらにフサヨが嫌がるように。

四日目の朝、いつもと同じように朝食の用意がされているのを見たとき、大粒の涙が頬を濡らしていた。いつまでもいつまでも涙は尽きることがなかった。半日泣き続け、ホンマは腑抜けのようにぼんやりと誰もいない部屋を見回し、母屋から酒を持ちだしてきて、ゆっくりと飲んだ。俺の人生は終わった。あとはお迎えが来るのを待つだけだ。何も考えずに、何にもわずらわされることなく、こうして酒を飲んで、バーホウイルスがやってくるのを待っていればよい。

電話の呼び出し音が遠くで聞こえていた。耳元で声がした。

「あなた、電話」

フサヨが受話器を突きつけている。物憂げに手にした。

「生きていたか」ヤオカの声がした。大きなお世話だ。

「はあ」

「すぐ戻ってきてほしいんだが」

「はあ、あの、俺、やめさせてほしいんですけど」

「……俺の命があと五日しかない」

「え?」

「やられたんだよ、バーホに」

ヤオカの言葉の意味が頭脳にしみこんでくるまでに時間がかかった。

「昨日から咳が出始めた。熱を測ったら三八度八分、夜測ったら三八度七分、今朝測ったら三八度八分。意識はしっかりしている、間違いない、バーホだ。死に際の人間の願いを聞いてもらえないかな。明日までは会社にいるから」

「は、はい、すぐ行きます」

電話を切り、立ち上がろうとして、よろけた。完全に身体がアルコール漬けになっている。

「これ飲んで。すぐお風呂沸かすから」フサヨがコップに水を汲んできて言った。

風呂にゆっくり浸かったが、まだまだ酔いは残っている。とても運転できないと思っていたら、めったに運転しないフサヨがトウケイまで送ってくれるという。

「すまんな」言葉がひとりでに出た。フサヨは驚いたようにこちらを見たが、何も言わなかった。

　高速道路を下りてサウナ風呂を探し、一時間辛抱して汗をかくと酔いが少しは冷めたような気がしたが、フサヨはまだ酒の匂いがするという。仕方がない、自業自得だ。日が少し傾き始めたころ、社屋の前で車を降りた。どこかで待っていようかというフサヨに、「大丈夫だ」と言って笑いかけた。

「もう心配ないから。また帰る時は連絡する」

　フサヨは少しためらうようにホンマを見ていたが、うんと頷いて手を振ってから車を走らせた。

　入っていくと、部屋からちょうど出てきたヤオカと鉢合わせた。

「お、来たか、ちょうどよかった。コーヒー飲みに行く、付き合え」

　喫茶店でヤオカは、禁煙していたはずのタバコをぷかぷかとうまそうに吸った。

「あの、どう言えばいいのか……」

「気にするな。今のヒホンではこれは日常のありふれたことなんだ。まあ、バーホ神も多少の慈悲を持っているんだろう。一週間の猶予を与えてくれているんだからな。明日中に引き継ぎを終えて、次の二日で家の方を片づけて、最後の二日はのんびりとするよ」

「はあ」

「お前、奥さん、光ったんだって」

「ご存知でしたか」

「奥さんから電話があってな、ちょっと調子が悪いから休暇を延長してくれってな。よくよく訊いてみたら、奥さんが光って、お前がちょっと精神の平衡状態を失したみたいだとな。ま、そういう言い方はしなかったがな。ちょっと気分が悪くなったみたいでと言ってたかな……酒浸りだったんだろ」

「はあ」

「よくあるらしいぞ」

「え？」ホンマは少し驚いた。

「夫婦の片一方が光るとな、もう片方の精神状態が一時的におかしくなることが多いという報告が精神科医から出ているらしい。特に、女の方が先に光った場合に多いそうだ。男が非合理な優越感をはじめから持っている場合に、その根拠のない優越感が逆に極端な劣等感に変化してしまうらしい……図星だろ」

「はあ」

「俺に言わせりゃな、お前と奥さんじゃ月とすっぽん。奥さんの方が百倍くらい人間が出来てる。お前が先に光ったりしたら、俺は本気でスサオー神はインチキ神だと思うところだ」

「はあ」

「だいたい、光ったら誰でも大喜びするものだ。それを奥さん、何かすごく悪いことをしたような口ぶりだったぞ。そこまで気を使ってもらって、この幸せ者が」

「はあ」

「まあ、お前もそこそこいいやつだからな。お前も光るんじゃないかと思ってるんだが」

「ヤオカさんがだめなのに、俺が受かるわけはないです」

「……昨日、さすがに寝られなくてな。いろいろと頭の中を駆け巡ることがあったが。ふと思ったのはな、うちのカナちゃん、光ってるだろ。あの娘な、ユーメリアのときに泣いてたよ。それから、あのイワノヴィッチ、あいつも光ったけど、あれは哀れなユーメリアの民のために祈って、それで光ったんだ。俺はというとな、俺はあのとき、ざまあみろくらいに思ってたんだ。ユーメリアのやり口はひどかったからな。天罰が下るのは当たり前だくらいにな」

　ヤオカはケホケホと咳き込んだ。

「俺もお前も、なまじ一流大学なんてのを出てるとな、それだけで何か自分が人間として一段高いような偉いような錯覚を持ってしまうのさ。特にジャーナリストなんてのはな、正義の味方面して文章書いてるうちに、自分を神の立場に置いてしまうんだよ。だがな、俺たちは神じゃない。ただの人間なんだ。まともな人間ならあの惨劇を見て涙を流すのが、彼らのために祈るのが、当たり前なんだ。あれほどの罰を受けなければならないほどの罪などあるわけがないんだからな」

「……はい」

「……それが落第宣告の理由かなあ、なんて思った」またヤオカは咳き込んだ。

「だがな、実はな、俺は落第したとは思ってないんだぞ」

「え？」

「スサオー神がおっしゃってただろ。今回の試験を受ける資格があるのは、そもそも二十億人ぐらいだって。だから俺は、残りの四十八億の一人なんだよ。前世は気の優しいウサギか何かだったのさ。今回はな、どこか別の世界に転生するために死ぬんだ。落第宣告されて死ぬんじゃねえよ。俺は、試験というやつには一度も落ちたことはねえんだからな。……ずいぶんと怒鳴りつけたが、お前さんと一緒に仕事ができて、よかったと思ってるよ」

ホンマは何も言うことができず、黙って頷くばかりだった。

「ああ、夫婦の片割れが少しおかしくなって、それからしかし結局二人とも光ったって例が一組だけあるみたいだぞ。これからどんどん増えていくよ。お前さん、きっと光るさ。もし光らなかったらな、俺と同じ星に転生してまた一緒に仕事しよう、な」

「……それを言うために、わざわざ俺を呼んでくれたんですか」

ホンマは涙をぬぐって訊いた。

「ばかやろう、これはついでの話だ。まだ引き継ぎ何もしてねえじゃねえか。さっさと戻って仕事始めろ。お前のずる休みのおかげでどれだけ遅れてると思ってるんだ。明日は朝一番で来い、わかったな」

いまだアメール大陸に大規模な自然災害は起こっていなかった。しかし、アメールではめったにない地震が小規模ではあるものの、たまに起こるようになっていた。不安に感じる人はいたが、ジェーンは、バーホ神が光臨された今、スサオーはその程度の力しか発揮できないのよと、信者とともに自信を深めていた。

　バーホ神を信じる者とスサオー神を信じる者との衝突がたまにあった。アメール政府はさすがにスサオー神信者への私的制裁は認めていなかったが、そういう行為に対して厳しい取り締まりはせず、ためにスサオー神信者は集まってひとところで暮らし始める者が増えた。

　キャサリンは、旧教会でときどき傷ついた人々の治療をした。自分ではどちらの神も支持しているつもりはなかった。どちらの神が正しいにせよ、ついこの前まで仲良くしていた人たちが憎しみ合うのは耐え難かった。ただ、新教会の方は敵味方を明確に区別しようとし、どちらにもついていないキャサリンにはどうにも居心地が悪く、必然的に誰をも受け入れる旧教会の方に顔を出すのであった。

　あれからフサヨとのメールのやり取りは途絶えていた。フサヨはまだ生きているのだろうか、最愛の御主人はまだ生きているのだろうか。何度かメールしようと思った。自分の考え、迷いを細かに書き送信しようとしてためらい、結局やめた。自分の迷いはヒホン人には到底理解できないのだ。

　マッテゾン神父がすでに光っていた。彼は老いた体に鞭をうち、連日信者が怪我をしないようにと、人々の護衛役を買って出ていた。「光る人」と一緒にいれば、まず確実に安全であった。それでも気の強い人たちは老神父に護衛してもらうなどはプライドが許さないようで、ヒンディアンや黒人の若者などがたびたび襲われ、負傷して運ばれてきた。結局、昔の人種差別が正当化されて甦っただけだとマッテゾン神父は言っている。確かに白人は襲われる比率が少なかった。

「襲った者たちを恨まないように。彼らはいまだ魂の幼き者たちなのです」

怪我をした二人の男に手当てをしながらマッテゾン神父は言う。手伝っているキャサリンはそれを聞きながら、非暴力主義の権化のようなマッテゾン神父がなぜスサオー神を信じているのか不思議でたまらなかった。

「キャサリン」

表情にでも出たのか、マッテゾン神父が呼びかけた。

「はい」

「視点を変えてみるのです。そうすると全然違うものが見えてきます」

「どういうことでしょう、神父様」

「私は、スサオー神とバーホ神が対立しているなどと思ったことはありませんよ」

「え？」

「スサオー神のお手伝いをバーホ神はなさっているだけです」

「？」

「ユーメリア人の中に合格者もいれば不合格者もいました、そして、そもそも試験を受ける資格のない人たちが大勢いました。スサオー神がその合格者をお決めになられました。ヒホンの人の中にも合格者も不合格者もいるでしょう、まったく同じです。ただ、ヒホンについてだけはバーホ神が試験の仕方を発表されたのです」

「……」

「スサオー神もバーホ神も、残虐なことをなさっているわけではありません。試験をなさっているだけなのですよ。残酷なことを言うようですが、キャサリン、あなたのご主人は、今回の試験では不合格もしくは無資格だった、それだけのことなのです」

「でも……」

「キャサリン、あなたは神に嘉されるべき優しい人です。でも、ひょっとしてあなたの心の中にスサオー神への恨みが残るのなら、それはとても残念なことです」

「夫を殺されて恨まない人がいるのでしょうか」

「合格通知がもらえなかっただけです。今回の試験では大多数の人が死ぬのです。次の生があることが明らかになった以上、死にざまに目を奪われてしまってはいけません」

マッテゾン神父は尊敬すべき人であった。それは今度の騒動で以前にも増して明らかになったと思う。そういう人の言葉だけに真剣に聞くべきなのかもしれなかった。しかしキャサリンはそれに頷きはしなかった。それが自分が夫にしてやれるたった一つのことであった。

ヤオカの死から三月、木枯らしが吹き始めるころになって、犯罪が急激に減っていると報道された。すでに三分の一近くの人々が死に、犯罪組織そのものが壊滅状態になっていたが、人々が金銭に無関心になりつつあった。宝くじは全く売れなくなり、競輪・競馬に群がる人の数も減り、パチンコ屋も廃業が相次いだ。保険はすでに生命保険が業務を停止しており、証券マン、銀行マンもその仕事がなくなりつつあった。耐久消費財の製造は「光る委員会」の布告により既に停止されており（ヒホン全土で所有者が死亡した物が大量に残されつつあった）、仕事のなくなった人々は、残された人生は少しでも人々の役に立ちたいと、消費財の製造業や、第一次産業などに転職を始めていた。

もちろん、自暴自棄になる人も後を絶たなかった。ホンマのように一時的なものですむ場合もあったし、そのままバーホウイルスの餌食になる場合も数多くみられた。

葬式宰相ムラフチは、午前中は葬儀に参列し、午後は今なお日常の営みを粘り強く続けている人々を鼓舞して回った。絶望に陥りかけていた国立衛生研究所の一所員に与えたという訓示も人々の口に上っていた。どうせ、運命はもう決まっているんだ、助かるやつは助かるし、助からないやつは助からない、いまさらワクチンの研究などしたところでどうなるものでもないと言い放ったその所員に、ムラフチは次のように諭したという。

「われわれのあずかり知らぬところでわれわれの運命が決められるというのは事実かもしれぬ。じゃが、運命は一通りではないはずじゃ。のう、君、わしは昔、人間の一生というのは無限の可能性というか、無限の選択肢があるもんじゃと思っておった。ところが、どうやらそうではないようじゃ。人には確かに運命がある。……今のわしは、人生は迷路のようなものかと思っておる。どこかで選択を迫られるのじゃ、右に行くか左に行くかのの。だから複数の運命が待ち受けておるのじゃ。しかし、どの道を選ぶかはわしらに任されているのじゃろう。また、そうでなければ何度も転生して魂を磨けとおっしゃられたスサオー神の御言葉自体が無意味となろう。すべてが定まっておるのなら、魂を磨くかどうかまであらかじめ決まっておることになるのじゃからの。……君は君の最善を尽くしたまえ。人事を尽くさずして天命を待ってはいかんのじゃ」

ヒホンのそのような様子は全世界に報道されていた。特派員こそ大半が逃げ出してしまっていたが、衛星回線は全世界につながっていたからである。ヒホンと運命を共にする覚悟を定め、まだ生き残っているごく少数の特派員からは、各国に「すでに三分の一の国民を失いながら、秩序が崩壊しないどころか、犯罪が激減し、人々がますます道徳的になっていく不思議な現象」として、詳細に報告が伝えられていた。

大災害にあっている各国でも、少しずつ人々の意識が変わりつつあるという報告が入り始めていた。中央エイシャンの旱魃（かんばつ）地帯では自分の水を他人に分け与えて死んでいった人がいると報告され、洪水の後、飢饉に見舞われている南エイシャンでも貧しい食物を分かち合っている人々の姿が報告された。

この年、エイシャンを中心に、全世界で六億の民が死んだ。しかし「光る人」も同じくエイシャン中心に急速に増え、五百万人を超えた。「赤く光る人」は三万人ほどであった。クリス教徒の数は他宗からの改宗者が十五億人加わり三十億人を超えたが、そのうちスサオーを支持するイノチェント派の信者は八億人から二億人にまでその数を減らしていた。

翌年一月、三たびバーホは光臨して告げた。「アストリアが汚染された」と。アストリア大陸はただちに諸外国から隔離され、ヨーマン首相は怒れる群衆によって殺された。感染経路はわからなかった。
各国はヒホンとの貿易を再び停止した。一週間後、アストリアで初めてバーホウイルスによる死者が出て、汚染は確実となった。アストリア各地で暴動が起こり、多くの犠牲者が出た。人々の大半がヒホンに一種複雑な感情を抱いたが、今となってはヒホンとともに生きる以外に道はないという結論が出てくるのは当然であった。ヒホン・アストリア間の往来は復活した。宇宙エネルギーを実用化した最先端ハイテク国家ヒホンと、広大な国土を抱え金属資源に欠くもののないアストリアとの運命共同体は、他国に頼らずとも生きていけることは間違いなかった。バーホウイルスにやられない限り。

9

二月、南アメール大陸西岸を南北四千キロにわたって貫いているデスアン火山帯が活動を始めた。三十二の火山が噴火し、新たに十七の火山が生まれ、地震は相次ぎ、大地は隆起と沈降を繰り返したが、全体としてみれば山脈は西に移動していた。そして山脈の東側は水没を始め、南アメール大陸は大きく二つに分断されようとしていた。三月に入ると、大陸ははっきり二つに分かれ、東側はその西岸からなおも沈降を続け、西側は噴火を繰り返しながら西北へと移動しつつあった。衛星写真からの観測では、東側では一日に五十メートルほども海岸が浸食され、そのスピードはなおも加速度的に速まりつつあるという。地質学の常識からすれば何万年もかけて起こるはずのものが、一日のうちに起こっているのであった。

バーホ神を信じる者の衝撃は大きかった。南アメールはその住民の九割までバーホ神の信者となっていたからである。西側にいた人々はただ右往左往して逃げ惑うばかりであった。東側にいた人々は東へ東へと逃げた。しかし、海岸線は毎日数十メートルから数百メートル、後には数キロメートルも迫ってくるのであった。南アメールは世界で最も貧富の差の激しいところでもあった。ごく少数の大地主たちは、あとからあとから逃げてくる避難民たちに銃を向けた。人間どうしによる虐殺がまたも繰り返された。だが、逃げるしかすべのない人々はそれこそ蟻の大群のように次々とやってきた。地主たちは財産を貴金属や宝石などに替え、北アメールに亡命を始めた。彼らによって支えられてきた南アメール諸国の政権は次々と崩壊していった。

無力感に打ちひしがれた人々からは、これは結局バーホ神とスサオー神との巨大なる神々の争いにわれわれ人間が巻き込まれただけなのではないかという声が上がり始めた。先手をスサオーがとり、バーホの強烈な報復があり、今またスサオーの恐るべき反撃が始まったのだと。どちらの神を信じていようが、生き残る確率はたいして変わらないのではなかろうかと。

グリーンフィールドでは、両派の衝突は以前より少なくなっていた。スサオーを信じる者はマッテゾン神父の、報復をするかしないかも神による試練の一つだという言葉を重く受け止めたし、バーホを信じる者も対立者にむやみに争いを仕掛けることの不毛さを悟りつつあった。一つには、すでに国民の過半数が死んでしまったヒホンにおいて今なお秩序が保たれ、それどころか争いのないうらやむべき社会が築かれつつあるという報告の影響があった。神に呪われたはずの人々が、自暴自棄に陥って不思議のない状況下で高い道徳性を示している、それはいったい何を意味しているのか。もう一つは、なんといっても南アメールの壊滅であった。それは全能の神の巨大な力をまざまざと見せつけていた。

たまに、新教会に通っていたはずの住民が旧教会に戻ってきた。ばつの悪そうな顔をする者、ほとんど虚勢をはるように昂然と顔をあげてくる者。マッテゾン神父は何もなかったような笑顔で彼らを出迎え、いつものように話をし、いつものように祈った。キャサリンははじめ彼らを軽蔑していたが、そのうち、自分も彼らと大して変わりはないと思い始めた。他人からは一貫したスサオー神信者と見られていても、自分は実はどっちつかずで迷っている人間なのだ。

フサヨに先日メールをした。一言、無事かと。フサヨからはすぐ返信が来た。自分が光った、主人が一時自棄になったが今は立ち直っている、そして、ひょっとして新しい世界をお互いに迎えることができたら必ず会いましょうとあった。

祈りをささげながら、キャサリンはふとスサオーの言葉を思い出していた。「……新約の神はバールだ、私の兄弟にあたる神だ……」神々にも個性があるらしい。スサオー神、バーホ神、そしてバール神、皆少しずつ違うのだろう。何かおかしくなってキャサリンはくすっと笑った。その時洞察が訪れた。

どの神を信じるかは関係ない。彼らの上にいらっしゃる大いなる神、すべての根元、それがつまり大宇宙の法……。

気がつけばキャサリンの頬はぬれていた。知らぬ間に涙が出たようであった。

「キャサリン！」

マッテゾン神父の声がした。

振り向いたキャサリンに、マッテゾン神父をはじめ、教会にいた人たちが皆近寄ってきた。

一体何事だと言うのか。

「キャサリン、あなたは神に嘉されました、おめでとう」

キャサリンは何のことか解らなかったが、ふと自分の手を見ると、ぼんやりと光っている。

はっと顔を上げた。

「でも、私は……私はスサオー神を認めていないのに……」

「あなたが神を認めずとも、神はあなたを認めたのです」


アストリアはそもそもクリス教国で、バーホ神を信じる者がどちらかといえば多かっただけに、エイシャンばかりに天変地異が起こるのを見て、とんだ貧乏くじを引かされたものだという怨嗟(えんさ)の気持ちが根強くあったが、「光る人」が増えてくるに従って、その選択の確かさと、彼らはほとんどバーホウイルスにやられないという事実に微妙に風向きが変わり始めた。そして、南アメールの驚愕すべき事態を目の当たりにし、スサオー神がやはり正しいのではなかろうかという意見が急激に勢力を増していた。この機を逃さずヒホン＝アストリア連合を結成する世論を醸成すべく、トモロはアストリアにわたり、記者団の前で解説をしていた。

「南アメールは西エイシャン諸国の植民で、クリス教への強制改宗があり、土着の宗教はことごとく滅ぼされてしまいました。だから下級神というんですかね、その土地を住みかとし守ってくれるような土着の神々がいないわけです。そういうところはおそらくひとたまりもない。ひょっとすると、南アメール大陸は消滅するかもしれません」

「アストリアも危ないということですか」

アストリアは、宗教どころか原住民そのものがほとんど滅ぼされていた。

「いや、ヒホンとアストリアが運命共同体になったということは、これも神の御意思だろうと思います。どちらも単独では生きていけませんが、一緒ならばこの大異変の時代を乗り切ることができます。だからアストリアは大丈夫でしょう。もちろん、大勢の方がバーホウイルスにやられるでしょうが、大陸そのものが消滅するようなことはないと思います」

「今回の事態は、結局バーホ神とスサオー神との闘いなのではないかという声がありますが」

「それは違います。スサオー神がおっしゃったように、禍つ神バーホ神にはそれなりの役割があったのです。そしてその役割はもう果たされたのではないかと私は思います。敵対しているかのように見えながら、実は共同作業をしていたのだと思います」

「といいますと？」

「この大異変の後、残った人々が文明を維持していくためには、このテラミスのどこかにあまり被害に遭っていない生産拠点が残っていなければなりません。それがヒホンとアストリアになるのだろうと思います。そのためにバーホウイルスを使って私どもを隔離したわけです。また、当初スサオー神支持の多い国々ばかりから天変地異を起こしたのも、その判断力をぎりぎりまで揺さぶってふるいにかけるためだろうと思われます」

「なかなか意地悪ですな」

「なにせ、合格者がせいぜい十パーセントか二十パーセントという超難関の試験ですから」

「ははは」

アストリアの記者たちにも笑い声をこぼせるぐらいの余裕は戻っているようであった。

トモロの解説は理路整然としており、またアストリアの人々からすればトモロとスサオーはどうしても重なって見えるようで、神自らがアストリアとヒホンの未来を保証してくれたかのような錯覚に陥るらしく、自分の生死はどうなるかわからないものの、それなりにアストリアの未来に希望を見出しつつあるようであった。

三月、ヒホンの死者は六千万人に達し、アストリアもその総人口の四分の一の六百万人を失っていた。もっとも、そのうちのいくらかは暴動によるものであったが。

ヒホンのスメラミの皇太子モチヒトが死んだ。現スメラミはすでに「光る人」となっていたが、二人の皇子はまだ光っていなかった。スメラミは、時局を考慮するという理由で大仰な葬儀を辞退した。第二皇子ナカヒトが次の皇太子となった。

ヒナとヒンディーの境、世界の屋根と言われ八千メートル級の山々が並んでいるハマラヤ山脈が陥没を始めていた。陥没は周囲に広がり、四月にはヒナ、五月にはヒンディーの大部分がその影響を受ける。

一方、ヒホンとアストリアの間に横たわる泰平洋は隆起をはじめ、四月には広大な土地が水面上に姿を現した。ヒホン・アストリアをはじめとする周辺各国には何度となく津波が襲ったが、東西方向には巨大津波が押し寄せたものの、南北方向、すなわちヒホン・アストリア方面の被害は軽微であった。新しい土地にはヒホン・アストリアから調査団が派遣された。他の諸国は汚染地域として介入しようとはしなかった。七月にはヒホンとアストリアは地続きとなり、これこそ神の御意思だと両国民は熱狂的にヒホン＝アストリア連合政府発足を支持した。

七月、南アメール大陸東側はその大部分が海中に没し、西側は少しずつ火山帯の活動も収束しつつあったが、いくつかの大きい島として分断されてしまっていた。結局、南アメール大陸は消滅し、数万の島々が残されるばかりとなった。北アメールに逃げ去った大富豪と、わずかに残された陸地部分にたどりついた人々を除いて、東側の住民はほぼ全滅していた。

北アメールではいまだ大災害は起こっていなかった。バーホ神を信じる者、スサオー神を信じる者、それぞれがそれぞれの神に祈りを捧げ、息を潜めて情勢を見守っていた。また、北アメールの原住民ヒンディアンたちは前にスサオー神支持を表明していたが、部族に伝わる古くからの言い伝えに従って、中西部の彼らの聖地に集結を始めていた。相当数の白人が彼らと行動を共にした。

七月十五日、ヒホン国立衛生研究所はついにバーホウイルス対抗ワクチンを開発した。すでに感染しているものは救えないが、健康な者には相当の効き目があるはずだという。動物実験をする間もなく、ただちに生産態勢が組まれ、ヒホン・アストリア中の製薬工場がフル稼働を始めた。最初の百万人分のワクチンが完成したのが七月二十一日、この時すでにヒホンの死者は八千万人、アストリアの死者は千七百万人に迫っていた。

このころには、ヒホンでは貨幣は有名無実なものとなりつつあった。人口が減るにつれて物資の生産量は減ったものの、生産ラインは大部分機械化されており、仕事のなくなった金融・貿易・不動産業などから人員が回ってきていて、人口の落ち込みほどには生産は減らず、一人当たりの物資の生産量はむしろ大きく増えていた。そしてマーケットに積まれた品物は、一部高価なもの以外、皆が必要なだけ勝手に持っていけばよくなっていた。

八月九日、ヒホンのスメラミの皇太子がまたも死んだ。直系の男子はいなくなり、次の皇太子は傍系から選ばれる定めであったが、現スメラミは皇太子の死去と同時に全世界に向けて記者会見を行った。

「今日未明、皇太子ナカヒトが死去いたしました。このときにあたり、私はスメラミ家に二千六百年の昔より代々伝えられてきた予言の書を明らかにするものであります。

『神再び世に現れ出で、滅びの様あらわになり、そなたの血絶ゆるとき、そなたの役割終わりぬ』。もう一度言います。『神再び世に現れ出で、滅びの様あらわになり、そなたの血絶ゆる時、そなたの役割終わりぬ』。

この予言のとおり、神は御光臨されました。滅びの様もあらわになりつつあります。そして私の血は絶えました。この予言は代々のスメラミが引き継いできたもので、予言書の存在自体、宮内省のごく一部の者と私以外に知る者はおりません。内容を知っている者は私以外におりません。代々のスメラミは即位と同時に皇居の紫辰殿に籠り、この予言の書を自らの手で新たに書き写すのです。私は二十年前に即位したとき、まさか自分の代にこの予言が成就されることになろうとは夢にも思いませんでした。しかし、予言は確かに成就されております。すべてが大いなる神の御計らいなのです。

ご承知のとおり、わがスメラミ家は、言い伝えによれば、はるか昔このヒホンに御光臨された神の直系の子孫だということになっております。世界各地におそらく神は御光臨あそばされたのだと思います。そして、その神と何らかの関わりのある者が、あるいは国王として、あるいは神官として、世界中でその命を奉じたのだと思います。しかし、時がたつにつれて、その者たちは歴史の波に浮かぶ泡のように消えていき、今残っているのはこのヒホンのスメラミ家だけなのであります。スメラミ家の役割とは、はるかなる昔の、神の御光臨の生きた証人であり続けることだったのだと思います。本当の神が御光臨あそばされたのですから、これは当然のことです。私は、今日ここに、全世界に向けて宣言いたします。そして今、スメラミ家の役割は終わったと神は仰せになっておられます。本当の神が御光臨あそばされたのですから、これは当然のことです。私は、今日ここに、全世界に向けて宣言いたします。私はヒホン国の象徴としてのスメラミを退位いたします。私以外のものが代わって即位することは、スメラミ家の当主として拒否いたします。これはヒホン国の憲法に外れることでありますが、神の掟は人の掟より重いはずであります。ご了解いただけると思います」

ヒホン国内ではさすがに議論が巻き起こったが、結局スメラミの退位を承認し、ここに二千六百年（歴史的に間違いなく確認できるのは千六百年ほどであるらしい）の長きにわたって続いてきたヒホンのスメラミ制は終わりを告げたのである。たいていのことには驚かなくなっていたヒホンの人々であったが、二千六百年前の予言が成就しスメラミ制が終わりを迎えたことは、まさにこれまでの時代の終焉を告げる象徴的な出来事として大きな感慨をもって受け止められ、テレビを前にさめざめと涙を流す老人たちの姿が報じられた。

スメラミの退位は、暗礁に乗り上げていたヒホンとアストリアの連合国家樹立に向けての大きな追い風となった。アストリア国民がヒホンとの連合に唯一難色を示していた理由が、スメラミ制の受け入れ問題であったからである。

八月十一日、クリス旧教主イノチェント十世は特別記者会見を行った。

「前に、ヒホンのスメラミから二千六百年前の予言の書の存在が明らかにされました。私は今日、先代クリス教主パオロ六世のもとに天使が御光臨になり、来るべき終末の予言をなされていたことをここに明らかにしたいと思います。私はこれまで、一貫してスサオー神こそ真の神であると言い続けてまいりました。その理由の一つは、それがすべて予言されていたからであります。そして予言のとおりに世界は進んでおります、その予言とは――。

『光る民が現れるであろう。次いで神が光臨し、人々の前で最後の審判の開始を告げるであろう。続いて、神は大いなる力を顕され、一つの国を葬り去られるであろう。しかるに、偽のメシアが現れ、われこそが神であり、われを信ずる者は救われると説くであろう。神に深く嘉されし民は呪いを受けるであろう。人々の心定まりし後、大地は沈み、激しく揺れ、天の裁きが落ちるであろう。呪いの中より光現れ、新しき世が築かれん。神を今に伝えし東の者がその務めを終えしとき、神に仕える西の者、この予言を明らかにすべし。そのときより月が一巡りして、世は定まるであろう』」

ヒホンがバーホウイルスへの対抗ワクチンを開発し、さらにはスメラミの予言の書が明らかになり、バーホ神を信じる者は動揺し始めていたが、このイノチェント十世の記者会見は彼らを打ちのめすものであった。バーホ神は偽メシアであり、その出現は前もって予言されていたというのである。北アメール、西エイシャン各国ではイノチェント派クリス教会に駆け込む人々の数が一気に増大した。強気を崩さない者もいた。予言の書など誰もその存在を確認していない、すべて後からつくったでたらめだというのである。確かに、言われてみればスメラミのものは本人しか知らないというし、原本は二十年前の即位時に書かれたもので、二千六百年前の予言であるという証拠は何もなかった。また、イノチェント十世の証言にせよ、それを裏付ける証拠となるようなものはなかった。現に、北アメール、西エイシャンではユーメリアの壊滅以来、まだほとんど被害はないのであった。

週刊ジャーナルは、三月、社員の数が半分になった時点で廃刊となり、残った社員はジャーナル新聞の方に吸収されていた。それからもどんどんと人は減り続け、八月には見開き四ページの紙面がやっとという状態になっていた。配送関係にも一部障害が出始め、社ではむしろインターネット上の紙面の方に力を注ぎ始めていた。生き残っている社員のほとんどはもう光っており、光っていないのはホンマを含めて三人だけになっていた。

フサヨはもうすっかりモトマツの暮らしになじみ、またモトマツの農民たちの間になぜか人気を得たようで、きりきり舞いで働いていた。ホンマは淡々と職務をこなしながら、相変わらずトウケイとモトマツを行ったり来たりしていた。

その日、ホンマは朝から妙に喉のあたりに不快感があった。社に出て、記事を書いている最中、「ケホッ」と咳が出た。自分でも驚いて息を止めると、「ケホケホ」と続けざまに出た。部屋にいた同僚たちが駆け寄ってきた。

「おい」

「いや、何でもない」

「何でもないことがあるか、熱を」

果たして、三八度八分である。同僚たちの顔色が変わった。ワクチンを全国民が注射して以来、新たな患者の発生はごくまれにしか見られなかったのだ。

「いや、まだ、たまたま三八度八分になっただけかもしれないから」

その言葉をホンマ自身がまるで信じていなかった。

「……今日はとりあえず、帰ったら？」

「帰るといってもなあ、誰もいないしなあ。モトマツは遠すぎるし。なんかここが一番居心地がいいからなあ。とりあえずコーヒーでも飲んで、もう一回熱測ってみるよ。普通の風邪なら微妙に変化あるはずだし」

女子社員がすぐにコーヒーを持ってきてくれた。ゆっくりと飲みながら、インターネットの画面を開けて、自分の書いてきた記事を古いものから読もうとした。仕事をする気にはなれなかった。しかし画面の文字はホンマの脳を素通りするだけで、ときどき何も意識していない空っぽの自分に気がついて、あわてて画面をスクロールしたりした。誰も近寄ってこず、誰も話しかけてこなかった。自分がいると他の連中の居心地が悪いかもしれないと思いながら、ちょっと甘えさせてもらおうとぼんやりとそのまま居座り、そしていつの間にか一時間ほどが経っていた。もう一度熱を測った。三八度八分。

「ちょっと散歩してくる」

一声かけて、ホンマはふらふらと外に出た。都心のビル街にはかつての騒音も交通渋滞もなく、穏やかなたたずまいがあった。行きかう人は結構いたが、一時見られたような、ぎりぎり張りつめたような険しい顔をしている人はほとんどいなかった。ヒホンの大掃除はほとんど完了しているのだ。それなのに……。

公園のベンチに腰をおろした。餌をやる人間も少なくなったはずなのだが、相変わらず鳩が群れていた。ホンマの方にも何羽か寄ってくる。最近は、動物の方も妙に人懐っこくなったという報告が、つい先日動物学者から出ていた。生き残っている者は、むやみに動物をいじめたりするような人間ではないと、動物にもわかるのだろうか、それとも、単に最近人間がいじめなくなったと学習しているだけか……。

真夏の太陽が照りつけてくる。くわっと熱い。午前中で三〇度を超えてしまうのだろう。しかし、いわゆるヒートアイランド現象はなくなった。トウケイの夏もよほどまともなものになろうとしている。空が青い。空がこんなにも青いものだと、いつから意識していなかっただろう……。

公園の木々はきちんと手入れされていた。ほとんどボランティアだという。植物の好きな人が、グループを組んで公園を巡回しているらしい。生活に必要なものは無料で手に入るようになり、こういうボランティアの数がどんどん増えているという。新しい世界では、給料とか物の値段とかはいったいどうなるんだろう。いつまでも今の調子ではいくまい。光る委員会あたりで考えているんだろう。これまでの欧米譲りの民主主義の制度は、その根底に性悪説という前提があったと昔習った、だから三権分立があるとか。今なら、神によって太鼓判を押された人間ばかりの世界になる今なら、もっと効率的で理想的な仕組みが可能になるんだろう、きっと……自分にはもう関係ないか……。

「……ホンマさん」

気がつくと、事務のカナが呼んでいた。ひょっとしたらずいぶん前から呼んでいたのかもしれない。

「あ、ごめん、気がつかなかった」

「これ、みんなの寄せ書きです」

何か怒ったように、さっと二枚の色紙を手渡した。

「とりあえず今いる人の分だけ。他の人のは明日か明後日にでも。でも、向こうへ帰られますよね」

ジャーナル社では、三月ごろから、バーホにやられた人間に、残った人間が寄せ書きを書いて手渡す習慣が出来ていた、モノ書きが本業であるにもかかわらず、ホンマはどうも苦手であったが、なかにはその寄せ書きを最後まで枕元に置いて死んでいった社員もいるという。

ホンマは、聞こえているのかいないのか、ぼんやりしていた。

「明日はどうなさいます？　いつ向こうに帰られますか」

「あ、えーと、そうだな、どうしようかな」

「帰られる日が決まったら言ってください。私、送りますから」

「え、そりゃ、悪いよ」

「いいんです。ホンマさんが運転したら、事故になります」

「俺、そんなに、ぼんやりしてるかな」

カナはひとつ肯いてから言った。

「奥さんに、電話なさいました？」

フサヨに電話しなきゃ……でも、あいつ、絶対泣くな。泣き顔は見たくないな。どうしようかな……ばかやろう、お前なんか大嫌いだと書いて自殺する……くだらないな、やっぱり泣くだろうし、涙の意味合いが変な方に変わるだろうし、最後に誤解させるなんて最悪だしな……このままどこかに失踪して、どこかで人知れず死ぬ……社の連中から事情は聞くだろうしな、やっぱり泣くな、怒るだろうな、怒って泣くな……このまま黙って休暇だと言って帰って、六日目にパタッと突然死のうか……。

「奥さんに電話なさったんですか！」

「あっ、ああ、まだだ、今晩電話する」

「早くなさった方がいいですよ。奥さんにも心の持ちようというのがありますから」

「うん、そうかな、ありがと」

「私、電話しましょうか」

「い、いや、自分でする。するから、間違いなくするから」

ホンマは手を振ってカナを帰らせ、寄せ書きを読み始めた。特に目を引くような言葉もなかった。もうみんなネタ切れなのだろう。自分もこれまでに何度も書いて、何度も読んでいるから、記憶にあるようなものばかりだ。目新しいのでは「ヤオカ氏によろしく」というのがあった。思わず笑ってしまった。そうだな、死んだらヤオカに会えるのだろうか。

ヤオカとは大違いだなと思った。ヤオカはバーホにやられると、てきぱきと事後処理をした。今後次々とやられていく想定のもとに、誰の代わりに誰が入るのか、業務をどう縮小していくのかを示し、最後の日はジャーナル社の偉いさんと、社員が半数以下になった場合の吸収の要請、その吸収の仕方まで交渉していた。以後は、そのレールに乗っかって皆ここまで来たのだ。なぜあの人がさっさと死んでしまったのだろう。有能さにおいて右に出る人はなかったのに……有能さは人間性とは関係ない。でも、ヤオカは人間としても結構いい人だったと思う……落第したんじゃないと言っていたな、そもそも試験を受けたんじゃないと、前世は優しいウサギだったんだと。よく言うよ、うるさいスピッツか、せいぜい偉そうなゴリラだよ。自分は……自分はやっぱり落第したんだろうなあ。ぎりぎりまで粘ったんだから、合格点に一点だけ足らなかったのかなあ。まあ、ヤオカとまた一緒に働くのもいいか。今度はこちらが上役になってあいつをこき使ってみよう。スピリチュアル系の人間の話によれば、人は生まれる前にその人生のだいたいの設計図を決めてくるらしいから、それが正しいのなら、ヤオカをこき使うという来世も可能だろうよ……。

フサヨに電話しなきゃと思いながら、ホンマは携帯を取り出す気が起こらなかった。ふと気がついた。これは小学校のテストでむちゃくちゃ悪い点をとってきたときに、母親に言えなくなってしまったのと同じ心境なのだと。自分は両親とも早くに死んでいる。フサヨは自分の妻だった、だが母でもあったのだ。自分はとことんフサヨに甘えていたのだ。最後には必ず許してくれるとわかっていたから。

最後ぐらい、人生の最後ぐらい、男になろう。黙って死んでいこう。フサヨには休暇を取ったとだけ言って、最後の五日間を二人でゆっくりと過ごし、そして六日目に笑って死んでいくのだ……。

「……ホンマさん」

ふと気がつくと、ベンチの隣にカナが座っている。

「え、あ、まだいたの」

「変なこと考えてません？」

「え？」

「奥さんが一番悲しむことをしたらだめですよ」

「え？」

「ホンマさんが本当のことを言わないと、奥さんは一生悲しみますよ。どうして本当のことを言ってくれなかったのかって。自分はそんなに信頼されていなかったのかって。ずっと嘆き続けますよ。いいんですか」

「……」

「はい、電話」

カナは自分の携帯を取り出してホンマに渡した。ほっといてくれと言いたい気もしたが、抵抗するだけの気力がなかった。ホンマは機械的にフサヨの携帯の番号を押していた。ホンマが番号を押して携帯を耳にするのを見て、カナはそっと立ち上がった。

「はい、ホンマでございます」

「あ、俺」

「あ、あなた、どうしたの」明るい声であった。

「俺、やられちゃってさ」

「え？」

「だから、バーホにやられちゃったみたい」

「え！」

「咳が出て、熱測ったら、ぴったし……おい、もしもし、もしもし……」

何か物音がして、返答がなくなった。あれと思っていると野太い男の声がした。

「もしもし、ホッタです」

「あ、はい」

「今、奥さん、急に、めまいか何かで倒れなさったんだがね」

「あ、そうですか。あの、私、明日そちらに帰りますので、気がつきましたら、お伝え願えませんか」

「はい、わかりました。奥さん、とりあえず、ご自宅で休ませときますから」

「あ、ありがとうございます」

少し離れたところにいたカナに携帯を返して言った。

「気絶しちゃったみたいよ」

「え……ホンマさんのこと、本当に愛しておられるからだと思います。最後の五日間、奥様とごゆっくりなさってください」

「ありがと」

「あの、ホンマさん」

「うん?」

「いえ、何でもありません。この四年間、いろいろとありがとうございました。お世話になりました」

カナはぺこりと頭を下げ、下を向いたまま、小走りに戻っていった。

翌日の夕方、カナに運転してもらってホンマはフサヨのいるモトマツに帰った。カナは車を降りて荷物運びを手伝い、出迎えたフサヨにひとつ礼をしただけで、お茶も飲まずにそのままUターンして帰っていった。フサヨは目が真っ赤だったが、もう泣いてはいなかった。

食卓にはホンマの好きなものばかりが並んでいた。ホンマはしみじみ味わいながらゆっくりと食べ、ときどき「おいしい」と口に出した。食欲はあまりなかったが、本当においしかった。フサヨはホンマが「おいしい」というたびににっこり笑って、これはどこそこで取れたの、これは誰それにもらったの、これはこの前ボランティアの配送グループから分けてもらったのと説明した。フサヨはあまり食べなかった。

風呂に入り、ゆっくりと体を洗い、ゆっくりと湯船に浸かった。もうすぐこの身体とおさらばする。三十七年間休みなしに働いてくれた自分の身体をこれまであまり大切にしてこなかったような気がして、ホンマは悪かったなと言いながら血管の浮き出てきた腕を撫で、少し出てきた腹をさすった。

離れに戻ると「ずいぶん遅かったのね」と言ってフサヨがビールを用意してくれた。

「お前も入ってこい、出てから一緒に飲もう」

そう言って冷蔵庫に戻した。フサヨはうんと頷いて出ていった。

フサヨもパジャマに着替えて戻ってきた。ビールを一口だけ飲み、ホンマの膝に頭を乗せてきた。髪の毛をまさぐっていると、私も一緒に死にたい、という小さな声がした。

正直、一緒に死んでくれと言ったら死んでくれるかもと思っていた。フサヨは天涯孤独の身の上だった。両親を早く亡くしたホンマと何となく話が合い、そのままくっついたのが十三年前だ。モトマツにきて、多くの人と仲良くなったみたいだが、それまで本当にフサヨは自分と二人だけで生きてきたのだった。こんな大異変が起こらず、自分が不治の病にでもかかっていたら、心中してくれと頼んだかもしれない。クリス教徒から見れば、心中なんてのは言語道断らしいが。

しかし、今回の大異変で、死んでそれで終わりという虚無感はなくなったものの、一緒に死んだところで魂の行く先が同じであるとは限らない。ましてや自分とフサヨとでは絶対確実に次の転生先が異なるとわかっていた。フサヨは優秀な合格者であり、自分は落第生なのだ。フサヨは第四段階の星とやらに、つまり生まれ変わる新たなテラミスにおそらく再生し、自分はどこか今のテラミスとよく似た程度の星に再生して、また再試験を受けるのだ。

そんなことをぼそぼそと言った。

「わかってる、わかってるけど、でも、いやなの。一人で生きるの、いや」

フサヨはわんわん泣いた。ホンマは黙って背中を撫で続けた。

その夜は二人抱き合って寝た。セックスはしなかった。欲望がないわけではなかったが、それをすると何か感情に一区切りをつけられてしまうような気がした。今はただ、自分の悲しみとフサヨの悲しみとをじっと見つめていたかった。まるで仲の良い小学生どうしが一緒に抱き合って寝るように、でかい図体の大人二人が腕を絡ませ、身体をくっつけ合って眠った。

次の日、ホンマは一日ごろごろしていた。人生のタイムリミットが目前に迫っているというのに、ほとんど何もすることがないというのも、信じられない思いだった。遠方の友人たちに死亡予告でも出そうかと考えたが、皆すでに死んでいた。兄が一人いたが、こちらも同じく死んでいた。付き合いのある人間で生き残っているのは、社の連中と、ここのフサヨ関係だけであった。夕食の後、寝っ転がっているホンマにフサヨが言った。

「だいぶ前だけど、農協の人があなたに世界の今の情勢と今後の見通しとを話してもらえないかなって言ってたの。あなたさえよければ、ホッタさんに連絡とってみるけど」

　それもいいかなとホンマは思った。七日目は意識が混濁するらしいから、実質あと三日。三日間ごろごろ寝転がっているよりは、最後に少しでも人さまのお役にたっておこうか。考えたらホッタ老人以外とは、ろくに挨拶も交わしていない。今後のフサヨの人生の仲間になってくださる人たちだ。

　次の日の夜、農協会館にでも出向くのかと思ったが、母屋の方へ皆で来るという。その方が、ホンマが疲れたらさっさと引き揚げられるかららしい。トモロ氏の許可は得ているようだ。農作業の終わった人たちがホッタ老人を皮切りに、十代らしき若者からじいさんばあさんに至るまで二十人ほどがやってきた。母屋のふすまを取り外すと、これぐらいの人数は何とでもなる。昔の家というものは融通が利くようによく考えてあるものだ。田舎だけあって挨拶が大仰で、ホンマにも丁寧にお辞儀をしてくる。いちいちフサヨが紹介してくれるのだが、正直少しうっとうしくなってきた。

「あの、私、正直言いまして、いまさら皆さんのお名前を覚えても、もう役に立ちませんので。

今日はとりあえずもう挨拶は抜きということで、始めさせていただきます」

立ち上がってそう言うと、さすがにしーんとした。事情は皆わかっているらしい。

「それでは、わしの方から、ホンマさんについて軽くご紹介をします。ホンマさんはジャーナル新聞の記者で、ここのトモロさんとご縁があって、今回の大異変の始まりからずうっと、トモロさんにくっついて見てこられた方です。テレビにも何度かご出演なさってますから、皆も見たことがあるじゃろ。それで、こちらのべっぴんのわれらがフサヨさんのご主人でもある」

ホッタ老人の言葉に軽く頭を下げると、盛大な拍手が湧き起こった。

「では、ホンマさん、お願いします」

ホンマは今回の大異変を、最初に光る七人のビデオを見たところからしゃべった。自分でもよく覚えているなというぐらいに、細かいところまで記憶がよみがえってきた。客たちは熱心に、ときどきうんうんと頷きながら聞いてくれた。最後に、現在までに東エイシャン諸国は半数近くの人が死んだが、まだ大掃除は完了していない。西エイシャンと北アメールはまだほとんど被害がないが、イノチェント十世の話にあった「天の裁き」が近々あることは間違いないと思われる。先日のニュースで地球に向かっている小さい彗星が発見されたと報じられていたが、それが「天の裁き」である可能性もある。フリークは旱魃と水争いによる抗争、そして風土病により人口の七割ほどがすでにやられている。今後、新たな何事かが起こるかどうかは不明。おそらくは西エイシャンに起こるものの余波程度ではなかろうかと思われる。南アメールはご承知のように大陸そのものが消滅し、ここも大掃除は終わっている。そしてヒホン＝アストリア連合ももう大掃除は終わっており、この大異変の次の時代に向けての準備がなされつつある。おそらく、テラミスの新しい時代をリードしていくのはヒホン＝アストリア連合、つまり皆さんたちだと結んだ。

八畳二間いっぱいに拍手が鳴り響いた。皆が次々に立ち上がってホンマに握手を求めにくる。ホンマは一人一人と固い握手を交わしながら、久々に充実感を味わっていた。そうだ、人間が生きるとはこういうことなんだ。過去三日間の自分は死んでいたのだ。あと二日、仕事をしよう。今日の話の準備に書いた原稿を拡大して文章に残そう。二日でどれだけできるかはわからないが、ただごろごろと寝転がっているよりどれだけ満足感が得られるか。一時間五枚として、四十八時間で二百四十枚、実際問題としては百五十枚ぐらいか。それだけあればそこそこまとまったものにはなる。少々徹夜したからといって、いまさら寿命が縮むわけでもあるまい。

皆が帰り支度を始めたころ、高揚した気分でホンマは言った。

「皆さん、今日は私の拙い話を聞いていただきましてありがとうございました。私が死んだあと、フサヨのこと、よろしくお願いします。あの、できれば、いい男、見つけてやってください」

何人かの笑い声を打ち消すように、悲鳴のようなフサヨの声が聞こえた。

「ばか、何言ってるの、ばか」

フサヨはホンマのところに駆けてこようとしたが、途中であわてて口を押さえて部屋を出ていった。少し気まずい沈黙を打ち消すようにホッタ老人が言った。

「この頃、フサヨさん、ちょっと調子が悪いようじゃな。無理もないかもしれんがの」

そういえば、昨日も一度戻していたようであった。食欲もあまりないようだし、ホンマ以上のショックをやはり受けているのかもしれない。

その夜、ホンマは静かにフサヨを抱き、事が終わったあと、明日から二日間で一仕事してみると言った。フサヨは黙って聞いていたが「題名は何にするの？」と訊いてきた。

「うーんと、そうだなあ。『大異変』ではだめかな」

「少し弱い気がする。異変という程度の生易しいものじゃないんだから」

「ふうむ……だったら『大崩壊』、これでどうだ」

「うん、それ、いい。それならぴったりだと思う」

「俺が死んだあとの補筆訂正、頼むな」

「ええっ？　無理よ、そんなの、私にできるわけないじゃん」

「でも、誰かにやってもらわないとな」

「あの人がいいわ。ほら、あなたを送ってくれた人」

「カナちゃん？」

「カナちゃんっていうの？　あの人なら新聞社に勤めてるんだし、私より適任でしょ」

「うーん、やってくれるかなあ……」

「大丈夫、私が保証する」

「なんで、そんなことがわかるんだよ」

「女の直感」

「なんだ、そりゃ」

「私、ときどきね、あなたが鈍い人でよかったって思うときあった」

フサヨはホンマの胸に顔を埋めながら、いたずらっぽく見上げた。

「はあ？」

「はじめはね、堅い人なんだって思ってたけど、そのうちわかった、単に鈍いだけなんだって。あなたね、絶対、女の人、何人か抱き損ねてるわよ」

「……まあ、思い返してみて、ひょっとしたら、あれは誘いだったのかなあと、後から気づくことはときどきあったけどなあ」

「でしょ、残念だったわねえ、いっぱい浮気できたのにねえ」

「こいつ」

ホンマはもう一度抱こうとしたが、「だめ」と言われてしまった。

「明日からあなた徹夜するつもりでしょ。体力残しておかなくっちゃ」

ホンマは素直に従った。

翌朝、ホンマは起きてすぐに取りかかった。面白いように次から次へと情景が浮かび、言葉があふれてきて、パソコンのキーボードを操作する手はほとんど止まることがなかった。一時間五枚どころか十枚近いペースで進んだ。これはひょっとしたら神の御加護かもしれないなどと思ったりもした。まあ、何でもいい。神の御加護であろうがなかろうが、単なる火事場の馬鹿力であろうが、自分に残された三十数時間、ひたすらキーボードを打ち続けるのみだ。

疲れるとごろっと寝て天井を見上げ、たまにフサヨの膝枕でいたずらをした。食事もずっと自分の部屋で取り、仮眠を二時間ほどしただけで、ひたすら書き続けた。フサヨは丸二日ずっと声の届くところにいてくれた。二日目の夜にちょっと出かけていたようだが。

「できた！」

二日目の夜十時過ぎ、三百八十枚、当初の予定よりはるかに大部の「大崩壊」が完成した。大崩壊の結末はこの目では見られないから、カナちゃんに補筆してもらおう。自分の知る限りの「大崩壊」がこれだ。

ホンマの声を聞きつけてフサヨが飛び込んできた。

「フサヨ、できたぞ」

「よかった、むちゃくちゃ頑張ったじゃない」

フサヨはまた泣いていた。よく泣くやつだと思ったら、ふっと体が傾き、フサヨにもたれかかっていた。

「あなた！」

「あ、何でもない。ちょっと、疲れた……」

ホンマは目を閉じ、そのまま意識を失っていた。


ヤオカが迎えに来ていた。

「やるじゃないか」

ヤオカにしては珍しく褒め言葉を口にした。

「先刻ご承知のはずだが」

ヤオカはにやりとした。そして二人で旅立とうとしたとき、声が聞こえた。フサヨの声だ。呼んでいる、大きな声で呼んでいる、半分泣きそうな声で呼んでいる。あいつ泣き虫だからなあ。

「ちょっとだけ待ってくれ」

そう言ったところで目が覚めた。


枕元にフサヨがいる。ホッタ老人がいる。この前来ていた農家の連中の顔が見える。そしてトモロがいてカナがいた。

「連合政府の官房長官が、わざわざ来てくれたんですか」

トモロは頷いて、「知らせを受けましたので」と軽く微笑み、「しばらく大丈夫でしょう」とフサヨを促した。

フサヨは顔を近づけてゆっくり言った。

「子どもが出来たの」

「え？」

「だから、子どもが出来たの。私、妊娠したの」

「え……」

その言葉はホンマの頭にゆっくりと染み通った。

「本当か！」

フサヨは泣き顔で肯いた。ホンマはそろそろと手を伸ばし、フサヨの顔に触れた。

「よかった、よかったなあ」

「うん……」

「もう死にたいなんて言わないな」

「うん」

「母親になるんだもんなあ。お前、ずっと欲しがってたもんなあ」

「うん」

ホンマはじっとフサヨの顔を見ていた。半泣きの、しかし命にあふれた生き生きとした顔をしていた。それはそうだ、フサヨの身体には二人分の命が入っているのだ。ふとまた意識が朦朧としてくるのを覚えた。このまま死んでいけば、自分は結構幸せに死ねる人間なんじゃないかな……まだだ、まだフサヨに礼を言っていない。

「フサヨ」

「うん？」

「十三年間ありがとう」

「ううん」

「俺はつまらない人間だったし、つまらない夫だったな」

「ううん、ううん」フサヨは激しく首を振った。

「でも、最後に一つだけでも、お前に良いことをしてやれたのかな」

「……うん」

「よかった……それだけでも、よかった……」

遠くなっていく意識の中で、ホンマはかすかなどよめきの声を聞いたような気がした。それが、自分が光ったことに対してのどよめきであるとは知る由もなかった。

エピローグ

頭が痛い。体が燃えるように熱い。ここはどこだ、私は……私は誰だ、一体どうなっている……足の感覚がない、宙を漂っているのか、私は死んだのか……。

いや、違う、違う。これは他人の記憶だ。私は地球人、地球人？　いや、テラミスのホンマシロウ……地球、地球とは？

「側頭葉部脳波にかすかな異常あり。記憶混濁の可能性が……」

声が聞こえる。

「やはり彼には無理だったのでは……」

「そんなことはないはずです。自分自身で予定していたはずなんですから。まあ、こちらの思っていたより本人のブロックがきついということでしょう……」

彼女の声だ。飛び起きた。ベッドの上に寝かされている。彼女と、もう一人知らない女性がいた。

「気がつかれましたか」

「私は……どうなったのです？」

「図書館で大崩壊の記録を観賞なさったのですが、そのまま意識が戻らなかったのです」

大崩壊？　そうだ、大崩壊だ。テラミスをほぼ二千年前に襲ったという大崩壊。

記憶が一気によみがえってきた。

神が存在していた。この大宇宙を創った大いなる神がいて、その下に何ランクにもわかれた神々がいて、人間と同じような感情を持った神もいて……それらは存在するのか。地球にだけ存在しないわけはない、存在するのだろう。人は何度も生まれ変わり、そのたびに修行を積む。そんな本を大分前に読んだような気もする。ばかばかしくなって途中で打っちゃってしまった。

でも、あれは正しかったのだ。

いや、そんなことより、

「大崩壊は最後どうなったのです？」

「ポールシフトが起こりました」

「ポールシフト？」

「テラミスの北極と南極が入れ替わったのです。地磁気が急激に減ってきているという観測がありましたが、前触れだったのです。磁極の逆転現象が起きた二日間ほど、テラミスはその磁石としての働きを止めました。それまで地磁気のおかげで地表に到達していなかった放射線の嵐が地上を襲いました。

またテラミスに向かっていた流星はアメールのミサイルによって破壊されましたが、無数の破片が地上に降り注ぎました。

光る人のバリアは、彼らを流星の破片からも放射線からも守りました。赤いバリアは流星の破片からは守ってくれましたが、放射線からは守ってくれなかったのです」

「！」

大崩壊とはつまり、最後の審判だった。最後の審判……しかし、あまりにも地球に酷似している。ヒホンは日本だろう、アメールはアメリカだ、アストリアはオーストラリア、クリス教はキリスト教、ウラー教はイスラム教……。

「ここは地球なのですか。未来の地球に私は来たんですか」

「導師がお答えになるでしょう」

私は図書館の簡易ベッドにでも寝かされていたのだろうか。多少ふらっとしたが、起き上がって外に出るとフライヤーが止まっていた。私たちは乗り込むと、まっすぐ道場へ向かった。もう日は暮れていた。

まったく待つことなしに、この前と同じ部屋に通された。導師はやはり「弥勒菩薩像」の前で結跏趺坐の姿勢をとっていた。私は導師の前まで行き、正座した。

「お教えください。ここは未来の地球なのですか」

導師は目を開いた。

「前に来たときより、はるかに構えが素直になっておる。だがまだ、斜の構えを捨てきってはいないようじゃな。自分を卑下しすぎる必要はない。そなたが悪をなさなかったのは、そなたが悪をなす勇気がなかったからではない。そなたに悪をなさぬ勇気があったからじゃ」

「それは違います。そもそも、私にはそういう機会がなかったというだけのことです」

「そういう機会のありそうなところに近寄らなかったのも、そなたの魂のなせる業じゃ」

「それはたまたま、私がピアニストという……」

「この世に偶然はない」

「はあ」

「……多元宇宙論を知っておるか」

「え、はい、まあ、一応は」

ＳＦでおなじみの多元宇宙論は、量子力学から出てきたものである。箱の中に猫を一匹入れておいて、致命的な放射線をその箱の中で放射する。ただし、その放射線が発射される確率は五十パーセントである。箱を開けたときに猫の生死は如何、という思考実験がある。われわれの通常の感覚では、箱を開ける前に猫の生死は決まっており、箱を開ける作業はその確認にすぎないはずである。ところが、量子力学の世界では、箱をあけた瞬間に猫の生死が決まるのだ。それまでは猫は生きてもいるし死んでもいる、もしくは生きてもいないが死んでもいないのだ。

多元宇宙論とは、箱をあけた瞬間に猫が生きている宇宙と猫が死んでいる宇宙とに分裂するというものだ。もちろん、その二つに同時に存在することはできないから、自分の属さないもう一つの宇宙のことはわからないのだが、それは存在して、そこに自分と同じものが確かにいるというのだ。

「近年、テラミスの一部の物理学者と天文学者の唱えている説によれば、われわれの宇宙は十次元から成り立っており、そのうちの六次元ではごく狭い範囲で閉じているのだという」

「はあ」お手上げである。

「はるか遠方に見えている星というのは、実は全部像にすぎぬというのじゃ。宇宙に鏡が置いてあるというのではないが、時空の捩れにより鏡映像のようなものが映るという。そして実際に、われわれが行き来できる宇宙はごく狭い範囲でしかない。その範囲内の知的生物は、実はわれわれだけだというのじゃな」

「???」

「正確に言うならば、われわれと、過去の一点でわれわれと分岐した宇宙のわれわれじゃ。これまでの多元宇宙論では、異なる宇宙のわれわれどうしが出会うことはないとされていたのじゃが、実は正反対で、その閉ざされた六次元の空間の中では別の宇宙のわれわれにしか出会えぬというのじゃ」

「……」

「もっとも、多元宇宙論では宇宙は瞬間ごとに無限に分岐している、その無限に分岐したすべての宇宙が同じ次元にあると考えるのも、難点ではないかとわしは思っておるが……。

仮にその理論が正しいとするのなら、そなたたち地球とわがテラミス星ははるか昔に分岐した、もとは同じであったものじゃろう。ただし、われわれの方がどうも二千年ほど先行しているようじゃ」

「いつ分かれたというのでしょうか」

「それはわからぬ。そもそも、その理論が正しいかどうかもわからぬ。多数派の理論では、そなたたちの地球とこのテラミスが似ておるのは、大いなる神が地球に最も似ている星としてこのテラミスを選ばれたのだから当然だということになる」

「選ばれた？」

「五十年ほど前、一人の評議員が、自働書記で地球のことを記し始めたのじゃ。他にも数名のわりと名の通った人間が地球のことを語り始めた。評議会はそれを重く見て観測船を飛ばした。そして地球を見つけたわけじゃ。観測船はデータを送り続けた。そしてわれわれは、地球が『大崩壊』直前と似た状況にたちいっていることを知ったのじゃ。人口爆発、環境破壊、何も手を打たぬ政治、戦争に明け暮れる国々、世紀末を乗り越えようとする民間人の努力、これまでの科学の常識を超えた発明や発見、それらに懐疑的な科学者、何もかも同じじゃ。それらの報告を検討した結果、テラミス星評議会は、地球人を覚醒させるためのプログラムを作成し、実行に移したのじゃ」

「！」

「そなたは、このテラミスにやって来た二百八十三人目の人間じゃ」

「これまでに二百八十二人も来ていたというのですか。でも私は、テラミスの話などこれまで聞いたことはないですよ」

「真実をそのまま伝えたのでは、かえって迫害されるか嘲笑されるのがオチであろう。テラミスという名は伝えてないかもしれぬが、この大宇宙の法についてはすでに多くのことが言われているのではないかな」

確かに、少なくとも今、日本ではスピリチュアルブームだ。超能力や霊界を信じる若者が増えているのも事実だ。それらには仕掛け人がいたというのか。

「私に何をしろとおっしゃるのです？」

「それはそなたが考えるべき問題じゃ。われわれの口出しすべきことではない」

私は途方もない宿題を出されたような気分になった。あと一日しか夏休みが残っていないのに、問題集一冊丸々忘れていたことに気づいたような感じだ。「大崩壊」直前！　それはいつ起こるというのだ。五十年後？　一年後？　残された時間は？

「ところで、そなたは何か思い出しはせぬか」

「え？」

「このミォシを見て何か思い出しはせぬかの」

私は横に座っている彼女を見た。彼女も私の方を見た。気のせいか、その目がきらきらと輝いているようだ。

「そなたが選ばれたのは、彼女の要望であった」

「えっ？」

「無理もございません、導師。第三段階の世界では、前世を思い出すことはほとんど不可能でございます」

ため息をひとつついて彼女が言った。

前世だと。彼女には前世の記憶があるというのか。待てよ、私は初対面であるにもかかわらず、時々無意識に彼女となれなれしい口調でしゃべっていたぞ。私は言葉遣いとか礼儀はうるさくしつけられたほうで、そんな無作法なことはしたことがない。むむ、ひょっとして、私の魂のどこか深層に前世での彼女の記憶でもあるというのか。

私は、もう一度まじまじと彼女を見た。失われた何ものかがそれで呼び戻されるかのように。彼女も恥らうことなく私をじっと見つめ返してきた。何か……何か……記憶があるような……遠い遠い……遠い昔……だめだ、思い出せない。しかし、何かすごく懐かしい。目が潤んできている。彼女は私とどういう関わりがあったというのだ。

「そなたの魂も、先の生で第四段階に昇格したのだ。だが、そなたは自ら進んでもう一度第三段階の星、地球に転生した。この者と別れてまでな。そなたには決意があったはずじゃ。第三段階の魂を大宇宙の法に目覚めさせるという決意が。もちろん、今地球にはそなたよりずっと高いレベルの魂の方々が多く転生しておられる。その方々は大いなる働きをなされておるじゃろう。じゃが、そなたにも相応の働きができる能力が与えられているはずじゃ。戻るがよい。戻ってそなたの使命を果たすのじゃ。地球に残された時間はもうあまりないのだ」

導師は瞑目した。彼女は私を促し、私たちは部屋を出た。私は、何か、妙にぎこちない思いがした。彼女は前世の私を知っているのだ。しかし私は何も知らない。なんだか、いたたまれない気分だ。

フライヤーに乗り込むと彼女が言った。

「目をつぶって」

その口調に、何か、記憶があるような、何か、同じせりふを言われたようなことがあるような……はるか昔……。

私は目をつぶった。甘い匂いがした。上等の香水のような、何か惹きこまれていくような……頭がふらふらする……。


次の記憶は、自分の布団の中である。気がついて飛び起きてみれば、何も変わらぬ朝であった。日付すら飛んでいない。すべてがただの夢であったかのごとく、前日までと寸分変わらぬ日常の始まりであった。

変化があったのは、私の記憶だけである。三層になっている私の記憶。地球人最上清秋としての記憶、テラミス星での記憶、テラミス星人ホンマシロウの記憶。

すべては夢にすぎなかったのか。しかし、これほど明晰に別の社会の仕組みまで思い出せるような夢があるのか。別の人間の何年もの歳月を生ききってしまうような夢があるのか。そしてそれが夢だったというのなら、今の私の地球人としての意識もすべて実は夢ではないのか。私の中では、記憶の濃淡に差はないのだ。いや、ホンマシロウの記憶こそが私の中で最も鮮明なのだ。

夢ではない。私は実は、証拠を一つ持っているのだ。私にしかわからない証拠であるが。パジャマのポケットに一枚の紙切れが入っていたのだ。それにはこう書かれていた。

また逢う日まで　三好

また逢う日とは、いつのことなのか。近日中なのか、それとも私がこの人生を終えてからという意味なのか。それに、彼女は今も私を見守っているというのだろうか。

とりあえず私は私にできることをしなければならなかった。この文章がそれである。これまでの訪問者のようなカモフラージュはやめにした。もう事実をそのまま告げてもよい時期であろう。そもそも、カモフラージュしてつじつまを合わせるような器用な真似が私にできるはずもない。ありのままに書いてもわかる人はわかるだろうし、わからない人はどう書こうともわかるまい。縁あってこの書を手に取られた方に幸いあれ。

完

<著者紹介>

田所　政人（たどころ　まさと）

京都大学法学部卒業。本業はピアニスト、合唱指揮者。ピアノ教材研究会主宰。

著書に『どうすればピアノがうまくなる？』（素人社）。

http://www5b.biglobe.ne.jp/~piano-k/

エネルギー能力者でもあり、Total Adviser Ryu-Jinと名乗っている。ヒーリングにとどまらない不思議議な能力を駆使し、本業の傍ら、見えない世界の探求を続けている。

http://www7b.biglobe.ne.jp/~ryu-jin/

テラミス星見聞録

2012年4月6日　初版第1刷発行

著　者　田所 政人

発行者　韮澤 潤一郎

発行所　株式会社 たま出版

〒160-0004 東京都新宿区四谷4－28－20

☎ 03-5369-3051（代表）

http://tamabook.com

振替　00130-5-94804

組　版　一企画

印刷所　株式会社エーヴィスシステムズ

ISBN978-4-8127-0345-8　C0011